ホームズ《ちっちゃい》とワトスン《いじわるな》

緋色の血統

城島大

illustration 高木恭介

KODANSHA BOX
BOX-AiR

目次

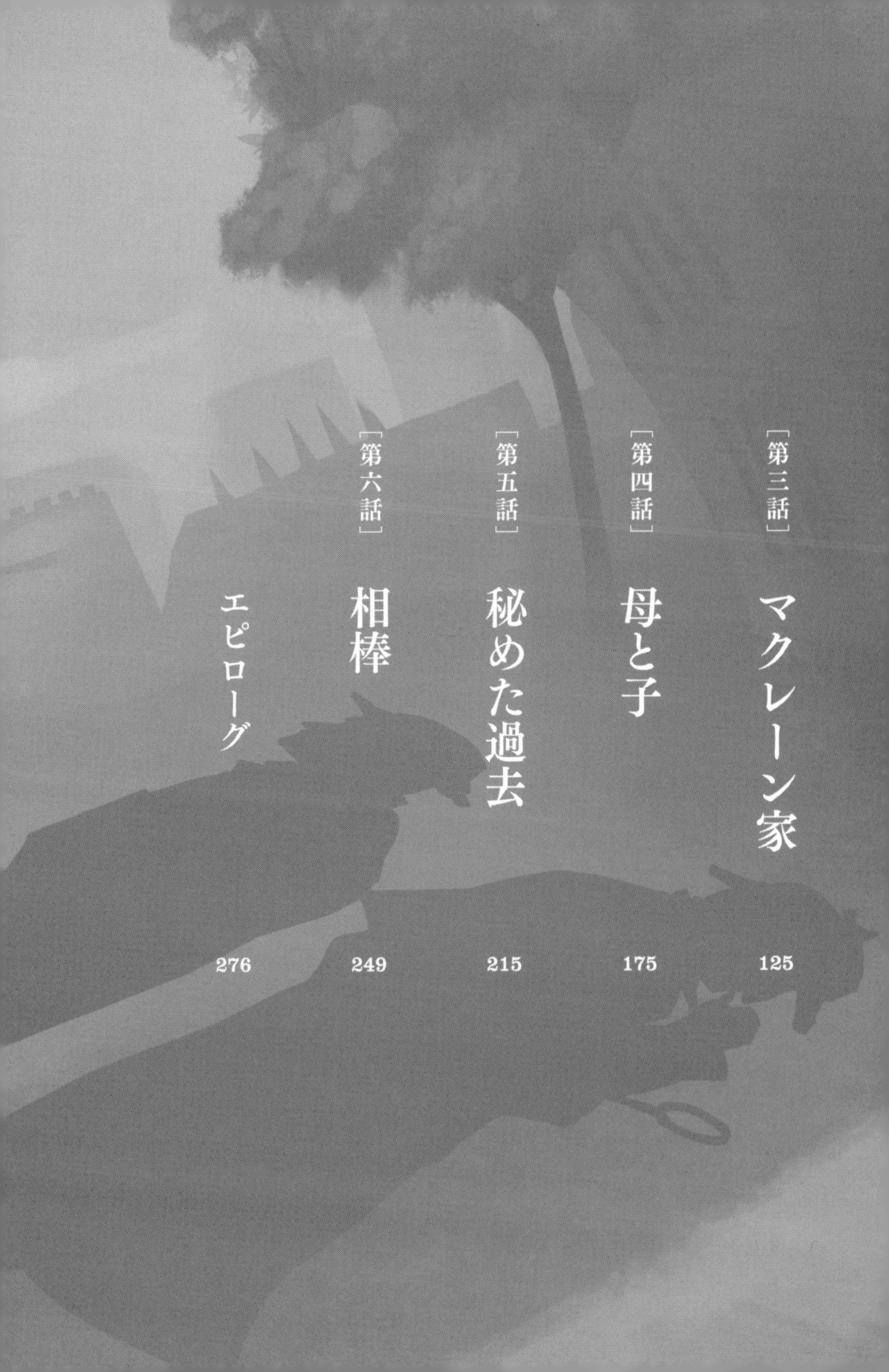

物語には意志がある。

人が何かを伝達する時、そこにあるのは語り手による都合の良い真実だ。

周囲の人間が聖典だと声高に主張する書物でも、そこに描かれているものが真実とは限らない。

どんなものにも主観による差異が存在し、作り手による意志は、時に人をどうしようもなく縛りつける。

名前というのはその最たる例といえるだろう。

自分の名前。それがどうしようもなく嫌いだったのは、その名を呼ばれた時、否《いや》が応《おう》でも忌《い》まわしい過去と宿命を思い出してしまうからだ。

巨木の中には、それまで雄大に成長し伸びていったものでも、途中でひん曲がり、醜《みにく》く枝を蠢《うごめ》かせるものがある。


それが自分自身であることを否定することはできない。

たとえどれほど抗《あらが》おうと、自分の中に流れる緋色《ひいろ》に染まった血統は、決して消えることはないのだから。

プロローグ

メイドのシャノンは盛大《せいだい》にため息をついた。

彼女の小さな身体の後ろには古めかしい屋敷が聳《そび》え立ち、目の前には魔女でも住んでいそうな不気味な森が存在感露《あらわ》に立ち尽くしている。真夜中に、しかも屋敷の人間達からも忌み嫌われる『アザミの森』方面に顔を出すのはシャノンにとって初めてのことだった。

何故《なぜ》その初めてを今経験しなければならないのかといえば、暖炉《だんろ》に溜《た》まった灰を捨てに行くように言われていたのをこの時間になるまで忘れていたという、かなり自業自得《じごうじとく》な理由だった。本来なら捨てる場所もきちんと決められているのだが、そこまでの道のりはかなり遠い。燭台《しょくだい》片手に重いバケツを下げてその道のりを歩くなんて、シャノンの常識からすればありえないことだった。だからこそ、普段は誰も見向きもしないアザミの森近くにある涸《か》れた川の中に、この忌々《いまいま》しい灰を投げ捨てようと考えたのだ。

灰が溜《た》まったバケツと火を灯《とも》した燭台を持って、シャノンは森へと向かう。そよ風が冷たく肌を刺し、その度《たび》に森のおどろおどろしい木々が揺れ踊る。ぶるりと身体が震えるのは、決して寒さだけのせいではないことを、シャノンは痛感していた。

「だいじょうぶ。だいじょうぶよ、あたし」

そう自分に言い聞かせるも、永遠と続く闇の中ではその効果もあまりに薄い。しかもタイミングの悪いことに、この屋敷の当主ウィリアム・マクレーンはつい最近重い病を患《わずら》って死んでいる。さぞや大きな未練を残して死んでいったことだろう。その魂《たましい》が、この辺りをうようよと漂っているかもしれないのだ。

「ゆ、幽霊なんて迷信よ。この電気と科学の時代に、幽霊なんて――」

パシャ

そんな音が聞こえて、シャノンは思わず立ち止まった。

妙な音だった。それが断続的に、自分が終着点と決めていた場所から聞こえてくる。

まるで、何かが川を歩いているような……

「あ、あはは。鹿か何かが入り込んだのかな。まったくもう人を驚かせて……」

パシャ、パシャ

「…………」

彼女はその音を恐れていた。短い人生で培《つちか》った勘が、本能的に何かを感じ取り、逃げろと警告を発していた。しかしそれでも、シャノンは背を向けようとはしなかった。シャノンも年頃の娘と同じく、噂《うわさ》話《ばなし》やゴシップの類《たぐい》が大好きだ。そんな世俗的な好奇心が恐怖に勝《まさ》ったのだ。

一体何が歩いているのか。それを確認しないことには、夜も眠れそうになかった。それに灰を捨てて来なければ、メイド長に烈火のごとく怒られてしまう。今月に入って何枚皿を割ったかも忘れてしまったシャノンとしては、これ以上給料に響くミスはしたくない。

燭台をそっと掲《かか》げ、そろりそろりと川に近づいてみる。この辺りの土地は屋敷を中心に下り坂になっており、人工的に作られた川は両縁が深く切り立っているためかなり近づかないと中までは確認できない。

揺れる火が頼りなく辺りを照らす。ふと、川から何かがにゅっと覗《のぞ》いたのが分かった。しかしそれはすぐに引っ込み、またパシャパシャと音をたてる。

シャノンは眉《まゆ》を顰《ひそ》め、燭台を前に出し、じっとその場所を見つめていた。

やがて、再び何かが顔を出した。

その正体に気付いたシャノンの顔が、恐怖と驚きによって引き攣《つ》った。

白い装束《しょうぞく》に、青白い顔。

それは、以前亡くなったばかりの、紛れもないウィリアム元当主の姿だった。

「ぎゃあああああ!!」

燭台も放り出し、シャノンは一目散に屋敷へと逃げ帰った。

［第一話］

名探偵の孫

一九二〇年代のイギリスは、ヴィクトリア朝時代と比べると大きく様変わりしていた。自動車が一般人にも普及したため時代の代名詞ともいえた馬車の姿は忽然《こつぜん》と消え、交差点では交通整理をする警備員が信号機の代わりを担っている。ガス灯は全て電灯へと変わり、電気を送る送電線が地下水道内に張り巡らされている。大勢の人間が行き交う道を上空から見回せば、一枚天井のハンチング帽やホンブルグ・ハットがずらりと並んでいるだろう。

こうした時代の変遷《へんせん》は、完全にヴィクトリア時代を過去のものにしていた。大英帝国という名が相応《ふさわ》しかった時代も世界大戦によって霧散《むさん》し、今ではアメリカから吹く不況の風に戦々恐々《せんせんきょうきょう》している。

各地から労働者の集まるロンドンでもそれは同じだった。皆が不況の嵐を予感し、将来を憂《うれ》い、仕事の合間にそっとため息をつく。そんなロンドンのウエストミンスター、メリルボーン地区を縦断するベイカー街《ストリート》は、他の場所と比べても一層重苦しい空気が流れていた。しかしそれは、何も不況だけが原因というわけではなかった。

十九世紀末のベイカー街は華やかとはいえないまでも、独特の活気に満ち溢《あふ》れていた。ベイカー街を中心に語られる、奇妙で不気味で、それ以上に不可解な数々の難事件に、人々が心躍《こころおど》らせた時代があったのだ。

頭脳という屋根裏部屋へ犯罪に関する膨大《ぼうだい》な知識を貯め込み、類稀《たぐいまれ》なる観察力で凶悪な犯罪者達を独房へと放り込んだ、世界初の顧問探偵。

誰もが知るシャーロック・ホームズの活躍によって。

彼は英雄だった。国家の危機にも敢然《かんぜん》と立ち向かい、庶民から貴族まで、どんな者からの相談も請け負い、どんな事件もたちどころに解決してしまう。

彼の魅力は留まることを知らず、下級層から上級層まで、全ての英国民に愛されていた。

しかし、どんな犯罪者達が束になっても敵わなかった名探偵も寄る年波《としなみ》には勝てず、つい最近、その訃報《ふほう》が全国紙に掲載され、盛大な国葬式が執《と》り行われたばかりだった。

本来なら王室の構成員でもない人間が国葬されることなど滅多《めった》にないのだが、異例というものを極端に嫌う上流階級の人々でさえそれを否定する者はいなかった。

彼の国葬式が終わって以来、嫌でも彼の死を思い出させるここベイカー街は、身分を問わず全ての英国人に敬遠される場所になってしまったのだ。

そんな街を、シャーリー・マクレーンは一人で歩いていた。

シャーロック・ホームズの訃報を知らされた際、一目散に駆けつけ国葬式にも参加した彼女は、個人的にも彼を悼《いた》むため、スコットランドから単身ロンドンまでやって来たのだ。黒を基調とした上品に仕立てられたカーディガンは貴族にしては控えめで、身一人で思い出に浸《ひた》るため使用人も連れていない。

シャーリーの足取りは重かった。彼女は悲報一色になった新聞をいくつも目にしていながら、未《いま》だにシャーロック・ホームズの死を受け入れられてはいなかったのだ。

彼女がシャーロック・ホームズに出会ったのは幼少の頃だった。シャーリーの父親が、ある日家に傘《かさ》を取りに帰ったまま行方《ゆくえ》知れずになるという事件が起き、たまたま近くを通りかかったシャーロック・ホームズが相棒のワトスン博士を引き連れて、瞬《また》く間に解決してくれたのである。

この事件の背景に潜んでいた驚くべき事実は、表に出ていればマクレーン家そのものを崩壊させていたかもしれないもので、それ以降シャーリーは、感謝の念と共に浮上した子供特有の無邪気《むじゃき》な好奇心から、シャーロック・ホームズの虜《とりこ》となったのだった。

親に我《わ》が儘《まま》を言ってベイカー街の隅に家を借り、暇《ひま》を見てはそこを拠点に、双眼鏡片手に探偵事務所を観察する。そんなストーキング行為が彼女の日課の一つに組み込まれたのだ。シャーロック・ホームズもワトスン博士も、そういった野次馬達を撒《ま》くのが非常に得意だったらしく、顔を見ることさえ難しかったのだが。

しかしそんなシャーリーも、一度だけ大きく事件に関わったことがあった。それを思い出すと、いつもシャーリーは、自然と頬《ほお》が緩《ゆる》んでしまうのを実感するのだった。

シャーロック・ホームズそっくりな蠟人形《ろうにんぎょう》。今にも空気銃が耳を劈《つんざ》き、窓を射貫《いぬ》くのではないかとハラハラドキドキした数分間。

それらを思い出し、シャーリーは一人クスクスと笑った。

シャーロック・ホームズの冒険の軌跡《きせき》。それを自らの目で観察することができたあの頃は、本当に楽しかった。そして、それが楽しい思い出であればあるほど、シャーロック・ホームズの悲報という現実が、彼女の上に覆《おお》いかぶさってくるのだった。

シャーリーは、昔同様景観豊かなロンドンの観光名所を回りながら、ただ一つ欠けてしまった名探偵のことを思い、ひっそりとため息をついた。

もしも彼が生きていたら、今自分を苦しめている事件などあっという間に解決してしまうだろうに。

魔術の類としか思えない複雑怪奇な事件。今彼女が悩まされているのは、シャーロック・ホームズがまさしく垂涎《すいぜん》して食いつきそうなものだった。

しかし彼女からすれば、その事件はあまりにおぞましい出来事だ。垂涎どころか、慣れ親しんだ私邸が亡霊の住む廃墟のように感じられるほどである。

きちんとした解決が見えるまで、あんな恐ろしい私邸には帰りたくない。そんな気持ちも手伝って、シャーリーはなかなかこのベイカー街をあとにできないでいた。

解決の糸口も見つけていない今の状況ですごすごと帰ったところで、また夜も眠れぬ毎日を過ごす羽目になるだけだ。そんなことを考え出すと、シャーリーは巡り巡っていつも同じ結論を描きだすのだった。

　こんな時、シャーロック・ホームズがいてくれれば、と。

　そんな物思いに耽《ふけ》りながら彼女は路地《ろじ》へ曲がった。そこは人通りの少ない閑散《かんさん》とした場所で、車一台くらいなら余裕で通れそうな広さが、余計に人恋しさを感じさせる道だった。しばらくその通りをあてどなく歩いていると、ふと壁に貼られた張り紙が目に入ってきた。

　普段なら何とも思わずあっさり通り過ぎてしまうところだが、彼女はその乱雑に貼られた張り紙の中に無視できない何かを見つけ、じっと目を凝《こ》らしていた。

　そのレンガの壁は、不況の煽《あお》りで閉店に追い込まれた店の通知、見るからに胡散臭《うさんくさ》い仕事の求人、セールスや特売品の紹介など、商売人達が勝手気ままに貼った広告紙でいっぱいだった。レンガの継ぎ目も見えない張り紙の数々は、とにかく目立つようにと考えて作られた派手すぎるものばかりで、見ているだけで辟易《へきえき》させられる。

　そんな、譲り合いの精神など次元の彼方《かなた》に吹き飛ばす勢いで我先にと自己主張する広告紙。その混沌《カオス》のど真ん中。

　大きさでその存在をアピールしようとする張り紙達に決然《けつぜん》と対抗するそれは、他と比べて一回り以上も小さく、色も地味、紙もただの藁半紙《わらばんし》と何の特徴もないものだった。

　しかしシャーリーは、数ある無頼者《ぶらいもの》を押しのける身勝手さでばしんと貼られた小さな紙に、文字通り目を奪われてしまっていた。

『ホームズ探偵事務所　再開』

　思わずその紙をべりっと剝《は》がし、食い入るように見つめながら短い文章を二度三度と読み返す。誤《ご》植《しょく》ではないか、間違った解釈をしていないかと慎重に熟考《じゅっこう》し、どうやら自分が考えた通りの意味であることを確信すると、今までの憂鬱《ゆううつ》な気持ちも忘れて晴れ渡る笑顔を浮かべた。

　こうしてはいられないと、シャーリーは喜び勇んでベイカー街221番地を目指して走った。この探偵事務所を開いている人間に、彼女はもちろん心当たりなどない。しかし、あのホームズ事務所を引き継いだ人物だ。その探偵が、彼の頭脳に勝るとも劣《おと》らないことは確かだった。

シャーリーは名も知らぬ路地からメリルボーン通りへと飛び出した。歩道を歩く人々でごったがえしているその道で何度も人にぶつかりそうになりながらもベイカー街に入り、ヴィクトリア時代多くの馬車によって蹄《ひづめ》の跡を刻み込んだ敷石を渡る。そうしてシャーリーは、ようやく目的の番地に到着した。

弾んだ息を整え、ゆっくりと呼び鈴を鳴らす。

その間に軽く空咳《からぜき》を打ち、声の調子を整える。

過去の記憶が得てして美化されるように、シャーリーの頭の中にいるシャーロック・ホームズも、国王陛下に匹敵《ひってき》する威厳の持ち主へと変貌を遂げていた。それ故《ゆえ》に、そんな彼の正統な後継者に今から会うのだと思うと、どうしても緊張が拭《ぬぐ》えなかった。

しばらくすると、がちゃりと音がしてドアが開いた。

中から出てきたのは老女だった。小さなメガネがちょこんと乗っかった顔に浮かぶ柔和《にゅうわ》な笑みは、初対面でありながらどんな悩み事も口から滑《すべ》り出てしまうような親しみを覚えさせる。

シャーリーは興奮せずにはいられなかった。

シャーロック・ホームズの理解者にして、下宿を事務所として貸し出していた女主人。ホームズ物語の中の登場人物である、あのハドスン夫人が目の前にいるのだ。

「なにかご用ですか？」

滑《なめ》らかに綴《つづ》られるアルファベットを聞いて、シャーリーはようやく我に返った。

緊張で凝り固まったぎこちない笑顔で挨拶《あいさつ》すると、まるで切り札を見せて勝ち誇るように、勝手に強奪してきた張り紙をずいと見せつけ、身を乗り出してみせた。

「これを見て、伺《うかが》ったのですけれど」

その一語一語に力をいれた言葉と彼女のはりきり

様に困惑しながらも、ハドスン夫人は張り紙を受け取る。その内容に目を通すと、彼女はたちどころに顔をほころばせて歓喜の声をあげた。

「まあ！　それじゃあご依頼にいらっしゃったのね」

ハドスンは嬉しそうにそう言うと、室内に身を傾けて二階を見上げた。

「ホームズ！　お客様ですよー！」

シャーリーは目をぱちくりさせた。

「ホームズ⁉　あなた今、ホームズと仰《おつしや》いましたか⁉」

彼は死んだはずだ。

何千人という人を迎えて国葬式まで挙げたのだから間違いない。

しかし、確かに彼女は言った。ホームズと、あの名探偵の名前を呼んだのだ。

シャーリーを慌てさせていた疑問はしかし、すぐに消え去った。代わりにその心を支配したのは、弾むような喜びと興奮だった。

彼は以前、ライヘンバッハの滝に落ちて死んだと報道された時も、その数年後にはけろっとした顔で帰ってきた。今回も、きっとあの時と同じだったのだ。皆を騙《だま》し、国葬までさせておいて探偵業に復帰するなんて、いかにも彼らしい芝居がかった演出ではないか。

「え、ええ。言いましたけれど……」

こうしてはいられないと、シャーリーはハドスンの脇をするりと抜けて下宿の中に入った。玄関ホールを通り過ぎ、十七段ある階段を一つずつ駆け上る。何度も何度も本を読み返したため、もはや自分の家と同じくらい勝手知ったる下宿先だ。シャーリーはすぐにシャーロックの部屋を見つけ、過去様々な依頼人が潜《くぐ》ったドアを押し開けた。

「ホームズさん‼　あなたに相談したいことが――」

その言葉は、はたと途中で止まってしまった。

それもそのはず。中にいたのは、子供の頃網膜《もうまく》に焼き付けられた、鷲鼻《わしばな》で角張った顎《あご》をした男性とは、似ても似つかない人物だったのだから。

シャーリーの目の前にいたのは、自分の胸ほどしかない少女だった。

身長は四フィートと少し。可愛らしい童顔に、くりっとした大きな目が印象的で、短いがふわりとカールした髪が幼い外見と非常にマッチしている。奇妙なことに、部屋の中でありながら何故か鹿撃《しかう》ち帽を被《かぶ》っており、これまた何故か男性用のインバネスコートを着用している。

どうやら彼女は家具の整理をしていたらしい。その身長と比べるとかなり大きなカウチを懸命に引きずっている最中で、今は突然の闖入《ちんにゅうしゃ》者に、突然ライトで照らされ硬直してしまった子猫のようにぽかんと口を開けて停止していた。

「あ、し、失礼。てっきりホームズさんがご在宅かと」

途端に平静を取り戻したシャーリーは、そう言ってそそくさと退出しようとした。

「ま、待って待って！」

少女は慌ててシャーリーを止めた。

振り返る。

相変わらず、ちっちゃな女の子である。目の錯覚などでは断じてない。

その少女は、自分の身体を少しでも大きく見せようとする無意識の行動からか爪先立ちになり、声を弾ませて言った。

「相談したいこととはなんでしょうか。このわたしがちゃちゃっと解決してさしあげましょう！」

目を輝かせて見上げてくる少女を見て、シャーリーは、その子供好きな性格をくすぐられ、ほっと顔を緩《ゆる》ませた。

「まあ、それは嬉しいわ。でも子供はお勉強しないとね。お母さんはどこ？」

「わたし、もう子供じゃありません。自立しました」

「……はあ」

「ここには一人で住んでます」

「えっと……」

シャーリーはどう反応したものかと、頬に手を当てた。

　こんな小さな子供が、寮でもない下宿先にたった一人で暮らしているなんて到底考えられない。もしかしたら、シャーロック・ホームズの留守中、ハドスン夫人にも気づかれないで勝手に入り込んだのかもしれない。もしもそうなら、なんとかして彼女を保護しなくてはいけないだろう。

「う～ん。それは本当かしら。なにか、身分を証明するものは？　お名前はなんていうのかしら」

　そう聞くと、少女はふふんと笑った。

　帽子をすちゃっと被りなおし、身なりを整え、誇らしげに胸を張った。

「なにを隠《かく》そう、わたしこそがリディア・ホームズ。かのシャーロック・ホームズの魂を受け継いだ、二代目ホームズなのです!!」

◇◇◇

　ホームズは、滝のように流れる涙を拭いながら荷物整理を再開した。

　事件の概要《がいよう》を聞き出す間もなく依頼人に逃げられたのだ。それもただの依頼人ではなく、この探偵事務所始まって以来のお客様である。

　念願の夢がとうとう叶《かな》う。そんな淡い期待が見事に砕《くだ》け散り、その欠片《かけら》が涙となって彼女の頬から零《こぼ》れ落ちていた。

　うっうっとしゃくりあげていると、こんこんとノックの音がして、ハドスン夫人が顔を出した。

「まありディアちゃん。そんなに泣いてどうしたの？」

「おばちゃん……」

　ホームズは潤《うる》んだ瞳を向け、彼女の胸に飛び込んだ。

「うわあああん！　初めてのお客に逃げられた～！」

「まあまあ。それは可哀そうに」

　彼女は励《はげ》ましの声を掛けながら、ホームズの頭を撫《な》でてあげた。

「やっぱりわたし、おじいちゃんみたいな探偵になるなんて無理なのかな……」

「そんなことないわ。何事も、なり初めは難しいものよ。さ、一階においで。スコーンを焼いてあるから、一緒に食べましょう」

ホームズは、涙を腕で拭いながらこくりと頷《うなず》いた。

リディア・ホームズはシャーロック・ホームズの孫である。

シャーロックの一人息子エドウィン・ホームズは父親と違い非常に堅実な性格で、昨今の機械ブームを先読みした先見《せんけん》の明《めい》で重工業の会社を設立し、その成功によって新興富裕層の仲間入りを果たしたれっきとした上流階級の人間だ。そんな人生の絶頂期に妻をめとり、生まれたのがリディア・ホームズだった。そんな彼女がベイカー街の一隅に下宿し探偵業を始めたのは、当然ながら祖父シャーロック・ホームズに憧《あこが》れたからであった。

シャーロックはどこか人嫌いな節があり、リディアもほとんど会ったことがなかったが、それでも彼の物語を読み、空想に耽り、最終的には探偵を自分の生涯の職業にしようと思えるほどになったのである。

しかしシャーロックの息子であるエドウィンは別だった。シャーロックはいつも探偵業に勤《いそ》しむばかりで、息子にとってまったく良い父親ではなかった。彼が物心つく前に母親が亡くなってしまったこともあり、家庭のことはすべてハドスン夫人に任せ切りにして探偵業に勤しむシャーロックが、エドウィンは子供の頃から大嫌いだったのだ。

そんな思いも手伝ってか、一人娘が無謀《むぼう》にも探偵事務所を開くと聞いた時は、いつも温和《おんわ》な彼とは思えない怒りようだった。後々は良家の夫人になる身で、そんな物乞いのような真似はさせないと激怒し、もちろんリディアはそれに反抗し、未曾有《みぞう》の家族喧嘩《げんか》が勃発《ぼっぱつ》。彼女は持ち前の負けん気で家を出て、かつてシャーロックが暮らしていたベイカー街221Bの下宿部屋に転がり込み、居候《いそうろう》させてもらう形で探偵業を始めたのだった。

「エドは元気にしてるかしらね」

懐《なつ》かしむような穏やかな口調でハドスンは呟いた。

「知らない」

ホームズは素《そ》っ気《け》なく言った。

「いつも自分のことばっかかし。やれ世間体がどうだとか、やれ淑女《しゅくじょ》たるものこうあるべきだとか。自分が他の人からどう見られるかってことしか興味ないんだから」

ふてくされながら、ホームズは焼きたてのスコーンにクロテッドクリームをべったりつけて、乱暴に頰張《ほおば》った。

クリーム・ティーの準備を終え、自分も紅茶を飲んでゆったりと寛《くつろ》いでいたハドスンは、いつもの慈《じ》愛《あい》溢れる微笑《ほほえ》みを浮かべてみせた。

「あなたを心配しているのよ」

「どーだかね」

つんとしていたホームズだったが、しかしやがて力無くテーブルに倒れ伏した。

「でも、思った以上に大変だなぁ。名を挙げるにしても、事件がやってこないことにはどうしようもないよ」

彼女がこうして現実を嘆《なげ》くのは、ここに来てから既にかなりの数に上っていた。その度にハドスンはにっこりと笑い、ストレスを一切感じさせない優しい言葉で彼女を慰めていた。

「こういうものは時の運よ。今に、うんと大きな事件が舞い込んでくるから、その時に全力を出せるよう力を溜めておきなさいな」

「そんなものかなぁ」

肯定とも否定とも取れる答えを返しつつ、ずずと紅茶を啜《すす》ってため息をつく。そんなやりとりも、いつもと同じだった。

「そういえば、リディアちゃんがお客様のお相手をしている時、男の方が訪ねていらしったわよ。もしかしたらご依頼だったのかも」

「ホント⁉」

ぱあっと顔を明るくして、ホームズはテーブルを飛び越える勢いで小さな身体を乗り出した。

「ええ。高価そうなお召し物を着こなす紳士だったわ。見るからに育ちの良さそうな」

金持ちだ。

家具は一揃《ひとそろ》え実家から運びこんで来たが、肝心《かんじん》の生活資金をすっかり忘れていたホームズは、今お金という単語に敏感《びんかん》だった。

ホームズはうきうきした気持ちを抑え切れず、勢いよく椅子《いす》から立ち上がった。

「こうしちゃいられない！　早く荷解《ほど》きを終えて、その人が来てもあきれて帰っちゃわないようにしなきゃ！」

ホームズははぐはぐと小さな口にスコーンを押し込むと、ぴゅうと二階へ駆け戻って行った。

◇◇◇

「えーっと。これはこっちで、あれはあっちっと」

ホームズは、乱雑に積まれた荷物をせっせと移動させる作業に骨を折っていた。来訪してきたという紳士のことなどすっかり忘れてしまうほどの熱中ぶりで、自分の背丈ほどもある化粧台をうんうん唸《うな》って押したり引いたりしている。

「あーもう、めんどくさ！　それもこれも、あのインチキ業者のせいだ！」

ホームズは、荷物を運ぶために雇った運搬業者《うんぱんぎょうしゃ》のことを思い出していた。

他と比べて格安な運搬料に惹《ひ》かれて頼んだのはいいが、これが世に云う悪徳業者で、部屋に運び入れるのは無料だと言っていたくせにきちんと配置するのは別料金だと法外《ほうがい》な値段を突き付けてきたのだ。

馬鹿にされたり子供扱いされるのが大嫌いなホームズは、明らかに足元を見ている業者をラグビー選手ばりのゴールキックで追い出し、結果乱雑に置かれた家具だけが事務所に残り、現在に至るのだった。

悪漢共を退散させたはいいが、小さい彼女に大の大人でも苦労する家具の整理はかなりの重労働である。

しかしホームズは、やることがあるというのは今の自分にとって幸運だったと思わないでもなかった。

ホームズは部屋の中を見回した。一番に目につくのは、銃痕《じゅうこん》によって作られたヴィクトリア女王のイニシャルだ。そこから少し視線を動かすと、趣《おもむき》深い暖炉が出現する。マントルピースは幾度もナイフで抉《えぐ》られたためにボロボロで、手紙を保管する留め金代わりだったジャックナイフは、ただこの優美な飾り棚を傷つけるために存在するように突き刺さっている。ジョン・H・ワトスンのお気に入りだったヘンリー・ウォード・ビーチャーの肖像画が見当たらないのは、下宿を引き払う際に持って帰ったからだろう。そのためか、向かい側で存在感を際立たせているゴードン将軍の額縁《がくぶち》が浮いているようにもみえる。その他にも、通常の部屋ではありえないような先住者の生活の香りが感じられた。

静かな部屋は、呼びつければすぐに駆け付けてくれる使用人がいた以前とは正反対。おーいと声をあげれば、密かに住まう亡霊がラップ音で返事をしかねない。

そのことに、寂《さび》しさや恐怖を覚えないこともなかった。

「……ま！　依頼さえ来れば、わたしの実力ですぐにでも賑《にぎ》やかになるけどね！　なんせおじいちゃんを超える才能の持ち主だし！」

嫌なことは考えない主義のホームズは、すぐさま現実逃避という裏ワザを行使した。

「この惨状《さんじょう》を見る限り、そんな奇跡は起きそうもありませんがね」

その言葉は天から聞こえた啓示《けいじ》などでは断じてなく、ホームズの背後から聞こえるものだった。突然後ろから鈍器で殴られたような衝撃にたじろぎながらも、なにぃ！　と言わんばかりに聞き慣れない声の持ち主へ振り向いた。

そこには、ホームズのわたあめのように甘ったるい妄想《もうそう》を平然と引き裂いた青年が立っていた。

身長は高く、目鼻立ちも整っていて、まるで舞台俳優のような存在感がある二十代ほどのその男は、ブラウンのトレンチコートに身を包み、クレイパイプを片手に悠然《ゆうぜん》と佇《たたず》んでいる。目つきが鋭く、どこか禁欲的で冷酷な印象を与えるその英国紳士は、ホームズという名のフィルターを通すと、気取った態度、人を見下した言動と口調を持つ、今世紀史上最大にむかつく輩《やから》だった。

「探偵事務所が再開されたと聞いて来てみれば……」

ゆっくりと、まるで品定めするように部屋を見回し、青年はホームズに目を止めた。

「後継者は、こんなちっちゃな女の子ですか」

ホームズはむっとした。

ちっちゃくない！　とか、ちっちゃいって言う奴がちっちゃいんだ！　などという返しを瞬時に思いついたが、なんとなくこれを口にするとさらに馬鹿にされそうな気がしたので、極めて冷静に、大人の対応に徹することにした。

「見た目だけで人を判断してると痛い目見ますよ～」

ホームズ流の大人びた返答を拗《す》ねた声で披露《ひろう》すると、青年は想像に反し殊勝《しゅしょう》な顔で頷いてみせた。

「なるほど、一理ある。その例外があなたなのかはともかくね」

一言多いところが強烈に癪《しゃく》に障《さわ》る。

「用件はなんですか」

もはや客への対応とはとても言えない、ぶすっとした声だった。

「気になるなら、聞き出してみて下さい」

こちらを見ようともせず、青年は素っ気なく言ってみせる。

先程からの、遠慮という言葉を丸投げしてきた言動の数々に、ホームズの中にある怒りのボルテージはうなぎ登りに上がっていた。

「依頼人は僕で、当然ながら全ての決定権は僕にある。話す内容も、タイミングもね」

言いながら、勝手に部屋に入ってきて勝手に棚《たな》の中を観察し、地球儀やら何やらに触れながら歩き回る。

明らかに、紳士がするようなことではなかった。

「一応、ここはわたしの家なんですけどねー」

皮肉のバターをたっぷり塗った言葉を、ホームズは思い切り投げつけた。

しかしどうやらこの青年、バターは大好物だったらしい。まったく顔色を変えていない。それどころか、書棚に手を出してぱらぱらと本を捲《めく》り出す始末だ。

「あまりぶつくさ言っていると、せっかくやって来た二人目のお客様にも逃げられてしまいますよ」

余計なお世話だと心の中で呟き、ふと何かに気付く。

「どうして最初の客に逃げられたことを知ってるの？」

「さて、どうしてでしょうね」

挑発《ちょうはつ》的な言葉である。ホームズは怒鳴り散らしたいところをぐっと堪《た》え、代わりに自己ベスト記録を誇る嘲笑《ちょうしょう》を浮かべてやった。

「人間観察を得意としてるようだけど、わたし相手には十年早かったわね」

「ほう。自信ありですか」

「ええ。なにせ、シャーロック・ホームズの孫ですから！」

青年は、腰に手をあててふんぞり返っているホームズに、ようやく顔を向けた。

「面白い。では僕の素性《すじょう》を当ててみて下さい」

望むところだ。

ホームズはわざとらしくこほんと咳《せき》をし、口を開いた。

「あなたはハドスンおばちゃんの知り合いで、わたしのことをおばちゃんから聞いて知っていた。でしょ？」

青年は口元を緩めた。

「何故？」

「だってあなた、この下宿に入るのに呼び鈴を鳴らさなかったじゃない。それはつまり、呼び鈴なんて鳴らす必要がないくらい、あなたとおばちゃんは親しい仲だったっていうことよ。それともう一つ当ててあげる。あなた、骨董品《こっとうひん》マニアでしょ？」

「それまた何故？」

「今日び、そんな古くて壊れやすいだけのパイプを持ち歩く人なんて、骨董品マニアしかいない！」

ホームズは自信ありげに、どうだ！　という目つきを青年に投げやった。

青年はぱたんと本を閉じると、静かに言った。

「浅はか」

ぐさりと、ホームズの心に氷の刃が突き刺さった。

「短絡的で、ただ事実を繋《つな》ぎ合わせただけの、まったく論理に欠ける推理だ。凡人以下の人間観察ですね」

計四本の刃が突き刺さり瀕死《ひんし》状態のホームズは、それでも名（？）探偵の意地で、崩れ落ちることだけはしなかった。

「僕があなたの事情を言い当てられたのは、つい数十分前に温厚《おんこう》で見るからに子供が好きそうなご婦人が申し訳なさそうにこの下宿を出て行き、すぐに中からあなたの見境の無い泣き声が聞こえてきたからです。結婚指輪をはめた婦人が夫も連れずに入居の相談に来るなんてまずありえないことですから、彼女があなたに依頼をしに来たということはすぐに分かる。婦人の顔を見れば相談事がうまく運ばなかったことは明らかでした。しかし申し訳なさそうに窓を見上げる彼女の様子を見れば、感情的になって泣き喚《わめ》くほどの口論があったという仮説は否定できる。なのにあなたがそうしなければならなかったのは、断られた彼女の依頼に何か深い思い入れがあったから。未だ荷解きも終えていないこの部屋と、いつ依頼が来るかと頻《しき》りに張り出し窓を覗いていたあなたを見れば、この事務所がまだ開いて日が浅いことと、あなたがこの仕事に必要以上の情熱を抱いていることは明白だ。以上の事実をまとめ推論《すいろん》した結果、あなたは初めて来た客に逃げられ、未だにちゃんとした依頼を受けたことがないのだろうと判断しました」

ホームズはそこまで聞いて、ようやく一つの事実を思い出した。

ホームズが依頼人と話をしていた時、紳士が訪ねて来たというようなことをハドスンが言っていたではないか。その紳士というのが、今目の前にいるいじわるなこの男だったのだ。

「僕が呼び鈴を鳴らさなかったのは、ちょうど買い物に出掛けようと慌てて出て来たハドスン夫人とばったり出くわしたから。この時間帯は、売れ残りを出したくないマーケット《市場》が一斉にタイムセールスを行う時刻で、彼女は非常に急いでいた。一言あなたに声を掛ける余裕もなく、僕によろしくと言って早々と出掛けて行ったというわけです。そしてこのクレイパイプですが、小さく彫られた『愛する我が孫へ』という文字を注意深く見つけていれば、祖父からのプレゼントであることがすぐに分かったはずです」

完敗だった。

ホームズはがくりと項垂《うなだ》れた。

「人間観察において、あなたが僕の足元にも及ばないことは理解できました」

きっと睨《にら》みつけるホームズだったが、青年はどこ吹く風という様子だ。

「しかしまあ、それを補《おぎな》って余《あま》りある推理力があるという可能性も、太陽が西から昇るくらいにはありえるかもしれない」

青年は近くにあった肘《ひじ》掛《か》け椅子にゆっくりと座った。

さも当然のような一連の動作に、そこはわたしの特等席だという言葉が喉《のど》まで出かかったが、こんな男でも大事なお客様である。大事な金づるである。ホームズは大人顔負けの寛容さを偏狭《へんきょう》なる心から無理やり引き出して我慢した。

「一つ、簡単な推理テストをさせてもらいます。その答えが分かるようでしたら、まあ、僕の依頼を受けるくらいの権利はあるものと見做《みな》してあげましょう」

上から目線の言い方にぷるぷる拳《こぶし》を震わせながらも、ホームズは笑顔をみせた。

「そー。すっごくうれしいなー」

怒りを織り交ぜたために奇妙に歪《ゆが》んでしまったそれは、幸か不幸か二人とも気づくことはなかった。

「ちなみに、これはあなたの祖父シャーロック・ホームズが実際に解決した事件でもあります。心して聞いて下さい」

ホームズの目の輝きが変わった。

それを見て青年は不敵に笑い、事件の概要を話し始めた。

シャーロック・ホームズにこの依頼を持ちかけたのは、アセルニ・ジョーンズ警部です。彼は一つの重大な難事件を抱え、大慌てでこの事務所に飛び込んで来ました。「また警察の醜態《しゅうたい》になる！」と声高々に唱《とな》えていた彼は、警察の汚点に繋がる事件を世間に晒《さら》す前に、藁《わら》にもすがる思いでシャーロック・ホームズに解決してもらおうと考えたのです。

それはちょうど今ぐらいの時期でした。世間はガイ・フォークス・ナイトの祝祭一色で、テロリストがジェームズ一世の暗殺に失敗したその日を盛大に祝っていました。そんな安息の日に、ロンドンのビショップゲート通りで事件は起こったのです。ジョーンズ警部は捲《まく》し立てるように事件の概要を話し始めました。

「事件が起きたのは夜中でした。その通りの住人達は打ち上げ花火を見ながら、丸太を組んで作った大きな篝火《かがりび》の周りに集まり踊っていたらしいんです。そのさなかに、通りで経営していた宝石店の宝石が盗まれたんです。現場の状況から、犯人は有名な窃盗犯だと分かりました。ほら、あなたも聞いたことがあるでしょう。気に入った宝石しか盗まず、店にいつもガイ・フォークスの仮面を置いていくという気障《きざ》ったらしい奴です。警察もこいつには手を焼かされているんですが、まあここまではよくある事件です。しかしここからが複雑でして……。まあ、もったいぶるのは止めましょう。あなたがどれほど素晴らしい人物なのかは知りませんが、こんなことを突然聞かされたら、いくらなんでも腰を抜かしてしまう。いいですか？　心して聞いて下さい。その窃盗犯なんですがね。なんと！　店の中から、忽然と姿を消してしまったんですよ！

笑っていられるのも今の内ですよ。あと数分もすればあなたも私と同様悪夢にうなされることになりますからね。

いや、それがまったく理解しがたいもので。順を追って説明しましょう。

最初にそれを発見したのは一人の巡査でしてね。最近入ってきたばかりで身体こそ警官らしくない華奢《きゃしゃ》な奴だが、休日も何のそので文句も言わずに働く模範的な警官で……いやいや。こんなことを言ってる場合じゃないんだった。とにかく、その男が最初に現場を発見したんです。

たまたまかって？　まあ、たまたまと言えばそうなんですが。さっき説明した窃盗犯の犯罪が目立ってきたんで、巡回する刑事を増やしてとっ捕まえてやろうということになったんです。仮面の置き土産《みやげ》からして、今夜どこかを襲う可能性は大いにありましたしね。そいつはこの役割には適任だと判断されて巡回人の一人にまわされたというわけです。だから、たまたまとも言えるし、なるべくしてなったとも言えますな。

話を戻しましょう。彼は今夜の巡回ルートにビショップゲート通りが入ることを確認し、そこへ向かいました。盛大な花火が遠くで打ち上がる中、仮面をつけて踊っている民衆と適当に戯《たわむ》れていた時でした。ふと見ると、通りの一角にある宝石店の扉が、ほんの少しばかり開いていたんです。

中は真っ暗で、足を踏み入れるとなにやら床がじゃりじゃりと音をたてる。怪訝《けげん》に思って電気をつけ、彼は唖然《あぜん》としました。宝石が鎮座するショーウィンドウが粉々に砕け散っていて、中にあるはずの宝石が消えていたのです。そしてさらに驚くことに、店の奥の壁に、ガイ・フォークスの仮面が掛けられてあったのです。

彼はすぐに事情を察しました。店に置いてある電話を使って応援を呼び、現場保全のためにずっと中で待っていたんです。

すぐに応援が駆けつけ、店長に話を聞きながら現場検証に入りました。調べた結果、盗まれた宝石は二百を超える宝石の中からたったの三つ。けれどどれも店の看板ともいえる非常に貴重なものでした。

とまあ、ここまでならいつもと同じただの窃盗事件なのですが、ここで一つ、どうにもおかしなことが起こるのです。それが露呈《ろてい》したのは、事件発生当夜、宝石店に入る人間を見たという浮浪者の証言がきっかけでした。

『ああ、確かにワシはずっとあの店を見ておったぞ。花火なんぞ見飽きているからのぅ。あの成金店長が慌てて店を閉めて祭りに参加しようとしておった滑稽《こっけい》な姿までよぉく覚えておるわ。ワシは店長のあの間抜け面が大嫌いでの。ラム酒を口に含んで吹きかけてやったわ！　あのタコみたいに真っ赤になった顔がまた見ものでなぁ。踊ってる最中も怒りが収まらないらしく唇を噛《か》んでるのがおもしろくて、ワシはにやにやしてたもんじゃ。それからちょっとした頃じゃったか。少しうとうとし始めていた時に、宝石店の前でなにやらがちゃがちゃとやっとる奴がいての。ワシは店長じゃと思ってまた酒を吹きかけてやろうと思ったんじゃが、どう見てもあの小太りとは体形が違う。別人かと少々残念に思って、それっきりそいつには目もくれんかった。人相？　さぁの。服装もこれといって特徴はないようじゃったし。確実に分かったのは男ということくらいかの。それからは警官がやって来ててんやわんや。見た通りの騒動じゃわい。……なに？　警官が来るまでに出て行った人？　そんなもんおったらラム酒を吹きかけて警察犬に追わせとるわい！　ハッハッハ！』

この証言で、事件がまったく不可解なものになりました。高価な宝石を扱っている店ではありますが、所狭しと店が並ぶ通りですからね。それほど大きな建物ではなく、二階に上がる階段もない。周りを他の店で囲まれていますから、裏口や非常扉の類もない。出入り口は犯人が入ったとされるドアただ一つで、当然私の部下は事件が発覚してから店の中を隈なく捜索しています。その辺りのことはよぉく心得た奴なんでね。応援が来るまで出入り口から目を離したりはしなかったそうです。なら、犯人はどこにいったのか？　まさしく魔術としか言いようがない！」

長い話を聞き終えて、ホームズはふむふむと呟きながら腕を組んだ。

「その浮浪者のおじいさんが言ってることは正しかったの？」

「店長に酒を吹きかけたという話は事実だったようです」

「じゃあ人相画でも書いてもらったら、犯人を特定できたんじゃない？」

「しかし彼は、警官の顔すらどれも同じに見えると豪語《ごうご》する人でしてね。暗がりだったということもあって、本当にきれいさっぱり、犯人の顔についてはは覚えていないそうです」

「うーん……。そんなはっきりしない情報だとなぁ。きちんとした情報がないと推理のしようがないし、ミステリーとしてどうなの？」

「僕の話はミステリーではなく、実際に起こった事件です。それをシャーロック・ホームズが聞いたのとまったく同じようにあなたに話してみせただけですよ。ちなみにシャーロック・ホームズは、あなたがそうやって文句を言っている間にこの事件を解いてみせましたがね」

青年の皮肉にホームズはむむむっと口をとがらせながらも、渋々頭を働かせ始めた。

「うむむ……はっ！　ぴかん!!」

ホームズは天啓《てんけい》を得たといわんばかりに人差し指を突き立てた。

「なんですか、それ？」

「わたしの中の豆電球が光った音」

「……なるほど。いや、素晴らしいギャグだと思います」

「ギャグじゃないよ！」

ホームズはこの微妙な空気を一掃《いっそう》するため、こほんと咳払いしてから自らの推理を語り始めた。

「それ、最近よく聞く叙述《じょじゅつ》トリックってやつでしょ」

「なにやらミステリオタクのご高説を聞いているような気分ですが、伺いましょう」

カチンときたが、ホームズ、ここは我慢した。

「この事件の謎は、事実をきちんと把握してなかったから起こったものだと思うのね」

「ほほう。なかなか良い着眼点です」

褒《ほ》められると調子に乗るホームズは、今回も例に漏《も》れず鼻を高くした。

「この事件がおかしなことになってるのは、ひとえにおじいさんの証言があるからです」

何故か敬語口調になっているのは、おそらく彼女の中に名探偵はそういうものだという偏見《へんけん》があるからだろう。

「つまり！　そもそもおじいさんの証言さえなければ、これは普通の窃盗事件なのです！」

「なるほど。それで？」

「犯人はおじいさん！　自分が盗んだのを誤魔化《ごまか》すために、適当なことを並べたてたのです」

「……それだけですか？」

「それだけです！」

どうだ！　と言わんばかりに挑戦的な瞳を向けてくるホームズを、青年はじっと見つめていた。

「零点」

「え!?　一点もなし!?」

「あなたの推理には根拠が何もありません。推理というのはつまるところ、相手をいかにして説得するかにあります。それが欠けているようでは話になりませんね」

どうやら自分の憶測《おくそく》が完全に外れていたらしいことが分かると、ホームズはぶつくさ文句を言いながらも近くにあった椅子に座った。

「では　つヒントを。シャーロック・ホームズが事件を解決してみせる際、彼はジョーンズ警部に一つ、質問を投げかけています」

「ふんふん。それで？」

「それだけです」

ホームズは、見るからに不満そうな顔をしてみせた。

「えぇ～？　それだけじゃ全然ヒントにならないよ。ね！　あともう一つ！　もう一つだけお願い！」

一生懸命背伸びして肩を揉《も》んだり手を擦《さす》ってみせ

たりと、ホームズがちょろちょろと青年の周りを動き回るので、彼もとうとう根負けして重い口を開いた。

「……では、これで最後ですよ」

「うんうん！」

ホームズは嬉しそうに椅子へと戻り、彼の口から語られるヒントを今か今かと待っている。青年はため息をつきながらも、最後のヒントを口にした。

「嘘か真かを考えるのも時に重要ですが、一つの仮定を元に推理を進めることが必要な時もあります。J・S・ミルが提唱した仮説的演繹法《えんえききほう》ですね」

「ほうほう。モルのね」

「ミルです」

青年はすかさず訂正した。

「…………」

「……それから？」

「それだけです」

「えぇ〜!?　もっと！　もっとこう、おっきなヒント！」

再び宥《なだ》めたりすかしたりしてみせるも、今度はつんと目を瞑《つむ》ってしまっている。

とうとうホームズはヒントを諦《あきら》めて、再び考え始めた。

しかしうんうん唸ってみたものの、五分、十分と時間が経っても状況は変わらず、ただただホームズの頭が振り子のように揺れるだけだった。

「……ちなみにホームズ。何故これが叙述トリックだと？」

見かねた青年がホームズに聞いた。

彼女は顔をあげ、さも当然のように言ってみせた。

「だってこれみよがしに偉そうに話し始めるんだもん。普通そうだと思うでしょ？」

「……どうやら僕の想像以上のようですね。あなたの頭脳とやらは」

「え？　そう？　やっぱり溢れ出る知性は隠せないかぁ」

ホームズはちょっと照れていた。

「バケツを逆さにしても落ちてこないものは、時にはっきり姿を見せているもの以上に目立つものです」

ホームズはじと目で青年を睨みつけるが、当の本人は何でもないようにパイプをくわえている。

それからしばらく経っても解答は得られず、とうとうホームズは自らの口で負けを認めた。

「ふう。こんな簡単な事件も分からないとはね。これからはエセ名探偵という触《ふ》れ書《が》きで営業するべきだと思いますよ。いつか詐欺罪《さぎざい》で訴《うった》えられてしまう」

「…………」

「身体がちっちゃいだけでなく、中の脳みそまでちっちゃいとなれば、救いようがありませんね」

「ち、ちっちゃくなんてないもん……！　ち、ち、ちっちゃいって言う方が、ちっちゃいんだもん……!!」

完全敗北を喫したホームズには、涙目になりながら先程我慢したはずの子供じみた反論を展開させることしかできなかった。

「まず最初に考えるべきなのは、この人間消失マジックが犯人の意図したものなのか、ということです」

まるで教職者が手取り足取り教えるような言い方に、ホームズはなけなしの自尊心を深く傷つけられながらも、込み上げてくる罵倒《ばとう》の言葉を必死になって飲み込んでいた。

「実際にそんな魔法が使えるのなら、無論有用ではあるでしょう。しかし犯人がごくごく一般的な人間であると仮定した場合、その消失マジックには何らかのトリックが必要になってくる。当然、それは普通に宝石を盗むよりも一層面倒です。そんな手間をかけてまで消失マジックを実行する必要があったのかどうか」

「ない！」

ホームズはパブリックスクールに通う優等生のように手を挙げてはきはきと答えた。

「何故そう思いますか？」

「わざわざ聞くくらいだから、必要ないんだと思いました！」

「だからあなたは馬鹿なんだ」

ホームズが殴りかかろうとするも、飼い主に行動全てを熟知《じゅくち》された猫のように襟首《えりくび》を掴《つか》まれてしまい、じたばたと暴れることしかできなかった。

「いいですか。本当の事件では、真相を全て知る語り部なんていないんですよ。語り部の反応を見て推理するなんて、探偵のすることだと思いますか？」

「う……」

至極《しごく》真っ当な意見に、ホームズは反論できなかった。

「先程の問いに戻りますが、当然の如《ごと》く答えはノーです。何故なら、犯人にとって消失マジックを敢行するメリットが何もないからです。店内から消えてみせることでアリバイが証明される人間が一人もいない以上、これは偶然による産物だと考えるのが妥当でしょう」

「なるほどね。アリバイか」

真剣な様子で頷いて見せるも、ぶらぶらと物干しざおにかけられた洗濯物のように浮かんでいるホームズの姿は滑稽《こっけい》でしかなかった。

「ではここで、さらに事実関係を精査《せいさ》してみましょう。まず第一に考えるべきは、やはり浮浪者の証言です」

「やっぱりね！　わたしの読み通り！」

青年は鼻高々なホームズを無視して続けた。

「彼の証言を信じるかどうかで事件の様相は大きく変わります。もしも信じるとしたら、まったく無意味で荒唐無稽《こうとうむけい》な人間消失マジックが行われたことになりますし、信じなければ容疑者は何百人にも増えてしまう。ではここで、演繹法《えんえきほう》を使ってみましょう」

「モルのね」

「ミルです」

青年はすかさず訂正した。

「仮に、あの浮浪者が嘘《うそ》をついていなかったとしたら。そして、人間消失マジックが行われなかったとするなら、と仮定してみましょうか」

「ちょっと待って。その仮定は成り立たないんじゃない？　現におじいさんは、犯人が消えたと証言してるんだし」

「いつしましたか？」

「え？」

「犯人が消えたと、浮浪者は一度でも口にしましたか？」

「……してないけど、でもおじいさんの言うことを信じれば、事実そうなっちゃうんだし」

「それはあなたが勝手にそう解釈《かいしゃく》しただけです」

ホームズは首をかしげた。

「浮浪者の証言を聞いて、勝手に犯人が消えたと勘違いしてしまったのです」

ますます訳が分からないというように、ホームズは身体ごと首をかしげた。

「浮浪者の証言はこうです。自分は宝石店のすぐ近くにいた。宝石店が閉まってから、一人の人間が宝石店に入って行くのを見た。後は警察が来て、てんやわんやだった」

「うん。そうだよ。だからなに？　どこかおかしなところがあった？」

「ええ、ありますね。浮浪者の話を信じるなら、役者が一人足りません」

「なんでよ。犯人でしょ？　通報した警官でしょ？　あと誰か足りない人いる？」

「たった今、あなた自身が足りない役者を言ってくれました」

「はあ？」

これまでの鬱憤《うっぷん》がそうさせるのか、ホームズはこれでもかというほど小馬鹿にした視線を青年に投げつけた。

「浮浪者は警察がやって来たと言いました。しかし何故分かったんでしょうね。応援を呼んだ彼が警官だと」

ホームズは一瞬止まった。

「え？　だって、え？　制服着てたんじゃないの？」

「僕は彼が制服警官だとは一言も言っていませんよ。アセルニ・ジョーンズ警部が言っていたように、今回の巡回強化は窃盗犯の〝逮捕〟を目的にしたものだったんです。犯罪予防ではなくてね。犯人を現行犯で捕まえようと思ったら、巡回する警官にさも警戒してくださいと言わんばかりに制服を着せる馬鹿はいないでしょう。警察向きでない体格の彼が適任だと思われたのも、ジョーンズ警部が彼の勤勉さを誇っていたにもかかわらず職務中民間人と踊りに興じていたことを当然のように語っていたのも、全ておとり捜査が前提にあったというわけです。これが最初のヒントの答え。シャーロック・ホームズがした質問というのは、彼は私服で巡回していたか、というもの。答えはイエスでした」

「……じゃあ、おじいさんの言ってた誰か宝石店に入った人がいるっていうのは」

「その新人警官のことです」

「なぁんだ。じゃあやっぱりおじいさんがでたらめ言ってただけじゃない」

青年は深いため息をついた。

「な、なによ」

「あなた、よくもそんな知性の欠けた頭で探偵を名乗れますね」

突然の罵倒に顔を真っ赤にしながらも、彼の言いたいことがまったく分からないので、黙っていることしかできなかった。

「浮浪者の証言を信じるなら、犯人は店から出ていない。ならその解釈通り、犯人は店から出ていないのです」

「……あ！　そうか、その若い警官が犯人！」

「その通り。彼は従順な警官ではなく、単純に意思表明の薄い若者で、休みもない重労働にストレスが溜まっていた。そこで祭りのために持ち込んでいたガイ・フォークスの仮面を使い、有名な窃盗犯に罪をきせて宝石をせしめようと考えたわけです。自分が第一発見者になって警察に通報することで、現場に何らかの痕跡《こんせき》を残してしまった時の言い訳にしようと考えたのでしょう」

「あー悔しい！　おじいさんの証言、絶対うそだと思ったのに!!」

「結論ありきで先入観を持つからですよ。事件を複雑怪奇にするどんな原因も、推理によって紐解《ひもと》けば案外あっさりしているものです。それらを複雑にしている要因は、結果だけを見てしまう観察力と、本来それを精査するべき推理力不足によるもの。覚えておくといいでしょう。論理は真実にも勝る。それらしい事実も、決して真実とは限らないということを」

ぐうの音もでないとはこのことだ。

全てにおいて完敗だった。

「ではこれで。あなたの素晴らしい推理力は、僕の記憶に刻まれる程度で充分でしょう」

背を向けてドアへと向かう青年を見ながら、ホームズは思った。

ここで帰してはいけない。せっかく仕事が手に入るチャンスなのだ。これを逃せば、いつまた依頼人が来るかも分からない。

ホームズは混乱していた。心臓は大きな音をたてて鼓動《こどう》し、小さな手は小刻みに震えている。その時、すぐ近くに火かき棒が置いてあり、それに目が止まったのは、運命の悪戯《いたずら》ともいえる偶然だった。

ホームズは考える間もなく火かき棒を手に取った。

ドアへと足を運ばせる青年。その背中に向かって、ホームズはとっさに殴りかかった。

ガン！

鋭い音と共に、ホームズは静止した。

さあ、と顔が青くなる。

やってしまった。

それは、そんな後悔からくる表情……ではなかった。

火かき棒の先端に視線がいく。そこに青年の姿はなく、代わりに金属製の置き時計があった。青年が身を翻《ひるがえ》したことで、本来彼を襲うことになっていた衝撃は、振り下ろされた火かき棒を伝い、そのままホームズの手を襲った。

「にゃあああ!!　痺《しび》れるぅ!!」

びりびりと電気が迸《ほとばし》る手を抱えて、ホームズは悶《もん》絶《ぜつ》した。

「殺す気ですか！」

青年の口から思わず飛び出た叫び声は、まさしく的を射たものだった。

「だ、だって……、いきなり帰ろうとするから、思わず……」

「そんなことで殺されたら堪《たま》りませんよ！　探偵が殺人を起こしてどうするんです！」

青年は冷や汗を流しながら、警戒した様子でじりじりと後ずさる。

「そ、そんな身構えなくてもいいじゃない。殺人鬼じゃあるまいし」

「殺人鬼の方がよっぽど後先考えて行動していますよ」

もはやその体勢は、凶悪犯と対峙《たいじ》した警察官と遜《そん》色《しょく》なかった。

「もお！　それはあなたが帰ろうとするからでしょ!!」

どんどんと、ホームズは怒りを体現するように何度も床を踏みつける。その度に青年は機敏《きびん》に反応して後退し、何が起きても対応できるように戦闘態勢を崩さない。

その時だった。突然ばんとドアが開いて、一人の女性が顔を出した。

「ジェームズ!!　大丈夫ですか⁉　さっき凄い音が……！」

それは、この探偵事務所に初めて訪れた依頼人、シャーリー・マクレーンだった。

「はっ！」

彼女はホームズの手にある火かき棒と、何の罪もあるはずがないのにぐにゃりと歪んでしまった置き時計を見て、思わず口を覆った。

「い、いや、違うよ？　これはその……ち、違うの」

「下がっていてください、シャーリーさん！　偵察は失敗しました。ここは危険です！」

「だから！　もうあんなことしないって!!」

「あ、あんなこと⁉」

シャーリーの恐怖の叫びにホームズは慌てて首を振った。

「ち、違うって！　だから――」

「これほどの危険人物は初めてだ。もう何人か手にかけているのかも……」

「手に⁉」

「……人の話を聞けー‼」

とうとうパニックに陥《おちい》ったホームズは、再び癇《かん》癪《しゃく》を起こして暴れ出した。

火かき棒を片手にめちゃくちゃに暴れる彼女を抑え込むのに、まるまる三十分は時間を費《つい》やす羽目になった。

◇◇◇

「……で？　これはいったい何の茶番？」

ホームズは歳相応のふてくされた様子で言った。

シャーリーは終始申し訳なさそうな顔をしているが、もう一人の主犯格は何食わぬ顔でパイプをふかしている。

「あの……ごめんなさい。ジェームズは悪くないの。元はといえば、私が頼んだことで……」

言いにくそうにしながらも、シャーリーは事の発端を話し始めた。


「あなたの事務所を出てから、少し考えていたの。私の依頼はその……少し特殊で。だから、あなたのような柔軟な思考の方じゃないと引き受けていただけないんじゃないかと」

「要するに、仕事も選べないほど困窮《こんきゅう》した探偵はあなたくらいだと言いたいわけです」

「あんたは黙ってて！　わたしはこの人から話を聞いてるの！」

青年は白々しくそっぽを向く。シャーリーは続けた。

「そ、それでね。たまたまジェームズがあなたに用事があると言うから、少しその……信用できる人間か、見てもらうことになって。ごめんなさいね。なんだか試すようなことをして」

ホームズの身体はぷるぷると震えていた。

怒られると思ったシャーリーはぎゅっと目を瞑《つぶ》ったが、ホームズの怒りはまったく別の人間に向けられたものだった。

「ちょっとあんた！　さっきさも自分が推理したみ

たいにわたしの内情を明かしてくれちゃったけど、あれ全部この人から聞いたことでしょ！」

「そうですよ」

　そのあまりに堂々とした言い草に、ホームズは二の句が継げなかった。

「僕は別に、シャーリーさんと知り合いではないなんて一言も言ったつもりはありません。それに、彼女が帰って行く様子を見ていた僕が、何故わざわざ時間を置いて訪問したのかを考えれば、彼女と僕が友人で、その空白の時間は彼女と話をしていたためだということが簡単に想像できると思いますが」

　ホームズは地団駄を踏んだ。

　まったく反論できなかったのである。

「むかつく～！　なによこいつ！　ちょっと人を騙せたと思っていい気になって‼」

「これだけ言いくるめられておいて、『ちょっと』で済まそうとするあなたの方がよっぽどむかつきますね」

「～～っ！　ああ言えばこう言う～……‼」


　ホームズが喉奥《のどおく》に内蔵させた言葉のマシンガンを暴発させかけた時だった。

「ジェームズ。さっきから、こんなかわいい女の子に対する言葉じゃないわ。レディに失礼よ」

　ホームズは、そのあまりにも優しく温かい言葉を受けて、思わずシャーリーに顔を向けた。

　彼女はそれを見てにこりと笑う。

　数々の毒舌によって疲弊《ひへい》しきった彼女にとって、それは聖母マリアにも匹敵する笑顔だった。

「わたしって身体ちっちゃい？」

「どんな人でも最初はちっちゃいものよ」

「頭悪いかな……？」

「とても賢そうなレディに見えるわ」

　心まで沁《し》み渡《わた》るそよ風のような言葉の数々は、いつの間にやら毒の瘴気《しょうき》が蔓延《まんえん》していた事務所の空気を綺麗《きれい》さっぱり洗浄してくれた。

　シャーリーがさっと手を掲げる。ホームズは跳躍する勢いでその手を叩き、「「いえ～い」」と互いの仲を確認し合った。

ため息をつく青年を無視して、二人は両手を繋ぎ合ってステップを踏んでいる。

気分はまさしく花畑の中を踊る少女だ。しかし、あははと笑い合いながら回っているうちに、ホームズはその異変に気付いた。徐々にその回転スピードが増していっているのだ。風を切るような速さで振り回され始め、ぐんぐんと瞳に映る景色が回り、とっくの昔に地面から離れた足はばたばたと空を切っている。ホームズの小さな口から迸る幸せに満ちた笑い声はいつの間にやら悲鳴へとシフトチェンジしていた。

「あ、ごめんなさい」

シャーリーがようやくそのことに気付いたのはよかったが、彼女は条件反射で、大車輪の如《ごと》く回っていたホームズの手をぱっと離してしまった。

アイザック・ニュートンによって証明された慣性の法則は、ホームズの小さな身体にも当然のように適用され、彼女はくるくるとブーメランのように回転して本棚にぶつかった。

「おおー……」

ばさばさと落ちてくる本に埋もれながら、ホームズは驚きともいえない声を発した。

「ご、ごめんなさい！　大丈夫？　怪我はない？」

「死ぬかと思った……」

「本当にごめんなさい。昔から木登りしたりして遊んでいたものだから、妙に力が強くなってしまって。ちょっと気が緩んじゃうと、つい……」

ホームズは助け出されながらも、彼女との接触には今後注意しようと固く心に誓った。

「そ、それで、けっきょく依頼はどうするの？　わたしの知性を試していたなら、当然合格だったと思うけど」

「いい加減自分の無能を認めたらいかがです？」

怒りはとっくに頂点に達しているホームズだったが、うまい言葉が出てこず、身悶《みもだ》えすることしかできなかった。

シャーリーは、そんな知性とはかけ離れた行動をとるホームズを見て、心配げに青年へと顔を向ける。

その動作は、彼女の探偵としての能力に対する僅《わず》かながらの不安を如実《にょじつ》に表したものだった。

「僕としては、あれほど簡単なサービス問題もこなせない人間に解決できるものなどないと思いますが……」

すちゃっと火かき棒を掲げてみせるホームズを見て、青年は即座に黙る。

「ささ。この歩く毒ガス噴出《ふんしゅつき》器は無視して、ちゃちゃっと事件のほうを話してみてください。ぜったい、解決してみせますから！」

爛々《らんらん》と輝く星々を瞳に溜めて、ホームズは天真爛《てんしんらん》漫《まん》な笑顔を見せた。

「はあ。そこまで言うのなら――」

ホームズは、嬉しそうにこくこくと頷いた。

「ジェームズと一緒に聞いていただけますか？」

青年もホームズも、露骨に嫌そうな顔をした。

「何故僕まで聞く必要があるんです。役目はちゃんと果たしたはずですよ」

「そうよ！　なんでこんな奴の同席を許すの!?」

さんざん自分を馬鹿にしてきた青年を指さし、ホームズは叫んだ。

シャーリーは令嬢のようなお淑《しと》やかな動作で手を合わせた。

「あのね。私、こう見えてあなたのおじい様、シャーロック・ホームズの大ファンなの」

「だから？」

「だから、見てみたいのよ」

「なにを？」

シャーリーはにこやかに笑って言った。

「リディア・ホームズとジェームズ・ワトスン。時代を超えた名コンビの誕生を、よ」

その言葉にホームズは文字通り目が点になり、青年ジェームズ・M・ワトスンは辟易してため息をついた。

◇◇◇

「改めて自己紹介します。私はスコットランドのロージアン州で代々地主をしております、今は亡きジャック・マクレーン伯爵《はくしゃく》の一人娘、シャーリー・マクレーンと申します」

先程までの浮かれた様子は一切なく、そこには歳相応の落ち着きある貴族がいた。ホームズも自然と背が伸びる。

しかし先程から、ちらちらと視界に映るワトスンに気持ちが散って仕方なかった。

数奇《すうき》な縁《えん》がありながら、結局一度も顔を合わせたことのないワトスン一家。その孫が今、ここにいるのだ。

だが今はそんな興奮よりも、適当に部屋を物色して歩くワトスンに苛立《いらだ》たしさを感じてしようがなかった。特に、自分の秘《ひ》蔵《ぞう》コレクションである蓄音機《ちくおんき》のレコード集をちらと確認して鼻で笑われた時は、ぶん殴ってやろうかと半ば本気で思ったくらいだ。

もしもあの男が依頼の仲介人《ちゅうかいにん》という立場でなく、またその依頼人が目の前にいなければ、再び火かき棒を手に追いかけまわしていたことは間違いないだろう。

「先程少し触れた通り、荒唐無稽なお話になりますけれど……」

「構いません。話してください」

そう言われて安心したのか、シャーリーは「では」と前置きしてから話し始めた。

「私の依頼というのは、主人についてです」

「ほほう。何か重い過去を背負っているようなことを匂《にお》わす言動があったんですね」

「ホームズ。勝手に解釈を進めないで依頼人の話を聞いたらどうですか?」

ホームズはむすっとしたが、ワトスンの言うことにも一理あることを認めたのか、文句は言わなかった。

「ごめんなさいね。そういうものとは少し違うの。どちらかというと、あなたのおじい様が言っていた〝奇怪な事件《グロテスク》〟に近いんじゃないかしら」

「奇怪《グロテスク》、ですか?」

「ええ。私は、奇怪《グロテスク》が恐怖に変わる、そのほんの一歩が怖くて仕方がないんです」

　そう言いながら身体を震わせる彼女を見れば、それがただの誇張でないことが容易に分かった。

「まず、主人についてお話ししますね。私と彼は幼馴染《おさななじ》みで、うちの下働きになった縁で、ほとんど家族同然に育ってきました。そんな子供の時分から、私はずっと彼に惹かれていたんです。でも彼は、立場の違いを感じていたのか、いつも私に対して素っ気なくしていました。そんなある日、彼は私に何も言わずに家を出て行ってしまったんです。たぶん、彼なりに考えてのことだったんだと思います。それでも私は諦めきれなくて、ずっと彼を待っていました。運命的な再会を果たしたのは世界大戦が終わって何年か経った頃です。私が無理やり家まで連れてきて、また一緒に暮らすことになったんです。何度も何度もプロポーズして、ようやく一緒になってくれました」

「素敵ですね。初恋の思いが叶ったんだ」

「ありがとう。けれど、その時にはもう彼は病気がちで。この前、それが元で亡くなってしまったの。両親が亡くなった時もそうだったけれど、さすがに今回は堪《こた》えたわ」

　ホームズは完全に感情移入してしまい、うるうるとつぶらな瞳を涙で潤ませていた。

「それじゃあ今は一人ぼっちなんですね。かわいそう。きっと心細い毎日なんだろうな……」

「あ、いえ。そうでもないんです。寡婦《かふ》ではありますけれど、息子が二人いますので」

「二人も？　数年前に結婚したんだよね」

「厳密には私の子供ではありません。主人の連れ子です。主人とは歳がちょっと離れていますから」

「はあ。なるほど。それで息子さんというのはおいくつくらい？」

「えっと、上の子がもう二十歳《はたち》そこそこで」

「ええ⁉」

　歳の離れた夫婦と言っているが、一体どれくらい離れていたのか非常に気になるところだった。

「夫の突然の死に私はなにがなんだか分からなくて、

しばらく茫然《ぼうぜん》とした日々を過ごしました。葬儀もほとんど息子達に任せきりで、なんとか私有地の片隅に土葬いたしました。それから何週間かして、ようやく立ち直りかけた時に、あんな事件が……」

「どんな事件ですか？」

シャーリーは意味深に言葉を区切り、ホームズの顔を見つめた。

「時にホームズさんは、怖い話などはお好きですか？」

「あはは。それが全然ダメなんです。幽霊とかアンデッドとか、そういう荒唐無稽なのは特に」

「まあ。私とおんなじ」

「夜とか歩いてると、あそこの陰《かげ》に何か潜んでるんじゃないかーって、いつもいらないこと考えてびくびくしちゃうの」

「きゃあ！　私も私も！　うれしいわ。こんなところで同志に会えるなんて！」

言いながら、シャーリーは興奮した様子でホームズの手を摑んでぶんぶん振り回した。


時折みしっという音がしてホームズの顔が苦悶《くもん》と共に青ざめはしたが、シャーリーもすぐに落ち着いてくれたので大事には至らなかった。

「それでですね、ホームズさん。依頼の話に戻るのですが」

佇まいを整え、彼女は改めて話し始めた。

「実は今回の依頼というのが、まさしくそういった怪談じみた話になるんです」

違う意味で、再びホームズの顔は青ざめた。

「初めに〝それ〟が歩いているところを目撃したのは、住み込みで働いているメイドでした。私に報告に来た時は気の毒になるくらい取り乱していて。断片を拾って、なんとか伝えようとしていることは理解できました。けれどあまりにおかしな話で。それで私も少し気になって、〝それ〟が歩いていたという場所をちょっと監視していたんです。そしたら、私もとうとう〝それ〟を目撃してしまって……」

「その歩いていたものというのは？」

シャーリーがずいと顔を近付けるので、ホームズもつられてずいと近付いた。

彼女は、秘密の話を打ち明けるように片手を口に当て、言った。

「死んだはずの主人。つまり、……死体です」

「……死体？」

「そう。死体」

「死体……」

ホームズは、その言葉を決して認めない頭に無理やり押し込めようと、死体死体とぶつぶつ呟いていた。

「それ以来、使用人たちもみんな怖がってしまって……。かくいう私もその一人なんですけれど……。それであなたには、このおかしな現象の正体を突き止めていただきたいのです」

「うん……」

いつもうるさいくらいに元気なホームズの声が、ろうそくの火のようにか細かった。


「とりあえず仕事内容としましては、あなたにその死体が歩いたという場所を調べていただいて」

びくっと、ホームズの肩が震えた。

「棺《ひつぎ》の中も、検《あらた》めていただけると安心します」

びくびくっと、今度はホームズの小さな体が震えた。

シャーリーはおずおずとホームズを見て、言った。

「お引き受け願えますか？」

ホームズはしばらく黙っていた。

怖がりの彼女にとって、この事件はあまりに恐ろしいものだった。

しかし、彼女は腐っても探偵である。すぐに毅然《きぜん》とした表情を取り戻し、キッと力強い眼光をシャーリーに投げつけ、声高々に宣言した。

「むり！」

その言葉は、しんと静まった部屋の中で、いやに響《ひび》き渡った。

「……えっと、すみません。もう一度言ってもらえますか？」

「むりむり！　ぜったいむり！　そんなのわたしい

やだもん。歩く死体なんてわたしにはむり！　まだ早すぎる！」

「そ、そこをなんとか……」

「やだやだ！　ぜったいやだー!!」

しまいには部屋の隅に逃げ出す始末だ。シャーリーは途方に暮れた様子でワトスンを見つめた。ワトスンは、先程までぱらぱらとページを捲っていた本を閉じ、ホームズに向き直った。

「では、依頼は不成立ということですね。『シャーロック・ホームズの孫が探偵事務所を再開するも、その自称名探偵は怪談じみた依頼内容に怖気《おじけ》づき、とうとう最初で最後の依頼さえも蹴《け》ってしまった』……ふむ。ゴシップ雑誌に載せる記事としては、なかなかキャッチーな内容です」

「はっ！　ま、まさかそれは、脅し……！」

「いやいやそんな滅相《めっそう》もない。ただ、あくまで自然に、そういう噂が流れてしまう可能性は否定できないというだけですよ。脅しなんて、人聞きの悪いことを言わないでいただきたいですね」

その、路傍《ろぼう》に捨てられた家畜《かちく》でも見るような冷たい目を見て、ホームズは固まった。

この男ならやりかねない。それは、一時間にも満たない会談で十二分に理解できた。

もしもそんな噂を吹聴《ふいちょう》されれば、今でさえ閑古鳥《かんこどり》の鳴くこの探偵事務所は、本当に次の依頼を見る間もなく潰《つぶ》れてしまいかねない。

「………さーてと。準備運動はこのくらいかなー」

ぬけぬけと、ホームズはわざとらしく身体を動かしてみせた。

「えっと……無理は、しなくていいんですよ？　ジェームズには私から言って、そんなことさせないようにしますから」

その言葉に耳が惹きつけられるホームズだったが「シャーロック・ホームズの孫、依頼人に同情される」といういかにも記事のタイトルになりそうなセンテンスをぼそりと呟《つぶや》かれ、その甘美な誘惑を決死の思いで断ち切った。

「むりなわけありません！　このわたしがいるから

には、そんな事件ちょちょいのちょいのちょいです！」

ホームズは決めポーズよろしく帽子のつばに手をかけてみせた。

若干涙目《じゃっかん》になっているのはご愛嬌《あいきょう》といったところだ。

「だから任せてください！　わたしと……この助手に！」

大きく広げられた腕の先には、自分の仕事が終わったことに満足しているワトスンの姿があった。

「……は？」

ホームズは敢《あ》えてワトスンに背を向け、誤魔化すように咳払いした。

「そ、そういうわけで助手！　死体の検分《けんぶん》みたいな雑用はあんたの仕事だから、そのへん抜かりないように！」

「……帰ります」

「わー！　待って!!　ごめんなさい調子に乗りました！　お願いだから帰らないで!!　ちょっとでいいから手伝ってー!!」

それからの三十分は、ホームズがワトスンを宥《なだ》めすかす時間に費やされた。

◇◇◇

自動車の普及によって、華やかだった鉄道会社も経営に支障を来し始めた昨今。それでもここ、ロンドン・アンド・ノース・イースタン鉄道はごったがえすような盛況《せいきょう》ぶりだった。

最近になっていくつもの鉄道を合併《がっぺい》して作られたこの鉄道は、四大鉄道会社でも第二位の規模を誇る。

スウィンドンで作られた世界に誇る機関車が駅を行き交い、人々は各々《おのおの》の目的のために忙《せわ》しなく動き回る。蒸気が蔓延《まんえん》して濁《にご》った空気の中、ある人は列車に乗り遅れないように、ある人はキオスクで買いものをするため列に並んでいる。

そんな中、一際《ひときわ》存在感を放つ青年が一人。どことなく落ち着かない周囲の人間などお構いなしに、洗練された所作《しょさ》でパイプをふかしている。

「いやぁ、さすがはワトスン先生。立ってるだけでも凛々《りり》しいお姿ですなぁ」

青年の隣にいた少女、リディア・ホームズは、先程から彼の太もも辺りを両手で揉むように擦っていた。

「いい加減その気持ち悪い手と言動を止めてもらえませんか？　はっきり言って鬱陶《うっとう》しいです」

「は、はっきり言い過ぎ！」

ワトスンは見せつけるようにため息をついてみせた。

「本来なら紹介だけして帰るつもりだったのに、どういう訳で僕はここにいるんでしょうね？」

ホームズは答えに窮《きゅう》して手をもじもじさせた。

「べ、別にいいじゃない。どうせ暇でしょ」

「別に良くもないし、それほど暇でもないのですが」

「紳士ならつべこべ言わないの！」

「怖いなら怖いと、はっきり言ったらどうですか？」

「う……。ち、ちがうもん。そんなんじゃないもん。た、ただ、常にわたしのそばにいる人がいないと、わたしの伝記が書けないと思っただけだもん」

「あなたの伝記ですか。何ポンド積まれてもお断りですね」

ホームズがライオンに挑むウサギのように挑みかかって返り討ちにあっていると、シャーリーが申し訳なさそうに頭を下げた。

「なんだかごめんなさいね。こんな突然来てもらうことになって」

「シャーリーさんのせいではありませんよ。誰がどう見ても、悪いのはこのはた迷惑なお嬢様ですから」

ワトスンは何気なくホームズの頬を引っ張った。

「むにぃー！」

その時だった。何かとんでもないことに気付いたように、ワトスンは目を大きく見開いた。

「な、なによ？」

まじまじとホームズを見つめ、今度は両手で頬を引っ張る。

「ふぎぎぎ！　痛いって！」

それはワトスンが今まで触れてきたどんなものとも違った。力を加えれば加えただけ押し戻そうとする弾力が指を包み、柔らかな皮膚は挟《はさ》み込むとどこまでも潰れていく。

「って！　人の顔で遊ぶな!!」

少し力をいれるだけで面白いように変形するほっぺたに夢中になっていたワトスンの腕を振りほどき、ホームズは逃げるように彼の側から退避した。

「けれど、本当にお仕事は大丈夫なの？　忙しいんじゃない？」

名残惜《なごり》しそうに手を開いたり閉めたりしていたワトスンは、静かに首を振った。

「いえ。僕の仕事は意外と自由の利《き》くものですから。それに一応、彼女に用もありますしね」

「ああ。そういえばそんなことを言っていたわね。何か依頼が？」

「まあそうなんですが、話したものかどうか。……おや？　彼女はどこですか？」

二人がきょろきょろと首を動かしていると、人の波に飲まれているホームズをようやく見つけることができた。

押し流されながらも、最後の抵抗と言わんばかりに腕だけをにょっきり天に突き上げ「うにゃあ」と叫んでいる様は、まさしく海で溺《おぼ》れた子供そのものである。

荒くれる群衆からホームズを救いだすのは存外に骨の折れる作業で、かなり時間が掛かってしまった。

「まったく。人に世話をかけさせることに関しては天才的ですね、あなたは」

「ふう。なかなかの難所だった……」

ホームズは聞いているのかいないのか、頻《しき》りと額を流れる汗を拭っていた。

「たかだか駅を歩くだけで随分《ずいぶん》と大げさな言い方をしますね」

「人には得手不得手《えてふえて》というものがあるの！」

「なるほど。あなたの人生は不得手の連続というわけですか」

「なにをー!!」

ワトスンに飛びかかるも、大方《おおかた》の予想の域を出ず、再び返り討ちにあっていた。

一行は、当初予定していた時間よりもだいぶ遅れた状態で切符売り場に到着した。シャーリーはこの場にいない。屋敷で待っている使用人達にと、近くの売店に簡単な土産を買いに行ったのだ。

その時、ワトスンに気づかれないようこっそりと耳打ちしてくれた話によれば、彼も何かホームズに依頼したい事案を抱えており、それを相談するのか悩んでいるらしいとのことだ。ここでいかに相手に気を許してもらい、相談事を打ち明けてもらえるのかも、探偵の腕の見せ所である。

ホームズは、この忙しなく続く喧噪《けんそう》と、エディンバラ行きの切符を待つ長蛇の列を利用することにした。

「ごほんごほん。あー、ひまだなぁ」

若干ワトスンの方に体を寄せ、さも聞こえるように大声で言った。

「今なら誰かの相談を聞く時間もあるのになぁ」

「……シャーリーさんに教えてもらったんですか？」

「え⁉　なんでわかったの⁉　エスパー⁉」

「むしろわざとじゃなかったことに驚きますよ」

辟易するようにため息をつくと、ワトスンは続けざまにこんなことを聞いてきた。

「あなたはジョン・H・ワトスンのことについてどれくらい知っていますか？」

突然の質問に、ホームズは少々面食らった。

「えっと、よくは知らないかも。たしか、死んじゃったのは世界大戦の頃だったよね」

当時はほとんど新聞にも出なかった事実だが、父であるエドウィンがそんなことを漏らしていたのをホームズは覚えていた。

「知らなくて当然です。その頃はシャーロック・ホームズとも疎遠《そえん》になっていましたからね。ジョン・H・ワトスンが死の間際、シャーロック・ホームズに対して一通の手紙を渡したことも、おそらくそちらの一家は誰も知らないでしょう」

「え!?　なにそれ、初耳なんだけど」

詳しく聞こうとするも、それ以降ワトスンはぴたりと喋《しゃべ》らなくなってしまった。何故かしきりに懐《かい》中《ちゅう》時計を気にしており、何を聞いても上の空。結局、順番が来るまでの間、彼は口を開かずじまいだった。

ちなみに、ロージアン州行きの一等列車の切符は、お金がないと嘆くホームズに代わってワトスンが立て替えた。切符代をペニー換算《かんさん》にしても足りないくらいの文句を言われると覚悟していたホームズだったが、珍しくワトスンは何も言わない。ホームズが礼を言い出しあぐねてもたもたしていると、ワトスンは真面目《まじめ》な顔をこちらに向けた。

「早く列車に乗り込みましょう。もうすぐ十七時になってしまう」

「……はあ?」

ホームズは文字通り首を捻《ひね》った。

その時間が列車の発車時刻でないことは確かである。

「十七時はアフタヌーンティーの時間と決まっているんです。さあ急いで！」

それからのワトスンの行動は素早かった。瞬時にシャーリーを見つけて訳を話し、二人を引っ張るようにして列車へ向かう。ワトスンがあまりに急《せ》かすので、まったく事の重大さを理解していないホームズとシャーリーも、反論を差し挟む余地なくされるがままだった。

終列車に駆け込むような勢いで乗車すると、ワトスンはすぐに懐中時計を確認し、小さく舌打ちした。

「あと五分だ」

「その時間になったら親でも死ぬの?」

あまりにも真剣な様子のワトスンに、ホームズは早くも苛《いら》立《だ》ち始めていた。

「申し訳ありませんが、僕は早速食堂車に向かいます。シャーリーさんはどうしますか?」

「んー……。止めておく。もう少ししてからディナーをいただくわ。荷物、部屋まで持っていきましょうか」

さも当然のように三人分の旅支度を担いで行こう

とするシャーリーをやんわりと止め、近くにいた車掌に荷物を見ていてもらうことにした。

ホームズとワトスンはそこで荷物を預けると、そのまま食堂車へ向かおうと足を向ける。しかしすぐに何かを思い出したように、ワトスンがはたと止まった。

「そうだ。一応、この手紙だけ」

ワトスンが鞄《かばん》から取り出したのは一通の手紙だった。ホームズは反射的にそれを奪い取った。

「……あなたはしつけのなってない猿か何かですか？」

「失礼ね！　レディを猿呼ばわりなんて」

「人の手紙をふんだくる方がよっぽど失礼です」

「だって気になるんだもーん」

ホームズは、まるでそれが全ての免罪符になるような言い方で、手紙を懐《ふところ》にしまった。

「へへ。あとでじっくり読んでみよっと」

ワトスンが時間を気にしてあまり文句も言えないのを良いことに、ホームズはスキップ気分で隣の食堂車への扉を開ける。

その時だった。

「どいてどいてー！」

「どぶっ！」

ホームズの小さな体は、暴走列車のように駆けてきた青年にぶつかり、壁にめり込む勢いで叩きつけられた。

「ああ、これは失礼。なにぶん急いでいたものですから。それでは！」

金髪の青年はそれだけ言い残して、さっさと隣の食堂車に姿を消す。

ホームズはぷるぷると震えていたかと思うと、突然食堂車に殴り込みをかけた。

「こらボケぇ！　人を壁に埋め込んどいて失礼の一言で済ませる――うぶっ！」

食堂車に入った途端、入り口近くで談笑していたふくよかな婦人のヒップにぶつかったホームズは、スプリングのような反発力を持つそれによって、宙に浮く勢いで受け身も取れずに転倒した。

「あらまあ、ごめんなさい。つい話し込んでしまっていて」

「大丈夫ですか？　立てますか？」

　近くにいた紳士に手を取ってもらいなんとか立ち上がったものの、とうとうホームズは泣き出してしまった。

「ふえぇん。なんでわたしばっかり～」

「天罰ですよ」

　ワトスンの辛辣《しんらつ》な言葉が、含み笑いと共に聞こえてきた。

◇◇◇

　一等の食堂車は美しい装飾品《そうしょくひん》の数々と落ち着いた雰囲気に包まれた、いかにも上流階級を思わせる作りだった。ホワイトクロスを敷かれた丸テーブルは高級レストランを思わせ、そこに座って上品に食事を口に運ぶ紳士淑女も気品に溢れた人物ばかり。斜陽《しゃよう》の光が窓から零れ、そこから見える情景は動く絵画のような情緒《じょうちょ》を乗客に提供している。

　そんな中、ホームズ達もティースタンドを彩《いろど》るケーキやサンドイッチを前に座っていた。

　ホームズは一向に黙っている。先程の騒動をまだ引っ張っているのかと思いきや、それは対面している相席者《あいせきしゃ》に問題があるようだった。

「はぁ」

　ワトスンはため息をつき、天を仰ぐように椅子に背を預けている。

　かと思えば、今度はテーブルに肘をつき、頭を悩ませるように額を擦る。ようやくワトスンは顔を上げ、ホームズを見つめた。

「二分オーバーした」

「知らないよ！」

　先程からのあからさまな落ち込みように苛立ちを募らせていたホームズはたまらず叫んだ。たかだか食事の時間を二分遅らせただけでよくもそんなに落胆できるものだと感心する。

　それ以降もぐちぐちと文句を重ねるワトスンだっ

たが、ウェイターが紅茶を用意した辺りでようやく機嫌を直したのか、目の前の食事を楽しみ始めた。

優雅に紅茶のカップを傾け、心の底から満足そうに一息つく。

そんな様子を、ホームズは頬杖をついて見つめていた。

「……そんなにおいしいの？」

「いいえ、まったく」

ワトスンはさらっと言ってのけた。

「他はともかく、この紅茶なんか最悪ですね。お湯を沸騰《ふっとう》させていないのは当たり前。しかもこの茶葉は東洋でさんざん使われてから流れてきた出し殻《がら》です。一等の食堂車ですらこのありさま。だから商人達も喜んでこんな茶葉ばかり英国に売りつけてくるんですよ。こんなもので喜んでいるのは知ったかぶりも甚《はなは》だしい食事に無頓着《むとんちゃく》な英国人だけです」

「ちょ、ちょっと声小さく！　さっきからカウンターの人、すっごい睨んでるよ！」

「事実を言ったまでです」

そう言いながら、ワトスンは彼の言う極限まで薄くされた茶葉で作った紅茶を啜《すす》り、満足そうに息をついていた。

「というか、そんなにケチつけるなら食べなきゃいいじゃん」

「規則正しい生活と正確な栄養摂取《えいようせっしゅ》は脳を活性化させるんです」

「活性化してどうなるもんでもないでしょうに」

「あなたと違って、頭脳労働に忙しいのでね」

「わたしだって忙しいもん！」

思わず大声をだすと、じろりと他の客達に睨まれてしまった。

ホームズは口元を押さえ、声を小さくした。

「ねぇ。さっきの手紙の話だけど、どうしてワトスンがあんなもの持ってたの？」

「当然、譲《ゆず》り受けたからですよ。とある人からね」

その〝とある人〟というのが気になるのだが、ワトスンは喋る気がないらしく、まずいまずいと言いながらサンドイッチに手をつけている。

「じゃあ、それを後生《ごしょうだいじ》大事に持ってた理由は？」

「教える義務がありますか？」

こめかみにぴくりと血管が浮き出る。しかしホームズは、すぐに笑顔の仮面でそれを覆い隠した。

「義務はないけどー。教えてくれてもいいんじゃないかなー。一応、シャーロック・ホームズの孫なんだしー」

怒りのせいでどこか棒読み口調になっているホームズを、ワトスンはじっと見つめた。

「僕はあなたのためを思って言っているんですよ。この手紙に纏《まつ》わる一つの謎が、今一人の女性の人生を暗いものにしようとしている。あなたもその人と同じにならないとは限らない。それでもいいんですか？」

それがただの脅しでないことは、ワトスンの顔と口調でよく分かった。

ホームズは少しだけ躊躇《ちゅうちょ》した。

「怖がるようなら止めておいた方がいい。この世には知らなくていいものもあるんです」


そう言って、ワトスンは手を差し出した。

手紙を返せと言うのだ。

ホームズはどうしようかと思案していたが、渋々手紙を入れていた懐に手を突っ込んだ。

その時だ。

ホームズの顔色が変わった。

まるで、何かとんでもないことに気づいてしまったように、目をまんまると開け、口を半開きにし、ワトスンの顔をじっと見つめた。

「……どうかしましたか？」

ホームズは、その問いに対し、意を決したように声を紡《つむ》いだ。

「…………手紙、なくしちゃったみたい」

ワトスンは、思わず頭を抱えてしまった。

［第二話］

汚れた手紙

「状況を整理しましょう」

ホームズが慌てふためき懐から財布や名刺入れを取り出しているのとは対照的に、ワトスンは非常に冷静だった。

「まず、僕達は列車に乗ってからすぐにこの食堂車へとやって来た。その間に、猿並みに衝動的な行動を取るあなたは僕から手紙を奪い、ナマケモノ以下の注意力で手紙をどこかになくしてしまった。ここまでで何か間違いは？」

「ありまくり！」

猿でもナマケモノでもないホームズは、憤然《ふんぜん》とテーブルを叩いた。

「ないということは――」

「普通に話を進めるな！　あるって言ってるの!!」

ワトスンはホームズを無視し、指を二本たてた。

「考えられるパターンは二つ。まず一つはあなたがうっかり手紙をどこかに置いて行ってしまい、今まで気づかなかった場合。しかしあなたが手紙をしまってからはそんなことをする余地《よち》はなかったように思いますし、一緒にしまっていた名刺入れや財布が無事であることを見ても、どこかに落としてしまったというのは考えにくい。となると、考えられるのはただ一つ。あなたも知らぬ間に、何者かによって盗まれてしまったという場合」

ホームズはようやく事の重大さに気付いた。

二人が最後に手紙を見たのは、ホームズがそれをしまった瞬間だ。それは列車に乗った直後のことで、二人ともそれからすぐに隣の食堂車へと移動した。

ぱっと周りを見る。

そこでは、ジェントリや貴族達が談笑しながら変わらず食事を続けている。

ホームズは思わず立ち上がった。

「ここに手紙を盗んだ犯人がいるってことね！」

俄《にわ》かに、食堂車が騒がしくなった。

ワトスンは頭痛でもするのか、額に手を当て頭を左右に動かしている。

「……あ、あれ？　もしかしてまずいこと言った？」

「当たり前です」

ただマナーが悪いだけなら、上流階級特有の上から目線で許してくれるだろう。だが彼らは、自分たちの名誉を穢《けが》す人間を決して許しはしない。

「さっきから随分とやかましい二人組だと思っていたが、まさか我々を盗人《ぬすっと》呼ばわりとはね。品性のなさもここまでくれば罪だな」

嘲《あざけ》りと共にそう言ったのは、いかにも成り上がりらしいアメリカ商人だった。上流階級との社交のために身につけた作法は付け焼き刃らしくところどころが野暮《やぼ》ったく、イントネーションなどもアメリカ訛《なま》りが抜け切れていない。

その相貌《そうぼう》からは、英国人にはない逞《たくま》しさと、一人でのし上がってきた男特有の聡明《そうめい》さを垣間見《かいまみ》ることができた。

ホームズはむっとしてすかさず言い返した。

「二人組!?　こんな奴と一緒《いっしょ》くたにされたらたまらないわ！」

「言い返すポイントはそこではないと思いますが」

「とにかくだ。我々は君たちのお遊戯《ゆうぎ》に付き合っていられるほど暇ではない。先程の言動は忘れてやるから、さっさとこの場を立ち去るがいい」

まるで小動物でもあしらうように、商人はしっしと手を振ってみせた。ちっちゃいながらも馬鹿にされるのは大嫌いなホームズが罵声《ばせい》を浴びせてやろうと立ち上がると、ワトスンがそれを制止した。

「まあ待ってください。手紙を無事奪還したなら、すぐにでも出て行きますから」

商人は含んだ笑みを浮かべてみせた。

「ほう？　あくまでもここにいる誰かが盗ったと言いたいのかね？」

「ええ、そうです」

当然のように言ってみせるワトスンだったが、ホームズは少し狼狽《ろうばい》していた。くいと袖《そで》を引っ張り、彼の耳元でささやく。

「ちょっと。そんなこと言って、犯人がいなかったらどうするつもりなのよ」

「大丈夫ですから、ホームズは少し黙っていてください」

「「ホームズ⁉」」

その言葉を聞いた途端《とたん》、乗客達が一斉に騒ぎ出した。

「ホームズって、あのシャーロック・ホームズ⁉　もしかしてお孫さん⁉」

「あらいやだわ！　そういえばその変……独創的な格好も、おじい様そっくり！」

「きっとおじい様と同じで素晴らしい探偵に違いない！」

突然全員から注目されて目が点になってしまったホームズだったが、ようやく事の次第を理解し、得意そうに咳払いした。

「もももも、もちろんです！」

「どれだけ緊張してるんですか」

実は注目されるのが苦手という探偵として致命的な欠点を発見しつつ、ワトスンは辟易しながらも捜査を開始した。

ワトスンの席は、後部車両へと続く扉を正面から見通せるようになっている。その近くには、先程食堂車に入る直前にホームズとぶつかった金髪の青年が、一人寛いだ様子で紅茶を飲んでいた。

後ろを見ると、ちょうど食堂車に入った時にホームズとぶつかったふくよかな婦人が友人らしき人物と扉の前で談笑している。

「失礼」

ワトスンはにこやかな笑顔で話しかけた。

「あなた方は僕達がここへ来てからもそこでお話を？」

「あら、ごめんなさいね。うるさかったかしら。わたくしたち、お話を始めるとついつい夢中になってしまって」

「いえ。少し聞きたいことがあっただけです。僕達がここへ来てから、この扉を通って出て行った人はいませんでしたか？」

天井を見つめるようにして考えていた婦人は、やがて首を振った。

「いいえ。いませんでしたわ」

「なるほど。ありがとうございます。大変助かりました。ああ、それと申し訳ありませんが、切符を拝見させていただいてもよろしいですか？」

婦人は嫌がることなく切符を見せた。エディンバラ行きの切符である。

ワトスンが着々と捜査を進めている中、未だにホームズは野次馬達に囲まれて右往左往《うおうさおう》していた。

「それで、もう犯人に目星はついたのかい？」

「え？　あー……もも、もちろんですとも！」

「さすがはシャーロック・ホームズのお孫さんだ。事件が起こって五分も経ってないのにもう解決したとは」

「そそ、そうです！　おじいちゃんの血統を持つこのわたしに、ふふ、不可能なんて、ああ、ありません！」

声が震《ふる》えているのは、決して武者震いからではなかった。


「よし！　じゃあさっそく解決編をお願いします！　ホームズ！」

「うぇっ⁉」

どこから発しているのかよく分からない奇声をあげ、ホームズは汗だくになった顔でワトスンを必死に探した。

「さぁお願いします！　おじいさんのように、自信満々に語ってください！」

周りの人間は期待のまなざしをホームズに向けている。

心臓が躍るように跳ね上がり、先程から何度も緊張で喉を鳴らしている。

「ささ！　びしっとやっちゃってください！」

こうなってはもう逃げられない。

ホームズは意を決し……

「それでは推理を開始しま……っ‼　……っ！」

過呼吸《かこきゅう》になった。

「なにをやってるんですか、あなたは」

群衆から背を向けて膝《ひざ》をついているホームズ。それを見てようやく異変を察知し、ワトスンがやってきた。

「た、助けて……。ワトスン助けて……」

涙目になって弱々しく袖を引っ張るホームズにさしものワトスンも同情を禁じ得なかったのか、今か今かと待ちかねている群衆に渋々振り返った。

「あー……ごほん。しばしお待ちを」

ワトスンはホームズに合わせてかがみこんだ。

「どうすればいいんです？」

そう聞いても、「せ……！　せ……！」と何を言っているのか分からない。

どうしたものかと考えあぐねていた時だった。

「あー……、背中をさすって欲しがっているのではないかね？」

先程から文句を言っていた商人と相席していた初老の男がそう進言した。ワトスンがその通りにしてみると、徐々に状態は落ち着いていった。

「ふぅ……」

「大丈夫ですか？」

こくこくと頷くのを見て、ワトスンは安堵《あんど》のため息をついた。

ホームズはすっくと立ち上がり、先程のダウンもなかったかのように自信に満ちた顔で群衆に振り返った。

「ごほん！　それではみなさんのご期待にお応えし、わたしが真犯人を見つけ出してみせましょう！」

わっと観客と化した野次馬達が歓声をあげた。

よくよく見るとホームズの目は完全に下を向いていたのだが、それを指摘する者は誰もいない。

「では、〝助手〟のワトスン！」

「おお、ホームズの次はワトスンか！　やはり〝助手〟と言えばワトスンだね！」

「…………」

「わたし〝が〟頼んでいた捜査状況を教えなさい！」

「いつの間にそんな指示を。いや、見事な采配《さいはい》ぶりだ」

ホームズはいつものように、ふふんと偉そうに鼻で笑った。

　それを見せつけている先には壁があるだけだったが。

「……おそらく、あなたが手紙を盗まれた場所は、食堂車に入る直前か、入ったあとにみっともなく転倒した際だと思われます。いくら間抜けなあなたでも、さすがにあの場面以外で盗まれるようなヘマはしないでしょうしね」

「さっきからなんだね、あの口の悪い助手は」

「まったくだわ。ホームズさんをなんだと思ってるのかしら」

　周りから非難の声が上がるも、嫌味を受けた当の本人はだらだらと冷や汗を流して笑みを浮かべるのみだった。

「僕はここに入ってから向かいの扉をずっと見ていましたが、出て行った人はいませんでした。反対側の扉もそうです。親切にもそちらのマダムがそれを証言してくれました」

「あらいやだわ。当然のことをしたまでです」

　婦人は顔を赤らめながら、ワトスンを濡れた瞳で見つめている。

「彼女が転倒した際、その場に誰がいたのかは残念ながら僕も把握していません。しかしこのことが確かである以上、犯人は今もなおこの食堂車の中にいるということになります」

　どうやらそれが確からしいことが分かると、先程まで浮かれていた様子だった野次馬連中も互いに顔を見合わせ、誰が犯人だと言わんばかりに疑わしげな目つきを向けるようになった。

「あのー。もしかして一番疑われてるのは僕ですか？」

　俄かに手を挙げる男性が一人。

　先程ホームズとぶつかった金髪の青年だ。

「容疑者の一人ではあります。ちなみに急いでいた用事というのは何だったんですか？　相席している方はいらっしゃらないようですが」

「あ、知りませんでした？　ここってティータイム限定で特別なメニューを出してくれるんですよ。その締め切り時間が十七時だったので急いでたんです。

限定と名のつくものには目がなくて。その節はすみませんでした」

「……ウェイターの方、本当ですか？」

「ええ、確かにそうです。実際そちらの方はそのメニューを頼まれていらっしゃいます」

　そう言われて周りを眺めてみると、その青年と同じメニューを注文している客がほとんどだということが分かった。先程話したふくよかな婦人もその限定メニューを頼んでいたようで、彼女のテーブルには友人の分も含めて二人分の皿が用意されていた。

「その限定メニューを最後に出したのは？」

「たぶん僕だと思いますよ。無理だと言うウェイターさん相手にごねて、結局出してもらったくらいですし」

　ウェイターが小さく頷く。

　どうやらこの青年が言っていることは本当らしい。

「聞いてましたか？　ホームズ」

「待って！　今メモしてるとこだから！」

　ホームズは先程からの証言を一言一句違《たが》わぬように、一生懸命ペンを走らせていた。

「……取捨選択《しゅしゃせんたく》というものを知らないんですか、あなたは」

　呆れてものも言えないという風に、ワトスンは首を振ってみせた。

「よし！　全部書けたぞ。えっと、待ってね。今から推理するから」

　ホームズはそう断りをいれると、今までずっと目を向けていたメモから、今度は乗客達へと視線を移した。

「探偵ごっこは構わないが、まるで容疑者扱いのような言い方が気に入らんね。どうせ三等辺りの人間が入ってきて盗んだんだろ」

　商人が面倒そうに言った。

「お言葉ですが、二等、三等の車両とは隔絶された一等の食堂車で、そんな人物が紛れ込むとは思えません」

　商人は面白くなさそうにふんと鼻を鳴らした。

　ワトスンは彼の座っている丸テーブルに視線を落

とした。

　二人分の紅茶。向かいに座っている初老の男の前には例の限定メニューがあり、一品を残して全て平らげられていた。

「失礼ですが、お二人とも切符をお見せいただけませんか？」

　二人は渋々ながらも切符を見せた。

　初老の男はエディンバラ行き。アメリカ商人はマンチェスターだった。

「切符を見るのには何か理由があるんですか？」

　ワトスンに声をかけてきたのは先程の青年だ。にこにこと屈託のない笑みを浮かべている。

「ちなみに、僕もエディンバラですよ」

　そう言って、彼は自分の切符を差し出した。

「……なるほど。ご協力ありがとうございます」

「はっ！　わかったぞ!!」

　突然、ホームズが大声をだした。

　ワトスンは、嫌な予感をひしひしと感じながらも振り向いた。

「犯人はお前だ!!」

　ずびしと、ホームズは先程から文句を言っていたアメリカ商人を指差した。

「……ほう。お嬢さん。それはなにか根拠があって言っているんだろうね」

「もちろん！」

「ぜひ聞かせて欲しいな」

「わたし達に出て行ってほしい人間は、犯人に違いないからです！」

　先程までさざめきあっていた食堂車に、重い沈黙が舞い下りた。

「……で？」

「え？」

「証拠だよ、証拠。私が犯人だという証拠は？」

「えっと……、あ、こ、これ！　このテーブルにあるお皿がなによりの証拠です！」

　ホームズはびしりとテーブルにある皿を指差した。

「二人で座っているのにお皿は一つです！　しかもそのお皿は相席してるおじさんのもの。つまり！

あなたがこの席に座ったのはつい最近！　なのに一向に食事が運ばれて来ないということは、あなたはそもそも食事をするためにその席に座ったわけではないということです！　手紙を盗み、逃げ出すタイミングを失って慌ててそこに座った。違いますか!?」

「私が食事を終えて席を立った時に思いがけず旧友と再会したので、無理を言って同席してもらっただけなのだが？」

「…………」

「ちなみにその皿も、彼が私の残したクレームブリュレが欲しいと言うので渡しただけで、本来私が食したものだ」

ホームズは一瞬でやり込められてしまった。

そんなやり取りを、ワトスンはじっと見つめていた。

「で、でも。だって。ここに犯人がいるならなんとかしてわたし達を追い出そうとするはずだし、今のところあなたしかそんなこと言ってこないし……」

ごにょごにょと呟く声が、最後の方はよく聞き取れなかった。

「ふむ。じゃあ私が証拠を用意してやろう」

「え？」

「無論、私が犯人ではないという証拠だがな」

そう言ってから、商人は指を鳴らして給仕を呼んだ。

「君。私はいつからここに来ていた？」

「はい。エスコット様は十六時半にこちらでご予約していただき、時間通りにお越しになりました」

ホームズは口をあんぐり開けたまま動かなくなった。

「だそうだが？」

「……で、でも！　その人を買収したのかもしれないじゃない！」

石化《せきか》状態からいち早く回復したホームズは負けじと叫ぶ。

「ほう。私が君の一銭の価値もない手紙を盗み、ちょっと調べればすぐ分かるというのにこの給仕《きゅうじ》を大金で買収したと、君は言いたいわけだね？」

「えっと！　えっと！　それはあれ！　あれなの！」

何が〝あれ〟なのかは、ホームズにもよく分からなかった。

「根本的なことを言ってしまえば、もし私が君の手紙を盗んだ犯人なら、そんな工作をする前にさっさと手紙を持って列車を後にしているよ」

ホームズはしょぼくれたように黙り込んだ。

ようやく自分の過《あやま》ちを認める気になったのである。

商人は、胸にかけていたナプキンをぱさりとテーブルに置いた。

「私は濡《ぬ》れ衣《ぎぬ》というものが一等嫌いなタチでね。アメリカ人らしい野蛮な考え方と思うかもしれないが、やられたらやり返すというのが私の主義だ。ここまで大胆に汚名を着せようとする君達に対し、私が丁重にお帰り願っても、礼節《れいせつ》を欠いた行いではないと信じたいね。おい！」

商人はおもむろに親指を上げ、首を掻《か》っ切るような動作を取った。奥のテーブルに座っていた男が、それを合図にすっと椅子から立ち上がる。

二ヤードを優に超える巨体だ。レスラーのように逞しい体は、嫌でも相手を威圧する。

男はずかずかと近づいてきて、ホームズを鋭い目で見下ろした。

ひゃあ、とホームズは小さな悲鳴をあげてワトスンの背中に隠れた。

「まったく。面倒なことをしてくれましたね」

「だ、だって犯人だと思ったんだもん！」

「当てずっぽうで人を犯人呼ばわりしてはいけないという教訓です。さ、あの男に叩きのめされなさい」

「や、やだやだ！　にゃああ!!　前に押し出すなああ!!」

ずいと巨体の男が側に寄った。

「おいチビ」

「呼ばれていますよ」

「その子じゃねえ。てめえだよ」

ワトスンは、ぴくりと指を震わせた。

「俺はてめえみたいなすかした野郎が大嫌いなんだ。さっさと消えな」

ワトスンが男と向き合う。その身長差は一フィートばかりあり、どうしてもワトスンは見上げるようにしなければならない。

ワトスンはにこりと笑みを浮かべた。

それを見て、ホームズは直感した。

あの性格の悪いワトスンが、この場面で友愛《ゆうあい》の笑みを相手に向けるわけがない。たぶん、いや間違いなく、あれは怒りの笑顔だ。

「……なに笑ってやがる」

「これはすみません。物事を客観的に判断することのできない人をみると、ついつい笑みが零れてしまう体質でして。なんでもかんでもご自分を中心に考えていますと、いつか大恥をかきますよ？　ウドの大木からすれば、その身長差だけが取り柄なのかもしれませんが」

男はテーブルを蹴り倒した。

食器が床に散乱し、客たちの小さな悲鳴が辺りにこだまする。

給仕が慌てて駆け寄ろうとするのを商人が止め、金を握らせている。

しかしそんなことよりもホームズが気にしたのは、蹴り倒されたテーブルが先程二人で座っていたもので、つまりは今床に散乱しているのは、ワトスンが苦言を呈《てい》しながらも穏やかな笑みを湛《たた》えて楽しんでいたアフタヌーンティーだということだった。

ふうとワトスンはため息をついた。

「申し訳ありませんがホームズ。上着を預かっておいてもらえますか？」

「ちょ、ちょっとワトスン。あの、け、喧嘩は止めたほうがいいよ。それにあいつ、強そうだし……」

ワトスンは聞いているのかいないのか、コートを脱ぎ始める。

それをホームズに渡すかと思いきや、ワトスンは男の顔にそれを広げた。

瞬間、腰を回転させたワトスンの拳が男の肝臓《レバー》に突き刺さった。そのままテンプルを殴打し脳を揺さぶり、肘で顎を突き上げる。男は負けじとコートを払いのけ腕を振るうが、ワトスンは流れるように右の尺骨《しゃっこつ》でその軌道《きどう》を変えみぞおちを殴打《おうだ》。悶絶し、ながら空きになった顔に渾身《こんしん》の右ストレートを決め、その巨体は戦闘開始からものの十秒と掛からず床に沈んだ。

「失礼」

あっという間に終わりをみせた格闘に全員がぽかんとしている中、ワトスンは襟を正してからコートを拾った。大の字で倒れ込んでいる男は、完全に伸びてしまっている。

「ワトスンって強かったんだ……」

「紳士の嗜《たしな》みです」

「ボクシングが？」

「正確にはベアナックル・ボクシングです」

余計紳士からは離れるんじゃ……、と思ったが、ホームズは何も言わなかった。

「僕はこう見えて寛大な心の持ち主ですからね。これくらいで許してあげましょう。もちろん、僕が食べ損なった食事とそのために生じた栄養不足に見合うものは請求しますが」

全然寛大ではなかった。

どう見ても、未練たらたらである。

「……最初に手を出したのはそっちだ。ここで一番高いメニューの食事代を払ってやる。それで手を打て」

「おや、そちらもなかなか寛大ですね。ありがとうございます」

面白くなさそうに、商人は顔を歪めた。

どうやらこうなることを見越しての行動だったらしい。ホームズは末恐ろしさに身震いした。

「これで、どうやら手紙も無事取り戻せそうですね」

「……え？　それってどういうこと？」

ワトスンは不敵な笑みを浮かべて言った。

「犯人はもう分かりました」

その言葉には、ホームズはもちろん、この食堂車に居合わせたすべての人間が驚愕《きょうがく》した。

「え⁉　もう⁉」

「少なくとも、疑わしい人間は」

「だれだれ⁉　教えて！」

ホームズは自分が探偵であることも忘れて、無邪気な目でワトスンを見つめている。

この場にいた野次馬の多くも、そんなホームズにツッコミをいれるよりかは真相の方が気になるらしく、じっと行く末を見守っていた。

「手紙を盗まれた。そう言われれば誰しもが盗まれた瞬間ばかりを考えてしまいがちですが、今回は違います」

ワトスンは自分の指を三本たててみせた。

「ポイントは三つです。犯人の犯行動機は何なのか。犯人はどこで手紙のありかを知ったのか。そして、犯人は何故この場所に留まっているのか」

「犯行動機？　手紙が欲しかったからじゃないの？」

全員が静かに聞き耳をたてている中で、ホームズが疑問の声を漏らした。

「犯人の立場になって考えてみてください。今回窃盗の対象となったのは何の変哲もない古びた手紙。もしも金銭目的の窃盗なら、一緒に入っていた財布を狙うはずです。つまり犯人は、この手紙に何らかの価値を見出し、盗もうとしたということです」

「なるほど……。で、その価値って？」

その顔は、自らの思考を放棄《ほうき》し餌《えさ》をもらおうとするひな鳥のそれだった。

「あの手紙自体はどこにでも売っているものです。物質としての価値は何一つありません。しかし敢えてこの手紙に価値をつけるとしたら、それはおそらく手紙の内容によるものでしょう」

「手紙の内容……あ！」

「そう。この手紙は、シャーロック・ホームズに宛てた、ジョン・H・ワトスン直筆《じきひつ》の手紙。シャーロック・ホームズファンからすれば、喉から手が出るほど欲しい代物《しろもの》というわけです。さて。ここで一つの疑問がでてきます。犯人は、何故これがジョン・H・ワトスンの手紙であることを知っていたのか」

「そうだよね。ただ居合わせただけの人間が、そんなこと知ってるわけないもんね」

「ここで最初に言ったポイントに戻ります。犯人がこの手紙にターゲットを絞り、盗んだことはまず間違いありません。ではどこでこの手紙の正体を知ったのか。言うまでもなく、僕が口にしたのを聞いていたのです。切符売り場で、この手紙がジョン・H・ワトスンのものだということを」

「ああ、そうか。それで切符を……」

金髪の青年が思わずといった様子で感嘆の声を漏らす。

「切符を買った場所は長蛇の列でしたから、誰が並んでいたのかまでは把握できません。しかしあの喧噪の中で盗み聞きができたのは、同じ列に並んでいた、エディンバラ行きの切符を持った人物だけです。ちなみにこの中でエディンバラ行きの切符を持っているのは、ドアの前でお喋りをしていたマダム、食堂車に入る際にぶつかった金髪の青年、ホームズが転倒した際に手を取っていた、そこのアメリカ商人と相席しているあなただけです」

「まあすごいわ！　十数人もいる容疑者がたった三人に絞られたのね！」

自分もその容疑者の一人に入っていることを理解していないのか、ふくよかなマダムはワトスンの弁舌を聞くたびに娘のようにはしゃいでいた。

「ありがとうございます。ではここで、さらに容疑者を絞りましょうか。ポイントその二。犯人は、どこで手紙のありかを確認したか」

これも才能というのだろうか。ここにいる全ての人間が、食い入るようにワトスンを見つめていた。

「犯人が切符売り場で手紙の存在を感知《かんち》したとしても、それをホームズが持っているとは考えないはずです。実際、その時は僕が持っていましたしね」

「うん。あの時話してた内容を考えたら、わたしが手紙を持ってたことを犯人が推測《すいそく》できたとは思えないね。ってことは……」

「犯人は、ホームズがその手紙を懐にしまう瞬間を見ていたということになる。つまり、十七時で終わってしまう限定メニューを注文できた人間は、その青年を除いて全員ホームズが手紙を持っているという事実を知ることができなかったというわけです。これで容疑者だったマダムが犯人である可能性は消えました。あなたも限定メニューを頼まれていますからね」

「まあ。そうなの……」

容疑者から外れたというのに、何故か婦人は残念がっていた。

「ではここで最後のポイントです。犯人がこの食堂車にいるという仮定は、偶然によって構築《こうちく》された条件です。これは犯人の不幸といえるでしょう。もしもこの条件が揃わなければ、犯人を完全に追い詰めることはできませんでしたからね。さて、その仮定が成り立つのは最初に話しました通り、僕とマダムが両方の扉から人が出ていないことを証言しているからです。しかし疑問には思いませんか？　確実にここにいるはずの犯人は、何故この食堂車をあとにしないのか」

「……そりゃ、こんな堂々と犯人捜ししてたら出るに出られないじゃん」

「いいえ。僕達は少なくとも、ここに座りアフタヌーンティーが来るまでの間、何もせずにじっとしていました。その隙《すき》にいくらでも逃げることはできたはずです。窃盗犯の心理として、自分が犯行に及んだ場所に長く滞在するというのは考えづらいことです。まして、そこに窃盗の被害者がいるとなればなおさら」

「さっきから矛盾してないか？　犯人はここから出ていないと言い、一方で犯人がいるわけがないと主張する。もしもいないのなら、ここでこんな推理ごっこをする意味もないじゃないか」

商人の言っていることは的を射ていた。

ホームズも、ワトスンの言わんとしていることを摑みかね、口を出せないでいた。

「犯人はいますよ。ですが、この条件が揃うこと自体おかしなことなのです」

「わけが分からんな」

「なら分かるように説明しましょう。犯人は犯行現場から一刻も早く逃げ出したかった。しかし突然、この食堂車から出るに出られない理由ができてしまったら。今回のような、奇妙な状況になるとは思いませんか？」

　まあそうだろうなと、問われてもいない乗客達が頷いた。

「……くだらない。私は一足先に帰らせてもらう」

　アメリカ商人は我慢の限界とでも言うように腰を浮かせた。ワトスンは構わず続ける。

「犯人はこの食堂車に入った直後に手紙を盗み、ここから逃げ出そうとした。しかしその際に、思いがけず逃げられない理由ができてしまった。たとえば、こういう理由などいかがです？　久しぶりに会った旧友に呼び止められた、とか」

　歩を進めようとした商人は思わず固まり、ばっと相席していた友人を見た。

　商人の旧友である初老の男は、我慢ならないといった様子で立ち上がった。

「なんだそのでたらめな理屈は！　君はただ仮説を並べ立てただけで、証拠もなにもないじゃないか！　なんなら私の身体でも調べてみたらどうだ⁉」

「おやおや」

　ワトスンはクックと笑った。

「な、なにがおかしい！」

「なにって、決まっているじゃありませんか。チェスで相手がミスしたときに、笑わない人間がいるんですか？」

　いっぱいいるよ、とホームズはぼそりとつぶやいた。

「あなたは既に一番の容疑者だと指摘されている。そんなあなたが自ら身体を調べろと言ってきた。ということは、そこに手紙なんてないに決まっています。黙って身体を調べさせ、結果何も出てこなければ、不当な扱いだと訴えて逃げることもできたのに。あなたは今、ご自分で手紙をどこかに隠したと明言してしまったんですよ」

　男の顔から虚勢《きょせい》が剥がれ、途端に青くなり始めた。

　それは彼が犯人である証明に他ならない。

　激昂《げきこう》してボロを出すことも、ワトスンの計算の内だった。姿の見えない犯人の、覗くことのできない思考回路を、ワトスンは最初から最後まで見事なまでに解いてみせたのだ。

「さて。ならもう一つ考えなければなりませんね。咄嗟《とっさ》に盗んだ手紙はどこにあるのか」

ワトスンは、一歩だけ歩を進めた。

「おそらくそのタイミングは、そこの商人に呼び止められた時でしょう。こうなることを見越して咄嗟に隠した。となると、目につくものはかなり限定されてくる。凝った隠し方はできない」

二歩、三歩と、まるで隅に追いつめたねずみを狩る猫のように、ワトスンは犯人に近づいて行く。

男は冷や汗を流しながら、ちらちらと他の客の目を気にしている。全てを見透かされた犯人は、もはや反論することもできなかった。

そんな彼の様子を、ホームズはじっと見つめていた。

「木の葉を隠すなら森にとはよく言ったものですが、今回の場合もそれが当てはまるのではないでしょうか。たとえば、テーブルに置かれたこのナプキンの束。薄い紙を隠すにはもってこいです」

びくっと、男の身体が震えた。

もう確定的だ。ワトスンがにやりと笑い、そのナプキンを捲る。

その時だ。

ホームズが、彼の袖を握った。

「ワトスン。わたし、そこ調べたよ」

「……は？」

ワトスンだけでなく、追いつめられていた男までがぽかんと口を開けていた。

「調べたけど、なかったよ」

端《はた》で見ていただけの人間だって、ワトスンの推理が外れていたとは欠片《かけら》も思っていなかった。なのに、このあまりに優れた血統を持つ少女は、平然とそんなことを言っていた。

「えっと……、は、犯人！　もしかしてもう逃げちゃったんじゃない⁉　ほら、さっさと追いかけるよ！」

あまりのことに言葉も出ず、ワトスンはホームズに引っ張られるまま、食堂車をあとにしてしまった。

◇◇◇

「なにをやってるんですかあなたは！」

「う……、ごめんなさい」

　ワトスンの推理劇から既にかなりの時間が経っていた。それまでの時間は、どうにか食堂車へ行こうとするワトスンと、あの手この手でそれを妨害するホームズとのすったもんだで消費されたものである。まるでぶつかってはいけないというルールが加えられたラグビーでもプレイしているような機敏な動作で、ワトスンは目的の場所でトライするために、ホームズはそれを死守するために、必死な形相《ぎょうそう》で反復横跳びを繰り返していた。

　しばらくしてようやくディフェンスを抜くことを諦めたワトスンは、今度は言葉攻めへと転じ、現在に至るのだった。

「だ、だって……。みんなの前で追いつめられて、あの人、かわいそうな気がしたんだもん……」

「彼はあなたから手紙を盗んでいるんですよ⁉」

　ワトスンの怒声に、ホームズはびくっと震える。

「で、でもさ。わたしが過呼吸になった時も、いつもパパがやってくれることをワトスンに教えてくれたりもしたし」

「それだけで悪人じゃないと決めつけるんですか」

「そ、それだけじゃないよ」

「じゃあ他に何があるんです」

「…………ワトスンがわたしを馬鹿にしてる時、目をそらしていやそうな顔してたから」

「それだけですか？」

「……それだけ」

「あなたは馬鹿ですか⁉」

　激しく責め立てる言葉に、ホームズは思わず目を瞑った。

「これであの男はまんまと手紙を持ち帰ることができる。それを理解していないんですか？」

「……も、持ち帰らないかもしれないじゃん」

「何を根拠に……」

「わ、悪い人じゃないから……」

ワトスンはあきれ果ててものも言えなかった。

「じゃ、じゃあ確認しに行こうよ！　あのナプキンの中に手紙が入ってなかったらわたしの負け。あったらわたしの勝ち。ね？　それでいいでしょ？」

「勝ち負けの問題ではなくて……、まあいいでしょう。どっちにせよ、僅かな可能性に賭けるしかありませんしね」

それからもくどくどと文句を言うワトスンに、ホームズは身体を縮こまらせるばかりだった。


しばらくして、ホームズ達は食堂車に戻った。

先程の騒動に立ち会った人間は誰もいない。犯人が、聡明そうなあのアメリカ商人にすべてを誤魔化しきれたとは到底思えない。その腹いせも兼ねて、手紙を処分してしまった可能性は充分に考えられた。

ワトスンはちらとホームズを見る。

そこに手紙があることを疑わない顔つきで、ナプキンの束を調べていた。

「なかったらどうするんです」

「ん～……」

難しい顔をしながらも、ホームズは手を止めない。随分と時間が掛かっているところを見ても、そこに手紙はなさそうだった。

ホームズの顔がみるみるうちに曇《くも》り始めた。

「……まあ、もしかしたら手紙の隠し場所が間違っていたのかもしれませんし、それほど落ち込むことも――」

「あの、ホームズさんでいらっしゃいますか？」

突然ウェイターが話しかけてきた。

「う、うん。そうだけど」

「これを預かってまいりました。丁重《ていちょう》にお返しするようにと」

そう言って差し出されたのは盗まれたはずの古びた手紙だった。どこからどう見ても、まごうことなく盗まれた手紙だった。

ホームズの顔が見る間に晴れ渡り、ワトスンは黙ってそれを見つめている。

ホームズは嬉々《きき》としてそれを受け取り、背伸びしてワトスンの顔に手紙をぐいと近づけた。

「ね？　言った通りでしょ？」

ワトスンは何も言わず、食堂車を後にした。

「あ、あれ？　どうしたの？　怒った？」

ホームズは慌ててついて行く。

「それはシャーロック・ホームズの受け売りですか？」

突然、ワトスンが言った。

「なにが？」

「さっきのやり方です」

「えと、別に。強《し》いていうなら……わたし流？」

「……なるほど」

ワトスンはそれだけ呟くと、座席に戻るまで何も喋らなかった。

◇◇◇

コンパートメントに入ると、シャーリーが笑顔で迎えてくれた。

「ずいぶん遅かったのね。なにかあったの？」

「ええ、まあ」

ワトスンはそう曖昧《あいまい》に返事をすると、席に座った。さり気なく窓際の席を確保するあたり、ワトスンの性格が見て取れる。

「ホームズさんはこっちに座ったら？」

ホームズが親の仇《かたき》のようにワトスンを睨んでいたことに気付いたのか、シャーリーが窓際の席を空けてくれた。ホームズはぱあっと顔をほころばせ、その席に座った。

「ありがとう！　どこかのエセ紳士とは違うね！」

「猿並みの知能しかないエセ名探偵よりはマシですよ」

ホームズはきっと睨みつけたが、ワトスンは素知《そし》らぬ顔で窓の外を眺《なが》めていた。

「ジェームズ、なんだかご機嫌ななめね」

シャーリーがこっそり言うと、ホームズは意地の悪い笑みを浮かべてみせた。

「最後の最後に推理を外して、しょげてるんじゃないの？」

　ワトスンの手が伸びたかと思うと、ホームズのやわらかい頬をぐにゃりとひねった。

「いだだだ!!　うわーん！　ワトスンが引っ張ったー!!」

「こら、ジェームズ」

　シャーリーが怒るも、ワトスンはどこ吹く風である。

「ホームズさんも。そんないじわるな言い方しちゃだめでしょ？　ジェームズが傷ついてるかもしれないのに」

「う……。わ、悪かったよ」

　ホームズはしょげた様子で頭を下げた。

「ほら、ジェームズも」

「……申し訳ありませんでした」

　ワトスンも殊勝らしく頭を下げる。

「あなたと同列に語るなんて、猿に失礼ですよね」

「うき――!!」

　ホームズがまさしく猿のように憤怒《ふんぬ》の叫びをあげた時だった。

　彼女の懐から手紙の端が零れ出て、シャーリーの目に留まったのだ。

「そのお手紙は？」

「ん？　ああ、これね」

　ホームズは先程取り返した手紙を取り出し、ちらとワトスンを見た。

　返すべきかどうか、思案しているのだ。

「……開けてみてください」

「え？」

「手紙」

「いいの？」

　ワトスンは不機嫌そうにため息をついた。

「見たくないなら――」

「み、見る見る！」

　ホームズは慌てて封筒から手紙を取り出した。

　改めて見るとよく分かったが、それはかなり汚れた手紙だった。しわくちゃで、破《やぶ》れている個所《かしょ》さえある。

大事な手紙にしては、保管方法が杜撰《ずさん》に感じた。

「誰のお手紙？」

シャーリーが首を傾《かし》げて聞いた。

「ジョン・H・ワトスンだって」

「ええ⁉」

突然大声を出すので、ホームズは思わず飛び上がるところだった。

「嘘でしょ⁉　彼の直筆？　きゃあ‼　すごい‼」

彼女の興奮は凄まじいものがあり、ワトスンもその子供のようなはしゃぎぶりにあきれている様子だった。

「見せて見せて！　……あ、ごめんなさい。大事なものよね、ええ。人には見せられないわよね。そうよね、きっと。うん……」

そう言いつつも、シャーリーは熱気すら感じられる気迫を湛え横目でちらちらとこちらを窺《うかが》っている。その威圧感は、さしものホームズでも無視できるものではなかった。


「い、一緒に見る？」

「いいの⁉」

シャーリーはビスクドールのような顔に満面の笑みを浮かべた。その微笑ましい様子には、本来かわいがられる立場であるホームズでさえ、思わず顔をほころばせる無邪気さがあった。

シャーリーは興奮気味に手紙の端を摘《つま》み、ホームズの邪魔にならない程度に体を寄せる。

二人して手紙を覗きこんでいた時に、ワトスンが言った。

「その手紙は、ジョン・H・ワトスンが余命幾許《よめいいくばく》もないと判明した時に書かれたものです。家族の者は、彼の最後の手紙を急いでシャーロック・ホームズへと郵送した。シャーロックもまた年齢を重ねていましたから見舞いに行くこともできず、彼はサセックスの自宅のベッドで、その手紙を読むことになりました」

ホームズもシャーリーも、じっくりと手紙を舐《な》め回すように見つめ、それからワトスンに顔を向けた。

「でも、これの一体何が問題なの？　普通の手紙に見えるけど」

「そう。あなたにはまさにそれを調べてもらいたいんです。つまり、この手紙の、一体何が問題だったのかを」

　ホームズは、まるで子犬が珍妙《ちんみょう》なものを見つけて首を捻るように、小さな頭をゆっくりと傾けた。

「ポストに入っていたその手紙をシャーロックに渡したのは、サセックスで友情を育んだハロルド・スタックハースト。彼は当然ジョン・Ｈ・ワトスンのことを知っていました。あのシャーロックが親友の最後の手紙をもらって、一体どんな反応を見せるのかが気になったのでしょう。ハロルドは、シャーロックが手紙を読んでいるところに立ち会った。彼はその場で手紙を読みました。そうして最後まで読み終わった途端、あろうことか、その手紙を破ろうとしたのです」

「破ろうとって、え⁉　ワトスンおじちゃんの手紙を⁉」

　ワトスンは小さくうなずいた。

「そばにいたハロルドが止めに入らなければ、そのままビリビリに引き裂かれていたでしょう。ちょうど下の方にある破れた跡は、その時によるものです」

　二人とも視線を落とす。確かに、手紙の端の辺りに破れた個所があった。

　ホームズはその丸い目を、じっと手紙に向けていた。

「ハロルドはシャーロックを問い詰めました。旧友の最後の手紙をあろうことか怒って破ろうとしたのだから、そうしたくもなります。ハロルドが問い詰めに問い詰めて、ようやくシャーロックは口を開き、一言だけ呟いた。『これは青いガーネットだ』とね」

「青い……ガーネット？」

「その言葉がなにを意味していたのか、ハロルドには最後まで分からなかった。シャーロックはそのまま布団を被ってしまい、何を聞いても口を利こうとしませんでしたからね。その事実をハロルドから電話で知らされたジョンの妻は困惑した。当然です。死の淵にいる夫が文字通り死力を尽くして書いた手紙だったんですから。しかしジョンがどんな様子だったかとしつこく聞くので、仕方なく事実を教えた。彼は茫然としていました。その時シャーロックはどうしていた。どうやって手紙を破いた。そんなことを、まるで事実を受け止めようとしないかのように何度も何度も聞き返し、彼の妻はあまりのことに気が狂ってしまったのではないかと涙まで浮かべたそうです。そんな時でした。彼が、ふっと笑みを浮かべたのは」

「……笑み？」

「そう。ジョン・H・ワトスンは、集まった親戚一同を前に、何故か嬉しそうな笑みを浮かべたのです。これがどんなにおかしいことか、さすがのあなたも分かるでしょう？」

確かにおかしい。親友の最後の手紙を引き裂こうとしたシャーロックの行為に対し、何故ジョンは笑えたのだろうか。

「結局、ジョン・H・ワトスンはそのまま息を引き取りました。最後に投げかけた笑みの謎を残してね」

ホームズは、再び手紙に視線を落とした。

親愛なるシャーロック・ホームズへ

君とわたしは長い付き合いだが、こうして手紙を渡すような機会はあまりなかったように思う。お互いのことを最もよく分かり合っていたからこそ、お互いについてもあまり語り合わなかった。こうして思い返してみるとあっという間の毎日だった。君と過ごしたあの下宿での日々。優雅なヴァイオリンや、わたしには理解できない化学実験の数々。そしてなにより、君が解決してきた多くの難事件。それらをもう見られないことが、わたしにとって何よりも悲しい。もしも君が天国に昇る日が来たら、その時はまた、あの世で君のヴァイオリンを聞かせてほしい。

君の数少ない友人であり得たことを、わたしは誇りに思う。

「……そんなに怒るような文面じゃないと思うけど……」

再びじっくりと読み終えたホームズが、呟くように言った。

「だからあなたに教えて欲しいんですよ。シャーロック・ホームズはあの時、何故あんなにも怒りだしたのか。そしてジョン・H・ワトスンは、何故臨終の際に、あんな顔をして死んでいったのか。そして、シャーロックが呟いた『青いガーネット』の意味とは何なのか」

教えて欲しいと言われても、ホームズにもちんぷんかんぷんだった。

シャーロックが怒り、ジョンが笑ったという事実は、どう考えても合致《がっち》しない行動に思えたのだ。

「ちなみに『青いガーネット』ってなんだっけ？どこかで聞いたことあるんだけど」

「ホームズさん！　その発言はあの人のお孫さんとは思えないわ！」

突然叫ばれて、ホームズはまたもやびっくりしてしまった。

「『青いガーネット』というのはワトスン博士の著書『シャーロック・ホームズの冒険』に収録されている短編の一つ。ストランド誌に一八九二年に掲載されて、シャーロック・ホームズの伝記でいえば九番目の――」

「わ、わかったわかった。思い出したよ」

確か、青いガーネットがガチョウの胃の中から出てきたことをきっかけに、シャーロック・ホームズがその宝石の謎を解き明かすという話だった。

「でも、なんでわざわざその事件のことを口にしたんだろ。それとも事件とは関係なくて、単純に青いガーネットのことを言ってたとか？」

それを聞いて、シャーリーは困惑顔を見せた。

「実はねホームズさん。あの事件で触れられている宝石なんだけれど、あれがガーネットだったかどうかは、少し疑問なのよ」

「なんで？」

こほんとシャーリーはわざとらしく咳をした。

まるでシャーロック・ホームズ談義を教えるための教壇に立った先生のようである。

「そもそもね。青いガーネットというのは、存在しないものなの」

「え、そうなんだ」

「宝石というのはね。微量成分って言って、鉱石の中に含まれる、ほんのちょっとの鉄や銅が光を吸収することで色がつくの。けれどガーネットが生成される地層では、鉱石を青色に光らせるための成分なんてないはずなのよ」

その話が正しければ、ジョン・H・ワトスンは敢えて嘘の記述をしたということになる。

「……じゃあ、何かの宝石をガーネットと間違えたってこと？」

「著書の中では、『ルビーのような赤色でなく青いことを除くと、あらゆる点でガーネットの特徴をそなえている』と記されているわ。ガーネットに酷似《こくじ》した青色の宝石なんていうものは、私が調べたところでは存在しないわね」

存在しない青の光を放つガーネット。それをジョン・H・ワトスンが記載した。

そこにどういう意味があるのか、ホームズにはまったく分からなかった。

「ついでに言うと、この宝石の発見場所もおかしいわ。中国のアモイ川の岸で発見されたと記載されているけれど、アモイにそんな名前の川は存在しないもの」

うーんと、ホームズは腕組みして考え込んだ。

シャーリーの言っていることは的を射ている。とすると、ジョン・H・ワトスンは一体何の宝石について書いたのだろうか。

「というか、シャーリーさんってどうしてそんなに詳しいの？　鉱石マニア？」

ホームズがそう聞くと、シャーリーはふふんと笑った。

「よくぞ聞いてくれました！　何を隠そう、私はホームジアンなのです！」

まるでホームズのような尊大な言い方に、二人はぽかんとしていた。

「ホーム……なにそれ？」

「シャーロック・ホームズ愛好家のこと。私の造語よ」

鼻高々なシャーリーとは裏腹に、二人は完全に引いていた。

「んー……でもね。最近ちょっと名称に迷ってて。シャーロキアンっていうのも、なんだか知的でかっこいい気がするのよね。ホームズさんはシャーロキアンとホームジアン、どっちがいいと思う？」

「どっちでもいいと思う」

「うーん。でもなぁ。人前で自称するかもしれないんだから、できるだけ栄《は》える方を選びたいのよねぇ」

そんな機会、今後一生来ないと思うという率直な意見を、ホームズは胃の中にしまい込んだ。

「それより手紙の話に戻ろうよ」

「あ、そうね。そうしましょう。旅は長いんだし、名前くらいいくらでも話し合えるわよね」

こんな生産性のない語りを一晩中聞かされるのかと思うと気が滅入《めい》ったが、今は顔に出さなかった。

「シャーリーさんの挙げた疑問ですが、僕がこれから披露する推理である程度説明することが可能です」

その言葉に、シャーリーもホームズも驚いた。

「ええ⁉　私が何年考えても答えが出せなかったのに⁉」

嬉しさというよりも、悔しさの方が何倍も滲《にじ》み出た声である。

「というか、さんざん引っ張って依頼を頼んだくせに、自分で解読《かいどく》しちゃってるの？」

まるで自分との知性の差をこれみよがしに見せつけているようで、ホームズは面白くなかった。

「まあそう拗ねないで下さい。僕自身、……というか、僕に解読を頼んだ人間が、この解釈を嫌っていましてね。それで、知性の欠片もなくとも参考程度にはなるかと思い、仕方なくあなたに事のあらましを説明したというわけです」

この男の嫌味にあまり腹が立たなくなってきているのは、おそらく彼の発する神経毒に身も心も冒《おか》されてしまったせいだろう。

「で、参考までに聞くけど、あなたの推理は？」

「推理というのもおこがましい、簡単な推測です。シャーロックが怒ったという事実を聞いてジョンは笑った。なら、それが真実ですよ」

「……よくわからないんだけど」

「ジョンからすれば、シャーロックが怒り出すのは当然のこと。つまり充分予測できたものであるということです」

ホームズは眉を顰めた。

彼が言わんとしていることを、直感的に感じ取ったのである。

「ジョンはそれを予想して、尚《なお》シャーロックにその手紙を渡した。何故か。決まっています。つまりはジョンの目的は、シャーロックを怒らせることにあったからだ」

ホームズが口を挟む間もなく、ワトスンは手紙を開いてみせた。

「その前提に立ってこの手紙を見れば、面白い符合《ふごう》が出てきます。まずこのヴァイオリンについての記述。ジョンは確かにシャーロックのヴァイオリンの腕を認めていますが、彼はよくメロディとも言えない奇天烈《きてれつ》な音を奏でるのでうんざりしていたと著書の『緋色の研究』で言及しています。そんな彼が、一八九一年に起きた『最後の事件』以来弾くことのなくなったヴァイオリンのことを持ち出すのは、少々皮肉が込められているようには思えませんか？」

「思わない」

ホームズは不機嫌そうに言った。

「ワトスンおじちゃんは、度々おじいちゃんに好きな曲を演奏してもらってた。そのことを言ってるに決まってるわ」

「確かにそういう解釈もできます。しかしそもそも、そのこと自体、疑わしいとは思いませんか？」

ホームズは首を傾げた。

「どういうこと？」

「シャーロック・ホームズの性格を考えて下さい。自分の好奇心を満たし、自らの頭脳を使うことだけを目的に探偵業を開く人ですよ。友人も一切作らず、他人のために時間を使うことなんてほとんど無縁だった偏屈《へんくつ》な人が、何故ジョン・H・ワトスンにだけそんな特別を許したのです？」

「それは二人が親友だったからじゃない！」

声が激しくなっているのはホームズ自身も自覚していた。それだけ感情的になっていた。ワトスンの推理自体も腹立たしかったが、それを何でもないことのように語るワトスン自身に、腹を立てていたのだ。

「そうかもしれません。しかし、我々が知る二人の関係というのは、結局ジョン・H・ワトスンが書いたとされる書物を参考に推測しているに過ぎません。たとえばですよ。たとえば、シャーロックは自分のことしか考えない鼻もちならない男で、ジョンのためにヴァイオリンを弾いたことなんてなかったとしたら。この文面は、シャーロックにとって皮肉でしかありません。怒るのも当然だとは思いませんか？」

「ちょ、ちょっと待ってよ！　それってどういうこと？　ワトスンおじちゃんが、嘘を書いてたってこと⁉」

ワトスンは頷いた。

愕然《がくぜん》としているホームズを置いて、彼は再び口を開いた。

「シャーロックはジョン・H・ワトスンの書いている小説にかなり批判的でした。物語としての演出を意識し過ぎて、事実を捻《ね》じ曲げていると指摘していた。その辺りの齟齬《そご》は、読者を意識した娯楽性をジョンが重視しているのに対し、シャーロックはあくまでも推理の軌跡を重視していたからだと考えられます。しかし、このシャーロックの指摘はあまり的確とは思えない。何故ならジョン・H・ワトスンは、充分に事件を客観的に捉《とら》え、事実だけを書くことに苦心しているように思えるからです。シャーロックは伝記小説を書くこと自体には賛成していた。そしてジョンは、伝記小説としての体裁を整えた上で、端的でありながら正確に、シャーロックの独特な探偵術を見事に描いていた。なら、そこにシャーロックが文句をつける部分などないわけです」

　ホームズは咄嗟に口を開いた。開いたが、そこからは何の言葉も出てこなかった。

　ワトスンの理路《りろ》整然《せいぜん》とした言葉に、ホームズはまったく反論できなかったのだ。

「だったらシャーロックは何が言いたかったのか。彼の言う、過剰演出とは何なのか。そう考えると、もはやその演出とは事件以外のことを指しているとしか思えない。なら、この発言はこうも取れないでしょうか。ジョン・H・ワトスンは毎度毎度、なんらかの虚偽《きょぎ》を物語に含めており、シャーロックはそれを否定していた。そしてそれは、シャーロック・ホームズとジョン・H・ワトスンという二人が史上稀に見る最高のパートナーであったことで、物語としての面白さを重視するが故に、ジョンは互いの仲を偽装していたのではないかと」

　ホームズは我慢できず、かっとなって立ち上がった。

「そんなのってないわ!!　おじいちゃんもワトスンおじちゃんも、すごく仲が良かった！　おじいちゃんだって、そう言ってわたしにお話を聞かせてくれたんだから!!」

「しかし、それ以外に解釈のしようがない。二人の友情を信じ切っている孫娘に真実を伝えられないという心情も、まるきり理解できないものではありませんしね」

　違う。そんなわけない。

　おじいちゃんが、そんな嘘をつくはずがない。

　しかし、その反論には根拠がなかった。推理が人を説得させるためのものなら、今のホームズがどれほど声高々に真実を唱えたところで、誰も見向きもしないのだ。

「『青いガーネット』の話を持ち出したのも、そもそもそれを指摘したかったからではないかと考えられます。つまり青いガーネットの謎は、単純にジョンの記述間違いだということです。考証《こうしょう》不足《ぶそく》で奇妙な記述になってしまった『青いガーネット』を持ち出し、シャーロックはでたらめを書いたジョンを批判した。ジョンがシャーロックの様子を事細かに聞き出そうとしたのも、自分の一世一代の嫌味にどんな反応をしたのか、気になったからなのでしょう。そして満足のいく結果だったことを確認し、彼は笑ったのです」

「確かにそう言われればつじつまは合うけど……。でも、それでも！　これだけはありえない!!」

「『まったくありえないことをすべて取り除いてしまえば、残ったものがいかにありそうにないことでも、真実に違いない』。確か、シャーロック・ホームズの言葉だったと思いますが」

「でも……、でも、こんなのって……」

ホームズの言葉は最後まで続かなかった。

いつも自分を楽しくさせてくれた物語。ウキウキし、心躍らせる冒険譚。それは確かにシャーロック・ホームズが解決した事件に違いなかったが、いつも側で彼を支えるジョン・H・ワトスンがいてこそ、あの数多くの事件が、あんなにもワクワクドキドキさせるものになったことを、ホームズは疑わなかった。だからこそ、ワトスンが披露してみせた推理は、自分の信じてきたものを全て偽物として壊してしまうもので、ホームズは酷く落ち込んでいた。

ふと、ホームズはシャーリーがずっと黙ったままであることに気付いた。自分で勝手に造語を作り出してしまうほどのシャーロック・ホームズ愛好家は、この推理をどう見るのだろうか。

シャーリーの方を窺うと、彼女は何も言わずににこにこと笑っていた。いつの間にやら取り出した大きな鞄を両手で持ち上げたまま。

ホームズはぎょっとした。

怒りの笑みを浮かべたシャーリーが、その巨大な鞄をワトスンに投げつけたのだ。

カタパルトのように射出《しゃしゅつ》された鞄の弾丸を、ワトスンは類《たぐい》稀《まれ》なる反射神経で回避した。盛大な音をたててぶつかった鞄は、無人の客席をへこませることに成功していた。

「な、なにを血迷っているんです！　あなたの怪力は簡単に人を殺せるんですよ！」

「うるさーい！　さっきからぺちゃくちゃと適当な理屈振りかざして！　私の方がね。絶対彼の本を読みこんでるし、絶対あなたよりも彼らを理解してるんだから!!　ワトスン博士がシャーロック・ホームズを嫌っていたですって？　『悪魔の足』では毒の蔓延した部屋から身を挺《てい》してホームズを助けてるし、『瀕死の探偵』では高熱だったホームズを治療するために感染の危険を冒してでも治療しようとしてたじゃない!!　いったいどこをどう読めば不仲になるのよ！　こんなこと、彼らを知らないから言えるんだわ！　絶対許せない!!」

　唇をわななかせ、シャーリーは第二砲目の射出準備に取り掛かる。

　その栄えある二砲目の弾丸に選ばれたのは、見紛うことなくホームズの鞄だった。

　ホームズは慌てて止めに入った。

「ま、待って待って！　むかつくのはわかるけど、ちょっと落ち着いて！」

「これが落ち着いていられるものですか!!」

　ホームズがおぶさるようにして止めようとするも彼女の怪力の前ではあまりに無力で、ホームズの鞄はぶんぶん振り回されるうちに何度も壁にぶつかり、新品だったそれはわずか数分のうちにぼこぼこに変形してしまった。

◇◇◇

　ようやく落ち着いたシャーリーは、反省した様子でしゅんと項垂れ、ホームズはマイバッグのあまりの変わりように肩を落としていた。

「本当にごめんなさい。反省しました。こんなことはもう二度と起こしません」

　シャーリーは、嵐が過ぎ去り様々な損害を齎《もたら》した個室の中で、ワトスンに深々と頭を下げた。

「別に構いませんよ。幸いながら僕は無傷で済みましたし」

「わたしの鞄はぼこぼこだけどね」

「僕の言い方も少し悪かったのかもしれません。すみませんでした。これからは気を付けます」

「なんか、わたしへの対応とずいぶん違う気がするんですけど」

「ですが勘違いしないでください、シャーリーさん」

ホームズの嫌味を、ワトスンはことごとく無視した。

「現状は他に納得のいく解答がない以上、これが真実だということになります。しかし、より事実関係を正確に示すことのできる整合性を持った答えがありさえすれば、この仮説は否定されます。状況証拠ではありますが、少なくとも周りの人間の心証がこれを否定しているわけですからね。他に、皆が納得できる答えを用意することさえできれば、それこそが真実だ」

ワトスンは、座席のクッションに身を沈めたまま手を組んだ。

「もしも誰かが僕の推理に異議を申し立て、披露された解釈がそれなりに正当だと認められた場合、僕は素直に自説を撤回します。さあホームズ」

ワトスンは、その鋭い視線で、じっとホームズを見つめた。

「この依頼。受けて祖父の友情を証明しますか？それとも、このまま僕の推理を受け入れますか？」

ホームズは、ぎゅっと拳を握った。

自分が祖父に勝てないことくらい、ホームズにだって分かっている。それでも探偵になると決めて、家を飛び出したのだ。ここで逃げて、祖父も認めてくれるような探偵になどなれるわけがない。

ホームズは、いつものように元気よく立ち上がった。

「やる！　わたしがこの手紙の謎を解いて、おじいちゃんとワトスンおじちゃんが仲良しだったことを証明してみせる!!」

「……良い答えだ」

その強い眼差《まなざ》しを見て、ワトスンは笑みを浮かべて言った。

「では、この手紙はあなたに預けましょう。期限は……そうですね。シャーリーさんの依頼を解決するまで、ということにでもしておきましょうか。あなたがこの謎を解く日が来ることを、僕も楽しみにしていますよ」

まるで、そんな日は永遠に来ないと言わんばかりの言葉に、ホームズは持ち前の負けん気が刺激された。

「ふふん。ワトスンには想像さえできない素晴らしい解答を用意してあげる。せいぜい驚くがいいわ！」

「本当に、自信だけはシャーロック・ホームズにも劣りませんね」

「才能もね！」

「はいはい」

「はいは一回！　相手に誠意が伝わらないでしょ！」

「伝えようとも思っていませんからね」

二人がぎゃあぎゃあと言い争いをしている時だった。コンコンとノックの音がして、返事をする間もなく一人の乗客が入って来た。

「ああ、やっと見つけました！」

突然そう叫んでホームズとワトスンを指差したのは、見るからに人懐《ひとなつ》っこそうな丸顔の青年だった。爽やかな金髪とにこやかな笑顔が印象的である。

「おっと突然大声を上げてすみません。いやはや、先程の推理はすばらしかった。ぜひ一度お話したいと思っていたんです。本当は食堂車で待っていようと思ったんですが、アメリカ人の商人さんに無理やり追い出されちゃって。って、うわ。なんだかここだけ三等車みたいになってますね」

ぺちゃくちゃと喋る青年を前に、ホームズとワトスンは目を合わせた。

「誰だっけ？」

「さあ」

「ひどいなぁ。ほら、ついさっき食堂車で会った。容疑者の一人にされた哀れな青年ですよ。あ、そこの席いいですか？」

ホームズが面倒くさそうに自分の鞄を移動させると、青年は礼を言って空いた席にストンと座った。

「おっと自己紹介が遅れましたね。僕はこういう者です」

そう言って、青年はそれぞれ三人に名刺を渡した。

イージス・フィッツジェラルド。職業欄にはジャーナリストと書かれていた。

「仕事柄、気になることにはついついしゃしゃり出てしまう方でして。ホームズさんの職業は探偵だそうですが、ワトスンさんとは——」

「ジェームズです。ファミリーネームで呼ばれるのは好きではないので」

「おっとこれは失礼。ジェームズさんとはいつも一緒に？」

「ううん。今日はたまたま……って、ちょっと待って。これってもしかして記事にしてもらえるの？」

有名になるきっかけとなるかもしれないチャンスを鋭敏《えいびん》に嗅《か》ぎ付け、ホームズは目を輝かせて聞いた。

「うーん……。まぁ、話題性は充分ですし、何か事件を解決したとかなら、部長に掛け合うこともできますけど……」

「さっき解決したじゃん！　ね？　ね？」

ホームズに催促されるがまま、ワトスンは面倒そうにうなずき、シャーリーもにこにこ笑いながら頷いた。ちなみに、シャーリーは事件を解決したところなど見ていない。

「んー……ちょっと厳しいかなぁ。手紙の持ち主はあなた自身ですし、ただ自分のなくしたものが見つかったというだけで、事件として立証されていませんしね」

「ちっ。使えない奴」

「え⁉」

「あーはいはい。取材はお断りだから出てった出てった」

「ちょ、ちょっと！　露骨に態度変わり過ぎですよ⁉　こういうものはですね。地道にコネクションを作っていざという時のために——」

「上から目線うぜー」

「酷《ひど》い！」

ロンドン街のスラムで屯《たむろ》している不良並みにやさぐれてしまったホームズは、足を乱暴に組み、ペンを煙草《たばこ》に見立てると、すぱすぱと吸うしぐさをし始めた。

「こら。気落ちするのは分かるけど、そんな態度を取ったら失礼でしょ？」

シャーリーに軽く窘《たしな》められ、ホームズはしょぼんとした。

「……ごめんなさい」

「この子もこう言っているんで、許してもらえませんか？」

シャーリーはそう言うと、にこやかな笑顔をイージスに向けた。

その時、イージスの心に落雷が轟《とどろ》いた。

目は大きく見開かれ、身体はぶるぶると震えている。

洗練されたしぐさ。落ち着いた姿勢。大人の余裕を感じさせる優美《ゆうび》な微笑み。

何故今まで気づかなかったのか不思議なほどに、彼女は華やかさに満ちていた。

「……し、失礼ですが、あなた様は？　もしやホームズさんのお姉さん――」

「あらやだ。お上手なんだから！」

シャーリーは笑ってイージスの背中をばしんと叩いた。

その怪力はイージスを悶絶させるだけでは飽《あ》き足らず、その背中に手の形をした真っ赤な紅葉《もみじ》を色付かせた。

「あ、ごめんなさい。またやりすぎちゃった？」

「……い、いえ。全然、だいじょうぶです……」

全然大丈夫ではなさそうな声で、イージスはひきつった笑みを浮かべた。

「そ、それじゃあ、三人のご関係は？」

「私がホームズさんにお仕事を依頼しているんです。ジェームズは仲介人ということで同行してもらって」

「あ、ああ！　なるほど！　じゃあご結婚はされてないんですね！　いやあよかっ……じゃなくて、えっと、残念でしたね！　ジェームズさん！」

今まで素知らぬ振りで本を読んでいたワトスンが、じろりとイージスを睨んだ。

「意味もなく大声をあげないでいただけますか？　あなたのその甲高い声で叫ばれると虫唾《むしず》が走ります。どうでもいい話に僕を巻き込まないでください」

　その初対面とは思えない毒気に気圧《けお》され、イージスは不良に絡まれる少年のようにぶるぶると震えていた。

「ジェームズったら。……ごめんなさいね。この人、騒々《そうぞう》しいのが嫌いなの。あなたの声、少しうるさいから」

　ワトスンだけでなくシャーリーからもうるさいと言われ、イージスは悲しみのあまりへたり込んだ。

「あ、ご、ごめんなさい！　えっと、今のはそういう意味ではなくて……！」

「いえ、いいんです。よく言われますから。そ、それに！　あなたがご結婚されてないと知れただけで――」

　シャーリーはにこりと笑い、手を掲げてみせる。

　そこには、きらりと光る結婚指輪があった。

　せっかく立ち直りかけていたのに、イージスは再び崩れ落ちてしまった。

「あ、ああ。いや、ははは……。いいんですよ、そんな。分かっていたことですし……」

　ふらふらとイージスは立ち上がると、あまりに弱弱しい笑顔をみせた。

「お話はまた今度聞かせてもらいます……。どうも、お騒がせしました……」

　それだけ言うと、イージスは心ここにあらずといった様子で部屋から出て行った。

　時々壁に頭をぶつけながら帰って行く様は、滑稽を通り越して哀れだった。

「変わった人だったわねぇ」

　そんなことを呟くシャーリーを、ワトスンはじっと見つめた。

「他人が口を挟むことでもないのでしょうが」

　ワトスンはそう前置きして話を切り出した。

「あなたはまだ若い。そう固執《こしつ》することもないと思いますよ」

「あら。じゃあジェームズ。もらってくださるかしら」

「結構です」

即答するワトスンに、シャーリーはクスクスと笑う。

しかしワトスンの目を見て誤魔化しは利かないと悟ったのか、曖昧な笑みを浮かべて俯いた。

「……女は器用と相場が決まっているけれど、私は子供の時分から、不器用で通っているの」

ホームズは、潤んだ瞳を向けてうんうんと頷いた。

「そうよ。肉体は離れていても、魂は常に一緒だわ」

「ホームズ」

部外者の勝手な意見を、ワトスンがたしなめた。

「いいのよ、ジェームズ。ホームズさんの言う通りだから。主人が死んでも、その魂と思い出を愛し、そこに幸福を見出す。妻というのは、そうあるべきものです」

シャーリーの言葉は毅然としていた。けれど、そう言いながらも目を落とし、所在なげに指を絡ませる動作には、どこか戸惑いを感じさせるものがあった。

「……本当を言うとね。私、少し不安なの。あの人を愛してるなんて言って、本当に心の底からそう思ってるのかって」

「え？　でも、両想いだったって言ってたじゃない。あれはうそだったの？」

「そんなことないわ。本当に、あんないい人は他にいない。ほら見て、この指輪。夫が自分の少ない稼ぎから、必死に貯めて買ってくれたの。あんまり嬉しかったものだから、生涯外さないと誓って、リングケースを暖炉に投げ捨ててしまったくらい」

ホームズは、まるで年端《としは》もいかない娘のようにはしゃいで喋るシャーリーを見て、微笑ましく思った。

身分違いの恋は、ここイギリスでは様々な問題があっただろう。それでも一緒になって、今でもこうしてその思い出を、初恋をした少女のように語れるのだ。

「シャーリーさんのそんな顔見たら、誰だって愛してないなんて思わないよ」

「でも私、夫を怖がっているわ」

ホームズははっとした。

ホームズからすれば歩く死体なんて恐怖の対象でしかないが、シャーリーからすれば、それは死体などではなく、今でも愛した夫その人なのだ。

「あなたに謎を解いて、なんてお願いしておいて言うのもなんだけど、……罪悪感でいっぱいなの。どんな姿になってもその人を愛するのが、本当の妻じゃないのか。だったら、アンデッドだろうとなんだろうと、夫ともう一度会えるかもしれないことを喜ぶのが、本当なんじゃないかって」

ホームズは何も言えなかった。ワトスンもだ。

その繊細過ぎる問題は、他人が口を挟めるようなものではなかった。

「ご、ごめんなさい。こんな暗い雰囲気にさせるつもりはなかったのだけれど。……えと、暗い話はこれでおしまいにして、なにか楽しいお話をしましょう！」

努めて明るく言うシャーリーを見て、ホームズは思った。

自分の仕事は、依頼人の繊細《せんさい》な心に飛びこむことで、それはやり方を誤れば、人を大きく傷つけてしまうような、とても責任あるものなのだと。

そのことに対する不安もあったが、同時に、このけなげな依頼人のためにも、どんなことをしても謎を解いてやらねばならないと、一層決心を固くさせた。

「……で、さっきからワトスンは何を書いてるの？」

メモにすらすらとペンを走らせるワトスンに、ホームズは聞いた。

ワトスンは呟くように、しかし確実に聞こえるように、声を出した。

「通りすがりの男性に突っかかり依頼人に窘められるホームズ、と。本にするなら、これは絶対に書かなくちゃいけないな」

ホームズは真っ赤になった。

「そ、そんなこと書いちゃだめ‼　絶対だめよ‼　ちゃんと最後に監修するからね‼」

必死に止めるホームズを見て、シャーリーはクスクスと笑うのだった。

◇◇◇

目的の駅に到着した三人は、シャーリーがあらかじめ手配していた車に乗って屋敷まで向かうことになった。

しばらくは都会を走っていた車だったが、そのうち人気《ひとけ》が少なくなり、十分も経たないうちに田園風景広がる雄大な土地が姿を現し始めた。

奥へと広がる丘には、羊が白い斑点《はんてん》のように立って自然を謳歌《おうか》しており、遠くで聳え立つ悠然とした山々は、その広い風景をより一層壮大なものにしている。

辺り一面緑に覆われた景色を、ホームズは窓から身体を乗り出して全身で堪能していた。

「うーん！　やっぱり自然の空気っておいしい！ねぇ、シャーリーさん。あとどれくらいで家に着くの？」

「あら。厳密に言えば、ここはもうマクレーン家の所有地よ」

ホームズは目が点になった。

「え⁉　この地平線までずーっとある畑全部⁉」

「ええ。無駄に広いことだけが取り柄なの。屋敷までは、あと三十分くらい掛かるかしら」

「へぇ、すごいなぁ。こんなところに住んでたら、ずいぶんと伸び伸びできるだろうなぁ」

「そうでしょうか。こういう場所だからこそ、都会にはない恐ろしいものがあるという考えも否定できませんよ」

この穏やかな自然の中でも、ワトスンの毒舌は健在だった。

「あんたさぁ。いちいち文句つけないと生きてられないの？」

「現に歩く死体なんていう、禍々《まがまが》しい事件が起きているじゃないですか」

そう言われると、ぐうの音もでない。

「この孤立した農家が点々と建つ場所で、どんな悪事が行われているかも分からない。『ロンドンのどんなにいかがわしい薄汚れた裏町よりも、むしろ、のどかで美しく見える田園のほうが、はるかに恐ろしい犯罪を生み出している』。僕はシャーロック・ホームズ信者などではありませんが、この格言はなかなか的を射たものだと思いますよ」

先程とはまた違った視点で、ホームズは外の景色を眺めた。

時折覗く家の中に、シャーリーが抱えるような恐ろしい事件に悩まされている人間がいないなんて、誰にも言えないのだ。

「もうすぐ着きますよ」

三人を乗せた車は、マフラー音を断続的に鳴らしながら走っていった。

◇◇◇

シャーリーの言う通り、三十分ほど車を走らせると、ようやく大きな屋敷が見えて来た。

この屋敷は、マクレーン家の先祖が領主をしていた頃に建てられた城を改築したもので、ところどころにその名残かと思われる櫓《やぐら》が建てられており、時代を感じさせる造りだった。

敷石道に沿って尖塔《せんとう》のアーチを抜けた先に広がる巨大なカントリーハウスは、チューダー様式を取り入れたもので、城らしいどっしりとした重厚感に満ち満ちている。

後ろに聳える黒々しい森は、魔女が住んでいると言われても納得できるような禍々しいオーラを放っており、存在感溢れる屋敷と相まって不気味な印象を与えていた。

「ようこそ。マクレーン家へ」

通されたマクレーン邸内は、まさしく圧巻《あっかん》の内装だった。

このまま寝ころびたくなるようなレッドカーペット。奥ゆかしく辺りを照らすシャンデリア。一目で高価と分かる風景画や歴史を感じさせる甲冑《かっちゅう》などが、まるで本棚や椅子のような気軽さでいくつも飾られている。

そんな中世のお城にでも招待されたような気分をさらに高めさせたのは、道を作るようにずらりと並んで迎え入れてくれたメイド達だった。何人いるのか数える気にもなれない彼女たちに一斉に頭を下げられると、まるで自分が映画の主人公にでもなった気分にさせられる。

ホームズもかなりのお嬢様であることを自負していたが、この盛大な出迎えを見てしまっては、それを誇る気にもなれない。新興富裕層と上流階級ではこうも違うのかと、ホームズは改めて痛感した。

彼女たちは慣れた所作でてきぱきとホームズ達の荷物を受け取ると、それで役目は終わりと言わんばかりにさっさと下がって行った。階段のある場所とは正反対の方へ歩いて行ったところを考えると、おそらくは使用人専用の移動区域に荷物用エレベーターが設置されているのだろう。

ホームズがメイド達に見惚《みほ》れていると、その中からタキシードを着こなす年老いた男が歩み出てきた。

「長旅お疲れ様でございました」

そう言って、男は恭《うやうや》しく一礼する。

「紹介します。こちら、父の代から執事《しつじ》を務めてもらっているクロードです。クロード、こちら無理を言ってお越し頂いたホームズさん」

クロードと紹介された老紳士は、細い目と深く刻まれた皺《しわ》、柔らかそうな白髪が、優しいおじいちゃんを想像させるなごやかな印象の老人だった。

「ほう！　あなたのことはよく知っていますよ、ホームズさん。数々の難事件を解決してきた名探偵。お噂はかねがね伺っております。……おや。少々背が縮んでしまったようですな。いやこれは、かなりと申しあげた方がよさそうです。それにどこか可愛らしくなられて。イメージチェンジ。略してイメチェン、でございますか？」

ホームズが口を開こうとすると、クロードは高らかに笑った。

「いえ！　お気遣いなく！　わたくし、ほとんどこの屋敷から出ることもない身ですが、ファッションには詳しいのですよ。ずばり、テーマはあれでございましょう？　蓑虫《みのむし》のロンド！」

「ねぇ。この人喧嘩売ってるの？」

　ホームズは笑顔を引き攣《つ》らせながら言った。

「ごめんなさいね。クロードにはいつもお留守番してもらっていて、初対面の人が珍しいの。お喋りが大好きで、つい調子に乗ってしまうのよ」

「なんと！　このクロード、常にお嬢様の後ろに付き従い、黒子《くろこ》のようにお慕《した》い申し上げておりました。調子に乗るなどと、そんなことは生まれてこの方、クロードには縁のない言葉でございます」

　そんなことを言いながら突然タップを踏み、くるりと優雅に回ってみせるクロードに、ホームズはもちろん、常に一緒にいるはずのシャーリーでさえついていけない様子だった。

「この人ぼけてるんじゃないの？」

　ホームズの取り繕《つくろ》うということを知らない無邪気な精神は、いたいけな老人を深く傷つける結果となった。


　部屋を案内され終わり、早速捜査に取り掛かろうとしたホームズだったが、例によってワトスンが夕食の時間だとごねるので、結局捜査は明日に持ち越しとなった。

「二十時ですよ。二十時までには絶対席についていてくださいよ。すぐに食べられるように」

　と、何度も念を押されたホームズは、嫌がらせで遅れて行ってやろうかとも思ったが、慈悲《じひ》の心で時間通りにダイニングへ来てやった。

　ホワイトクロスのかかった大きな長テーブルの上にはアンティークの燭台が立っているだけで、まだ食事は運ばれていなかった。

「あ、ホームズさん」

　シャーリーは既に来ていたが、肝心のワトスンがいない、ホームズは思わず聞いた。

「あのエセ紳士はどこにいるの？」

「えっと、まだ二十時じゃないからと……」

ホームズは掛け時計を見た。十九時五十五分である。

　ホームズは爆発しそうな怒りを必死で抑えて席に座った。

　しばらく経つと、ようやくワトスンが顔を出した。

「遅い！」

「遅くありません。三分もあれば適度にリラックスして席に座り、待ち時間もなく食事を始められる」

　ワトスンは涼しい顔でホームズの隣に座った。

「あんたが急がせたんだから、あんたが一番早くに来るべきでしょ！」

「勝手に急いだのはそちらです」

　ホームズは必死の形相で火かき棒を探したが、あいにくと近くにはなかった。

「まあまあ。喧嘩しないで、仲良くしましょう」

「……ふん。ここはシャーリーさんに免じて許してやるわ」

「おやおや。許していただけなければどうなっていたことか。想像するだけで恐ろしい。……フフ」

「笑うな！」

　ワトスンは完全に馬鹿にしていた。


　しばらくすると、メイドの一人が食事の載ったサービスワゴンを引いてやって来た。

　次々とテーブルに置かれる豪勢な料理の数々は、素晴らしいの一言に尽きた。

　スモークサーモンを中心に色彩豊かな野菜で皿を彩ったオードブル。クリーミーな香り広がるやわらかな色合いのグリーンスープ。斑点模様をちりばめたテリーヌ。カクテルグラスに入れられた、コンソメジュレの上に浮かぶ甘エビ。メインディッシュは、やわらかくなるまで焼いたステーキをパイ生地で覆ったステーキ・パイだ。こんがりとキツネ色に焼けたステーキ・パイは、フォークで突《つ》くだけで崩れそうなほどにやわらかな生地に包まれている。

　シャーリーはグラスを掲げた。

「それでは皆さん。見目麗《みめうるわ》しいアイリーン・アドラーに。乾杯」

ホームズは食事を見つめるのに夢中でまったく聞いてなかった。

ワトスンが頬をつねった。

「いだだ!! なにするのよ!」

「人のご厚意を無気《むげ》にするものではありませんよ」

「いいのよ、ジェームズ。お客様に楽しんでもらうことがもてなす側の至高《しこう》の喜びなんだから。さぁ、召し上がって」

その一言に、ホームズの目は爛々と輝いた。

貧乏生活を謳歌していたホームズにとって、こんな豪勢な食事を目にしたのは久しぶりのことだ。さっそくいただこうと食器を手にしようとした時だった。

「食事の仕方というのはその人となりがよく表れるものです」

ワトスンが唐突に言った。

「一度食事を共にするだけで、その人の生まれ、階級、性格まで把握することができる。豪華なディナーを前に意地汚く涎《よだれ》を垂らすか、知識人らしくきちんとテーブルマナーを守っているか」

ワトスンはちらとこちらを見て、鼻で笑った。

「見物《みもの》ですね」

おそらくこの男は、ホームズの垂涎寸前の表情を見て、煮え湯を飲ませてやろうと挑発しているのだろう。暇さえあればこちらに恥をかかせる材料を探しているこの男らしい陰険《いんけん》さだ。

ホームズはにやりと笑った。

いいだろう。挑発に乗ってやろうではないか。

そろそろこの男にも、身の程というものを教えてやらなければいけないと思っていた頃だ。

「ええ、まったくですわ」

ホームズはしゃんと背筋を伸ばし、手慣れた所作で食事を始めた。スープ用のスプーンを手に取り、スープを手前から奥に掬《すく》い、身体を近づけ過ぎない程度に傾け音をたてずに口に運ぶ。スープを飲み終えると、今度は一番端にあるナイフとフォークを持ち上げた。巧みに食器を操り、フォークの反《そ》り返った背の部分にサーモンを載せて口の中へ。ナイフとフォークを皿に置く時は、柄の部分を左右対称に、先端部分は合わさる程度。膝《ひざ》に敷かれたナプキンで軽く口を拭うと、ホームズはワトスンの方を向いて笑みを浮かべた。

「ふふん、どうよ。ちょっとは見直した？」

「……椅子の上に敷かれたクッションがなければね」

それは、テーブルに背の届かないホームズに気を利かせ、クロードが置いてくれたものだった。

ホームズはニコニコ笑って上品に澄《す》ましており、ワトスンも紳士らしくクールにグラスを傾けている。しかしテーブルクロスの裏側では、両者の壮絶な蹴り合いが勃発していた。

言うまでもなく、テーブルマナーとしては最低の行為である。

「あら。このスープ、すごくおいしい」

思わず零れたというように、シャーリーは驚いた様子で言った。

「だよね！　わたしもこれ大好き！　他の料理も、こんなレベルの高いものなんて久しぶり！　よっぽどすごいコックさんなのね！」

「お褒めにあずかり光栄ですよ、ホームズお嬢様」

ワトスンの言葉に、ホームズは思わず黙った。

「うふふ。ごめんなさいね。本来ならお客様にこんなことさせるものではないんだけれど、彼の料理は本当においしくて。いつも無理を言って作ってもらうの」

ホームズは、自称大好きなスープを一口飲んだ。

「このスープ最悪ね。コックの口から毒でも滴《したた》り落ちてるんじゃないかしら」

「私情に囚《とら》われてまともな評価もできないとは、随分と狭量《きょうりょう》な器をお持ちですね」

ホームズの口の中に何千という反論の言葉が溜まり、ぷくうと頬が膨《ふく》らんだ。

「ふう。まるで子供だな」

「こ、この男は〜〜っ!!」

「まあまあ。でも、料理を嗜《たしな》むなんて、イングランドの方にしては本当に珍しいわ」

「英国でおいしい食事をするなら朝食を三度取れと

よく言いますが、僕はあまり朝が得意な方ではないんでね」

紳士らしいジョークに食卓は明るい笑い声に包まれたが、狭量な器の持ち主であるホームズには、ニヒルを気取ってかっこつけているセリフとしか思えなかった。

その後、しばらく三人で雑談に興じていると、クロードがふいにシャーリーに耳打ちをした。

「どうかした？」

「ええ。今ちょうど息子達が帰ってきたところみたいなの。紹介するから、ちょっと待っていて」

そう言って席を外すと、少ししてから二人の男性を連れて帰ってきた。

一人は体つきは逞しいが、どこかずんぐりした体形が印象的だった。目つきもどこかねっとりと粘《ねば》つく印象を与え、卑屈《ひくつ》ささえ感じさせる。ホームズ達を見て露骨に嫌悪の表情を示す辺り、お世辞《せじ》にも社交的とは言えないだろう。

もう一人は細面ながらしっかりした肉体の持ち主だった。しかし妙に視線が下を向いていて、そのためか自信なさげな印象を受けた。

「こっちの身体つきのいいのが長男のジョージで、こっちが次男のフェイ。二人とも挨拶して」

次男のフェイは小さくこんにちはと頭を下げるが、長男のジョージは鼻を鳴らすだけだった。

「他人同士だってのに、母親面は止めてもらいてえな」

「そんなこと言わないの。ほら、お客様の前なんだから」

「あんたのお客様だろ。俺のじゃねえ」

その清々《すがすが》しささえ感じる否定の言葉に、シャーリーは見るからに困惑していた。

「兄さん。そのへんに……」

「お前は黙ってろ!!」

フェイはすぐに黙って下を向いた。

「……ジョージ。そうやってすぐフェイに当たるのは止めなさい」

「また母親面ですかい？　親父にいいように騙され

てただけだってのに、健気《けなげ》ですねぇ」

ぴくりと、シャーリーは反応した。

「あんたは知らねえかもしれないがな、シャーリーさん。親父はあんたのことなんて、なんとも思っちゃいなかったんだぜ」

端で見ていても分かるほどに、シャーリーの顔色が変わっていく。

「……あはは。ジョージったら、いつもそういう冗談ばかり言って」

「冗談じゃありませんぜ。なにせ、この目で見たんですからね。親父が死ぬほんの少し前くらいだったかな。あの頃は親父もナーバスになってて誰も部屋には入れなかったが、ある日ちょっと部屋のドアが開いてるのに気づいてね。中を覗いたことがあったんですよ。親父は必死に何かを書いていた。その文面を見てぎょっとしましたよ。『故シャーリー・マクレーン（The late Shirley MacLaine)』なんて書かれていたんではね！　オレに気付いた親父が怒鳴り散らすもんだからそのまま出て行きましたが、ありゃどう考えてもあんたへの本音を綴ったものだった。親父はね。あんたに死んでほしかったんですよ。あんたが死ねば、夫である親父が全てを引き継ぐんですからね。親父が結婚したのは、あんたじゃなくマクレーン家の財産だったってわけだ。親父といいおふくろといい、まったく呪われた血統だよ！」

ジョージは近くを通りかかったメイドからワイングラスをひったくると、それをそのままぐいと飲み干した。

「……フェイ。お前も言ってやれよ」

フェイはまごついた。

「親父が生前に言ってたんだろ。財産目当てで結婚したのに、病気になるわすり寄られるわで最悪だったってな！」

フェイは言いづらそうに下を向いていた。

「……フェイ。本当？」

「……実は、少しだけそんなことを……」

シャーリーは見るからに動揺していた。

なんでもないことを装うように乾いた笑みを浮か

べ、紅茶を口に運ぼうとする。しかし震える指のためか、カップを取りこぼしてしまった。

「ご、ごめんなさい」

クロードがすぐさま布巾《ふきん》を持ってきて、シミのできた服を拭《ぬぐ》った。

「あの、私……ちょっと着替えてきます」

逃げるように、シャーリーは去って行った。

「ちょっとあんた！」

ホームズは我慢できずに立ち上がった。

「なんであんな酷いこと言うのよ!!」

「事実なんだから仕方ねえだろ」

ホームズはかっとなった。一発ぶん殴ってやろうとするも、ワトスンに腕を摑まれる。

「よその家庭の問題に口出しするのは止めましょう」

ジョージは鼻で笑った。

「偉く物分かりがいいじゃねえか。さすがは英国紳士」

「それよりホームズ。彼女を慰めてきてあげてはどうです？」


ホームズは迷ったが、結局シャーリーを追ってダイニングを後にした。

◇◇◇

「……シャーリーさん？　入ってもいい？」

おずおずとノックすると、シャーリーは扉を開けてくれた。

微笑んでいるが弱々しく、目は赤く腫れている。

「ごめんなさいね。なんだか恥ずかしいところを見せてしまって」

「ううん。そんなこと……」

ホームズは、それ以上言葉が見つからず黙ってしまった。

「よく聞いたの」

「え？」

「ジョージの言っていたことよ」

シャーリーは何でもないように言っているが、ホームズはどんな顔をすればいいか分からなかった。

「婚約していた時にね。酒場で私の悪口を言っていたとか、財産狙いだって喋ってたとか。私はただのホラ話だと思ってつっぱねたわ。結婚してからはそんな話も聞かなくなったから、誰かが夫を妬《ねた》んで噂を流したんだって思っていた。……けれどももしかしたら、あれも全部、本当だったのかもしれない」

「そんな……」

シャーリーは顔を引き攣らせて笑った。

「ほら、私ってこんな性格だから！　嘘つかれても分からないし、甘い言葉をほいほい信じちゃうタイプだし。こんな歳になってもあなたのおじい様の話でかっかしちゃって、夢見がちで。……だからきっと夫も……、ウィルも、私のことなんか――」

「そんなことない！」

ホームズは叫ぶように言った。

「そんなことないよ。絶対……、絶対そんなことない」

根拠なんてないことは自分でもよく分かっている。ワトスンが聞いたら、きっと一蹴《いっしゅう》するような馬鹿げた理想論だ。しかしそれでも、ホームズにはそれ以外の言葉が見つからなかった。それ以外の真実を肯定する気には、なれなかった。

「あなたは良い子ね。優しくて、一生懸命で」

「……わたしには、それしかないもん」

「え？」

ホームズははっとした。

「あ、ううん。なんでもないの。……えっと、元気出してね。わたし、しばらくはここにいるから。……あ、もしかして、迷惑？」

シャーリーは笑って首を振った。

「そんなことないわ。ホームズさんがいてくれて、とても嬉しい」

「えっと、リディアでいいよ。なんだか他人行儀《たにんぎょうぎ》だし」

「じゃあ、私もシャーリーって呼び捨てにして」

ホームズは慌てて首を振った。

「そんな！　だって一応依頼人だし、年上だし、貴族だし……」

シャーリーはホームズの手を包み込むようにして、言葉を遮《さえぎ》った。

「だって他人行儀じゃない。ね？　リディアちゃん」

「……うん！」

ホームズは、花が咲いたように微笑んだ。

「あ、それとさ。もう一つ依頼してよ！」

シャーリーはきょとんとした。

「なにを？」

「ウィリアムさんが、シャーリーのことをどう思っていたか。それを突き止めるの！　わたしが、絶対二人の愛を証明してみせるから！」

ホームズは、どんと胸を叩いてみせた。

その様子がおかしくて、シャーリーは噴き出すように笑った。

「……リディアちゃん」

「ん？」

「ありがとう」

「……うん！」

まだ本調子とはいかないまでも、先程に比べて随分と柔らかくなった表情を見て、ホームズは我が事のように嬉しく思った。

荷馬車の中で一日を過ごすのはかなり過酷だ。人が乗り込むことを想定して作られてはいないので床は固く、サスペンションも搭載されていない。そのため、揺れが直接身体に響き渡り、過度の負荷が掛かるのだ。ずっと同じ姿勢でいると、いざ動こうとする時に筋肉が固まっていて、思うようにいかなくなってしまう。

コツは、適度に筋肉をほぐすことだ。固くなった部分をできるだけ優しくマッサージすることで、一ヵ所に疲労が溜まらないようにするのである。

馬車のスピードが少しだけ緩んだ。僕はすぐに身体を起こして幌《ほろ》をめくった。突然差し込む太陽の光に圧倒されそうになりながら、細めた目の中に微《かす》かに映る一面の緑を信じ、地面へと飛び込んだ。

ちょうど傾斜になっていた地面を転がり落ちる。柔らかな草むらの感触が、自分の勘が正しかったことを証明していた。

僕はすぐさま起き上がると、近くにあった茂みに慌てて身を隠した。しばらくすると、ゆっくりと移動していた馬車が止まった。向かいから、同じような荷馬車がやって来たのだ。その馬車も、向かいの停車を見て止まった。

「よぉ。景気はどうだ？」

「良いと思うか？　鉄道に客をどんどん取られてるってのに、最近じゃ自動車なんてもんが平然と走るようになってきちまった」

「まあなぁ。あんなもん、金持ちの道楽としか思ってなかったがね」

「この分じゃ、今あるなけなしの仕事もあの冷酷な機械どもに奪われちまうよ」

「で、今日の取引先はどこだい？」

「ああ、いつものお得意様さ。他の金持ち連中もあの方を見習って、全員機械嫌いになればと心から願ってるよ」

男は馬車から降りると、幌を捲って品物を見せ、やれ格安で手に入れただの、品質が落ちてきているだのと、商人らしい最近の情勢を語り始めた。

それを見ながら、僕はほっと息をついた。

道中でも馬車を止める時は、こうやって幌の中を確認されることがある。僕はそれを経験上知っていたのだ。

未だに商取引の情報交換に労《ろう》を厭《いと》わない二人を尻目に、僕はこっそりとその場をあとにした。


二回三回と荷馬車を乗り継いで到着したそこは、イギリスとはまた違う趣に溢れた町だった。

レンガ作りの小さな家が立ち並び、道端ではアコーディオンを弾いてみせている芸人たちが、通りかかる客に微笑んでいる。まるで人形たちが跋扈《ばっこ》するジオラマの世界に入り込んでしまったような気分だ。

しかしそんなファンタジックな印象よりも一番意外だったのは、彼らの表情だった。古ぼけた缶の中に投げ込まれる硬貨を見ても、これらの芸人が裕福な暮らしをしているとは思えない。しかし彼らに困窮しているようなみじめさは一切なく、心の底から人生を楽しんでいるように感じられた。

今の自分を思えば、唾《つば》を吐きかけたくなるのも当然だった。なのに何故か、うらやましいと思っている自分が確かにいた。

「珍しいですかな?」

突然声をかけられて、僕はぎくっとした。

「ああ、これは失敬! 怪しいものではありません。わたくしもそこにいる彼らと同類。しがない興行師《こうぎょうし》です」

そう言って、男はにこやかに笑った。

僕はまじまじと彼を見た。

痩せ細った体格に、シルクハットと燕尾服《えんびふく》という様相が妙に滑稽に思える身なりだ。しかし服の生地や清潔さから、それなりに金を持っていることは確かだった。

「いやぁ。それにしても、彼らの生き様にはいつもうらやましい気持ちになるんですよ。自由で、それでいて感性豊かな人生。憧れますねぇ」

嫌みか。

にこやかに笑っている男を見て、僕はそんな風に思った。

「ところで、あなたはどちらから？」

「……イギリスから」

「ほう！　そんな遠くから！　いやはや……」

男はじっと、控えめに見てもうす汚い僕を上から下まで眺めまわした。

彼が何を思ったのかはすぐに分かった。これ以上注目されたくないという気持ちから、男に背を向ける。

「あ！　ま、待ってください！　誤解です！」

男は慌ててそう言うと、僕の前まで回ってきて道を遮った。

「申し訳ありません。不快にさせるつもりじゃなかったのですが。いえ、あなたが色々とご苦労なさっているることに、単純に感心した次第で。あまり貯えがあるようにも見えないのにここまで来れたというだけで、それはもうわたくしのような男からすると感嘆の想いで」

それからも、男はぺらぺらと聞いてもいないのに僕に対する賛辞《さんじ》の言葉を並べ立てた。最初は嫌悪しか覚えなかったが、興奮で顔を赤くしながら熱心に喋る彼の様子を見て、次第に気持ちを変えていった。

悪いことをしたわけでもないのに国から追い出され、連合国には徴兵《ちょうへい》から逃げ出した売国奴《ばいこくど》と蔑《さげす》まれ、浮浪者のように彷徨《さまよ》い歩いていた自分に、その言葉は身に染みた。

僕は彼に誘われるまま、パブで席を共にしていた。本来なら断るところだが、やはり空腹には代えられない。

彼はミカル・ノーランドといった。近くに小さなサーカス団を結成しようとしている最中で、もうすぐその夢も達成できるのだという。

「私は長年、君のような人間を探していたんだよ！」

ミカルは酔っているのか、小さなコップに入ったジントニックをぐいと飲み干し、さらに激したように叫んだ。

「最近の若い奴らには気骨《きこつ》がない！　ちょっと無理そうだと思ったら手を出さない。できるだけ疲れない仕事をネチネチとこなす。まったく、とんだ根性なしだ！　その点君はそんじょそこらの奴とはまったく違う。さっきの話を聞いて感動した！　こんな辺境《へんきょう》まで無賃《むちん》……おっと、申し訳ない。こんな場所まで渡り歩いてきたというのがなによりの証拠だ。君は他の人間にはない精神力と、溢れる知性がある」

「そんなことありませんよ。現に僕は、国を追い出された人間ですし」

「追い出された？　何故？」

一瞬、口籠《くちごも》る。しかし次の瞬間には、全てを話していた。

きっと、誰かに聞いてもらいたかったのだろう。誰にも聞く耳を持たれなかった理不尽を、誰にでもいいからぶつけたかったのだ。

ミカルは聞き終えると、しばらく黙っていた。

「……とる」

「は？」

「ふざけとる！」

突然大声で叫ぶので、僕はびっくりしてしまった。

「君は何も悪いことなどしていない！　それなのになんだ!?　イギリス人って奴らが、そんな偏狭な人間ばかりだったとは！　失望した!!」

その言葉の数々は、僕の胸にじんわりと染みわたり、暖かく心を満たしていった。

「そんな奴らの言うことなど気にするな。たとえ馬鹿どもが何を言おうと、分かる人間は分かるものだ」

僕は戸惑う心を隠すように、ビールに口をつけた。

誰かから直接励まされることがこれほど人を勇気づけることを、僕は初めて知った。

ふいに、ミカルが僕の腕に触ってきた。

「……もしかしてあなた、ゲイですか？」

「ハッハッハ！　いやいや、今のは筋肉のつき加減を見ていただけだよ」

ミカルは尚も凝視《ぎょうし》するように腕や足を見つめていた。

「ふむふむ。小柄だが体力はありそうだね。少しやせているが……なに、それはうちのサーカス団に入ってたらふく飯を食えばいいだけのこと。何の問題もない！」

突然の話に、僕は当惑した。

自分のような境遇の人間からすれば、ありえない話だった。

こんな身元もよく分からない人間を捕まえて、たらふく飯を食わせる？

そんな僕の疑問を顔色から察したのか、ミカルは快活に笑った。

「まあ、君からすれば驚くことかもしれないがね。しかしそれだけ今このサーカス団は人材を求めているんだよ。それも普通の人材じゃない。将来性を持った若者をだ。そう、将来性！　これはそこらの人間には決して持つことができない。いわば、君自身の才能だよ！」

「……才能」

久しぶりだった。そんなことを言われたのは、本当に久しぶりのことだった。

全てを捨てなければならなかった自分に、そんな言葉をかけてくれた。きっと浮かれていたのだろう。いや、正直に言おう。僕は嬉しかったのだ。僕の才能を認めてくれたことじゃない。僕を、僕として認めてくれたことが。

「入ってくれるかい？」

僕はしばらく考え事をするように、じっと視線を一ヵ所に張り付かせていた。しかし、やがてミカルの空のコップを自分のコップでちんと鳴らした。

「僕でよければ」

ミカルは踊り出さんばかりの興奮ぶりで、ビールやつまみをじゃんじゃん持って来させた。

◇◇◇

僕は目を覚ました。

一瞬、訳が分からなかった。

横たわった僕の目の前に広がる光景は、あまりに薄暗く、あまりに無機質なものだった。どんよりと湿った空気が薄気味悪い。冷たいコンクリートの床が心まで冷やしているようだ。

どうやら自分は地下室にいるらしい。動こうとして、ようやく腕を縛られていることに気付いた。

どことなく獣臭いのは、首輪をされた動物が何匹か近くにいるのが原因のようだ。もはや唸り声をあげる気力もないほどに弱っているその姿が、暗闇の中でぼんやりと視認できた。

最初は茫然としているだけだった。しかし徐々に、この場所の異変に勘づき始めた。獣臭さとは別に、錆《さ》びた鉄のような臭いが、辺りに充満していることに気付いたのだ。

ふと、僕の隣に女性が座っていることに気付いた。

「おい。ここはどこだ」

万が一を考え、小声で話しかける。しかし彼女は何も答えない。薄暗いこの場所では、彼女のシルエットしか分からない。首をだらんと垂らし、壁にもたれかかるように座っている。一瞬死んでいるのかとも思ったが、よくよく見れば胸が上下しているのが分かった。

僕は必死に縄をちぎろうともがいた。しかし自分だけの力ではどうにもならない。ずいぶんときつく縛られているのだろう。手の感覚が麻痺し始めていた。

状況は最悪だったが、だんだんと目が慣れてきて、ぼんやりとしか見えなかった周りの状況も、なんとか捉えることができてきた。先程話しかけた女性の方に顔を向け、再び会話を試みる。

「おい。縛られてないなら助けてくれ。この縄を──」

僕は息を飲んだ。

彼女は生きている。座って、呼吸し、時々手足も動いている。しかし彼女は、どう見ても普通じゃなかった。

本来なら肌色の皮膚が覆うその表皮に、鱗《うろこ》がついているのだ。指先から顔まで、びっしりと無数の鱗が付着し、肌は苔《こけ》のような緑色をしている。

しかしよくよく見て、それが刺青《いれずみ》であることが分かった。直接身体に彫られた鱗の刺青は、以前は美しかったであろう美貌さえ化け物のように変えていた。

彼女は初めてこちらを振り向き、声にならない声を小さくあげた。思わず叫びそうになった。彼女の舌が、まるで蛇のように真ん中から切れ目をいれられていたのだ。

そこに来て、ようやく僕はこのサーカス団の正体に気付いた。

（……っの、外道《げどう》どもが！）

どこかで聞いたことがある。身体に異常のある者を持ちより、見世物にしている人間がいると。しかし話に聞いていたよりもタチが悪い。こいつらは、そんな人間を自らの手で量産しているのだ。

「いやだ！　止めてくれ!!」

寝ころんだ体勢では見えないが、部屋の真ん中に置かれた手術台のようなものの上に、人が乗っているようだった。そのそばに立つゴム靴を履いた何者かの顔は、ちょうど手術台の向こう側にいて窺うことはできない。

「はーい。良い子だから大人しくしててねぇ。下手に動くと足千切《ちぎ》れちゃうから。まあそれはそれで売り物になりそうだけど」

ギュイイイイ

本来木工品を作る際に聞こえてきそうな音が、部屋全体に響き渡る。この場所で、腕を拘束された状態でこの音を聞かされるのがどれほど恐ろしいかは、おそらく実際に経験した人間にしか分からないだろう。

「えーっと、こいつはどうするんだっけ？　あー……とりあえずアキレス腱千切っとくか。あ、麻酔してないけど動かないでね」

その瞬間、獣のような悲鳴が耳を劈《つんざ》き、僕は思わず目を瞑った。

先程までの怒りが消え、代わりに冷え冷えとした何かが身体を支配した。

このままだと、自分も……

僕は必死で手を動かした。きつく縛られた縄が食い込み血が滲むのも構わず、がむしゃらに引っ張った。

（誰か……！　誰か助けてくれ!!）

　そんな時だった。

　僕とそいつは、初めて目を合わせた。

　そいつの顔を見て、およそ知性というものを感じ取れる人間はいないだろう。そんな奴が、今の状況を理解しているとは思えなかった。なのにこちらを見つめてくる瞳には、何かを訴えかけてくるだけの知性があった。

　そいつは、頼りない動きで這《は》うように僕に近づいて来た。

　ちらと施術者《しじゅつしゃ》の方を見る。

　先程の男の治療を終え、次の患者を台に乗せている。

　大丈夫だ。まったく気づいていない。

　そいつはようやく僕の元に到着した。ちょうどうつ伏せになった状態の僕は、そいつが来ても何もできない。まるでそれが分かっているかのように、そいつは僕の手を縛っているロープをひっかき始めた。

　カリカリ、カリカリと小さな音をたてるが、医者の乱暴な手術の音にかき消されてまったく聞かれている様子はない。

　世の中の偽善者達はこいつの行動を良心だとのたまうだろうが、現実的な思考をする僕からすれば、そいつが善意を持って動いてくれたなんて、そんな世《よ》迷言《まいごと》を信じる気には到底なれなかった。おそらく、大した動機もなく前進を始め、単純に障害物となっている僕を乗り越えようとして、たまたまロープに爪《つめ》が引っ掛かることになったのだ。それでも僕は、この偶然に感謝せずにはいられなかった。そいつの気が変わらないように息を殺し、時にはひっかきやすいように腕の位置をずらしたりしながら、その長い長い作業が終わるのを懸命に待った。

　元々このロープは古いものだったらしく、切るという行為には非常に弱かった。少しずつ千切れていくロープの感触に、僕は歓喜した。

　ふと、先程まで嫌になるくらいうるさかった手術の音が止まった。手術が終わったのだ。辺りを見回しても、残っている人間は僕しかいない。

僕は一気に腕に力をいれ、引きちぎろうと励んだ。早く。早く早く早く！

処刑台と言っても差し支えないテーブルの上から、一人の男性が転がり落ちた。

僕は思わずすくみ上った。

彼の下半身は、まるでどこかに置き忘れたかのようになくなっていたのだ。

必死だった。

ここにいれば、死よりも辛い目が待っている。そんな実感が確かにあった。

「次、連れて来い」

その言葉と共にゆっくりとあらわれたのは、いかにも筋肉質な男だった。その無表情な様子が死神のように恐ろしかった。腕力では絶対に敵わない。ましてや両手を縛られた状態でなど……。

ブチリ

そんな感触が腕から伝わってきたのと、男が異変に気付いたのはほぼ同時だった。男はそのまま僕を殴りつけようと慌てて近づいて来た。その瞬間、僕はがむしゃらに男の急所を蹴り上げた。悶絶している間に立ち上がり、近くにあった椅子を力一杯叩きつける。夢中で何度も繰り返して、ようやくその男が気絶していることが分かると、息をきらして椅子を放り投げた。

幸い、他に戦闘員はいないようだった。白衣の男が殊勝に手を挙げているだけで、敵と思われる人間は誰もいない。白衣の男は無表情で、じっとこちらを見つめている。その場馴れした様子が癪に障る。こちらが圧倒的優位に立っているというのに、まるで僕のことなど歯牙《しが》にもかけていない態度だ。

僕はその医者を思い切り殴って気絶させると、すぐにその場を逃げ出そうとした。しかし、部屋を出て行こうとして、ふとそいつと目が合った。そこに先程感じた意志は見いだせない。僕はすぐそばにいた、そいつの母親であっただろうものに目を向けた。

知識はなくとも、その母親の周りにできた液体の溜まりから、何が起きたかは理解できた。母親は既に息絶えている。最後の最後、こいつに全てを託して。

なんとなく、こいつが何をしたかったのかが、分かった気がした。

「何をしてやがる！」

その叫び声に、僕は思わず戦慄した。

振り向くと、ミカル・ノーランドが憤怒の表情を浮かべてこちらを睨みつけていた。

「面倒なことをしてくれたな。一飯の恩を忘れやがって」

そのあきれ果てた言葉が信じられず、僕は思わず叫んだ。

「ふざけるな。何が一飯の恩だ！　人を……！　人を、人形みたいに切り刻みやがって！」

「どうせ人形みたいなクズばかりじゃねえか！」

僕は思わず硬直した。

「こいつらはお前と同じだよ。誰も気にしない。誰も必要としないカスみたいな奴らさ。そいつらを有効活用してやろうってんだ。褒賞《ほうしょう》金が欲しいくらいだぜ！」

あまりに身勝手な言い分に、僕は二の句が継げなかった。

「はっ。馬鹿みたいに自分のことぺらぺらと喋りやがって。お前みたいなガキは一番やりやすいぜ。表面上はクールぶってみせるくせに、本当は自分のことを分かって欲しいとそればかり考えてやがる。甘ちゃんで考える脳もねえクズだ。他人に全てを任せる奴は、他人に何をされても文句は言えねえんだよ！こっちはな。あることないこと吹き込んで、てめえを強制送還させることだってできんだぞ！」

『そんな奴らの言うことなど気にするな』

『いわば、君自身の才能だよ』

そんな言葉が、音をたてて崩れ去っていく。

「てめえに拒否権なんかねえんだよ。祖国に帰るのは死んでも嫌だって言ってたよな。だったら手伝え」

ミカルはそう言って、鋭利な刃物を僕に渡した。

「……これ、は？」

「てめえがあの医者の代わりをやるんだよ」

ミカルは何でもないかのように、先程の手術で弱り切っている男を手術台へと持ち上げた。

「ったく、このヤブ医者。注文と違うじゃねえか」

小さなメモに目をやり、ミカルは言った。

「こいつの役割は『ろくに喋れないピエロ』だ。舌を切り落とさねえとダメだろうが」

僕は震えた。こいつは、路傍に落ちている枝をぽきりと折るように、この男の舌を切ろうとしているのだ。

「お前がこいつを気絶させたんだ。落とし前はお前がつけろ。そうすりゃお前も共犯だ。俺の雑用係にさせてやる。見世物にならなくていいって言ってんだ。分かるだろ？」

こいつは危険過ぎる。殺人すら躊躇なくやるだろう。ここで断ればどうなるか……

思考がぐるぐると頭の中を渦巻《うずま》き、僕を混乱へと誘う。

「お前がお前になる最後のチャンスだ。ずっと馬鹿にされたままでいいのか？　周りの奴らの気分で人生左右されて、それで楽しいか？　ずっと振り回されて来たんだろ。今度はお前が振り回してやる番だ。気分がいいぜぇ。他人の人生を踏みにじるってのはよ」

やらなきゃいけない。やらなきゃ、僕の居場所はなくなってしまう。

ごくりと唾《つば》を飲み、ぎゅっと刃物の柄を握る。

僕は、痺れてなかなか動かない口を動かし、言った。

「……だ」

「あぁ？」

「嫌だ！」

それだけ言うのに、気力を使い果たしてしまった気分だった。肩で息をし、汗を拭う僕を、ミカルは無表情で見つめていた。

「……オレはなぁ、これでもお前を気に入ってんだ。部下を殴り倒して逃げようとした奴なんて初めてだからな。オレの提案がどれだけ良心的か分かって言ってんのか？　いいからやれよ、ほら」

「い、嫌だ」

「誰もてめえの意見なんて聞いてねえんだよ。やれ！」

ミカルが無理やり僕の手を掴み、男の口をこじ開ける。僕は思わず振りほどこうともがいた。

その時だった。

「う……！」

そんなくぐもった声を聞いて、思わずはっとなった。

震える手に遅れて感じる、柔らかい感触。ぽたぽたと、何かが滴り落ちる音。

夢であって欲しいと望みながら、ぎこちなく下を見る。そこには、自分の持つナイフが深々とミカルの腹に刺さっている光景が映し出されていた。

僕は思わず退いた。ミカルは刺された個所を押さえ、口をぱくぱくと開け閉めしていたかと思うと、ばたりとその場に倒れ込んだ。

「……おい？」

ようやくあげられた声がそれだった。

しかしミカルは答えない。答えられるはずもない。彼はもう、息絶えていたのだ。

僕は刃物を落とし、同時にその場にへたり込んだ。目の前の光景が信じられなかった。

人を殺してしまった。

あれだけ嫌っていた母親と、同じことをしてしまったのだ。

完全に腰が抜けていた。

僕の未来にあった微かな希望も、全てが黒く塗りつぶされてしまった。

もう終わりだ。これで僕の人生は、もう……

その時だった。

ガリガリと、音が聞こえたのだ。見ると、いつの間にか僕の元から離れていたそいつが、死体となったミカルの身体に爪で傷をつけていた。

「お、おい。なにやってるんだ」

僕は慌ててそいつを止めて、その瞳を見た。

誰もいなかった。

誰も僕を見てくれなかった。

誰も僕を、助けようとしてくれなかった。

だけどこいつは。こいつだけは。こうして僕を、見つめてくれている。

その時、突然背後から気配がして、思わず振り向いた。

そこにいたのは、先程の蛇女だった。

それだけじゃない。

足を引きずる男、腕のない男、その場にいる全ての人間が、痛みも忘れて立ち上がっていた。

彼らは、無表情にミカルを見つめていた。仇だと罵《ののし》るでもなく、笑うでもなく、泣くでもなく、ただ、じっと。

僕は一つの教訓を得た。

自分の弱点は、決して相手に悟《さと》らせてはいけない。

それは相手に付け入る隙を与えることになる。

悟らせない。怠《おこた》らない。油断しない。

そして、自分をこんなところに追いやった母親や世間に、自分の有能さを知らしめてやる。

そんな信念が、僕の中に確固としたものとなって出来上がった瞬間だった。

［第三話］マクレーン家

バイキングは、一九二〇年代に入ってからイギリスで盛んになった朝食の食事形式だ。数多くのメニューを各々の好みで取り分けるこの様式は、上流階級の人間達の間では常識となりつつある。

「そんな神聖なる食事の最中に眠りこけてしまった不埒《ふらち》なお嬢様を、どのようにして起こしてさしあげましょうか」

隣ですやすやと眠るホームズを尻目に、ワトスンは言った。

ホームズは朝食の時間にかなり遅れてやって来たと思ったら、テーブルに座るや否や突っ伏してしまったのだった。

既に全員が食事を終えたダイニングにいるのは、起きる気配を見せないホームズの他に、ワトスンとシャーリーだけである。

「寝かせてあげて。昨日はずっと私についていていてくれたんだから」

可愛らしい寝息をたてているホームズの髪を、シャーリーはそっと撫でた。

「本当に、優しくていい子だわ」

「頭の方はからっきしですが」

「あら。優しくていい子というのは認めるのね」

ワトスンは黙って紅茶のカップを傾けた。

「そんなことより――」

「分かっているわ。あなたがおじいさまの手紙の謎のためだけに、こんなところまで来るはずがないもの。あなたの目的は、以前の商談をまとめることでしょう？」

「ええ。やはりどうしてもあなたの力が必要だ」

「でも、領地の十分の一というのは少し……」

ワトスンは、じっとシャーリーを見つめた。

「開発業者が提示している額は、この土地の資産価値を超過しています。何か、実利《じつり》以外に手放せない理由があるのですか？」

シャーリーは、自分の土地を思い出すように目を瞑った。

　朝日が差し込み、芝が輝く大地。どっしりと地面に根を張る大きなカシの木。どこからともなく聞こえてくるヒバリのさえずり。

「……この広い庭は。私にとって夫との……ウィリアムとの、思い出の場所だから」

　シャーリーは自嘲《じちょう》気味に笑った。

「ジョージにもね。笑われるの。いい年して子供みたいなこと言うなって。……あの子、遺産分与で土地をもらいたいみたいだから」

　彼女は黙って窓に顔を向ける。そこには、一際存在感のある大きなカシの木があった。

「あの木の側で、ウィリアムと初めて出会ったの」

　ワトスンは、彼女に倣《なら》ってカシの木を見つめた。

「あの人ったらね。生意気なことにバリツを使えるのよ。知ってる？　バリツって」

「シャーロック・ホームズが使いこなしたとされる日本武道ですよね、確か」

「……ええ、そうよ。あの人も、一度シャーロック・ホームズにお世話になったことがあったらしくて、その時に教えてもらったんですって。これはあなたの方が詳しいかしら？」

「……いいえ。友人とはいっても、あまり身の上話をする仲でもありませんでしたから」

　元々ウィリアムの知人ということでシャーリーと関係を持つようになったワトスンだが、そのウィリアムの死も先日彼女から聞かされたくらいだった。

「別に二人で決めたわけでもないのに、あの人とはいつもあそこで遊んでいた気がするわ。バリツを教えてもらおうとして、うまくできなくてふてくされて。そんなことばっかり。

　知ってる？　あの人って、シャーロック・ホームズに妬《や》いていたのよ。私がいつもシャーロック・ホームズの話をするからって。だからあの人、シャーロックのことは嫌いなんですって。私と結婚するのも、彼の本を開かないことが条件だったくらいだもの」

「それを今も守ってる？」

「……ええ。だって、私はあの人の妻だもの」

「彼の息子を引き取ったのも？」

「……たぶん、それは――」

「全てお見通しです!!」

突然の叫び声に、二人は思わず肩を震わせた。

その奇声の元へと目を向けると、相変わらずむにゃむにゃと口を動かすホームズがいた。

「……お見通しなのです。……たぶん。……きっと……」

おそらく、いつもの如く調子づいて推理を披露したはいいが大外れで、必死に取り繕っている最中なのだろう。心なしか、その寝顔はどこか苦悶の表情を見せているような気がする。

「……まったく。まだ寝ているようですね、このお嬢様は」

その時だった。ふと何かに気付いたように、ワトスンはじっとホームズを見つめ始めた。ホームズは変わらず眠っている。ワトスンも変わらず目を離さない。その視線の先には、柔らかそうなほっぺたがあった。ワトスンはおそるおそる手を伸ばし、その弾力豊かな頰を摘んだ。

「いだだだだ！　突然なにするのよ！」

途端に飛び起きたホームズが、涙目ながらに抗議した。

「こ、これは申し訳ありません。つい、で寝てる女の子のほっぺた引っ張って許されると思ってんの!?」

ワトスンにしては珍しく狼狽した様子で頭を下げた。

「しかしその、この感触には得も言えぬ魔力が……」

「あるか！」

ホームズはさんざん文句を言ったあと、朝食としてオートミールを適当にかき込むと、すぐにでも捜査を開始することを堂々と宣言した。

「さて。まずはなにをしようかな！」

腕を組み、あからさまにちらちらとワトスンを流し見しながら、ホームズは大きな声で言った。

捜査というものが初めてなホームズは、開始早々から行き詰まっていたのである。

「あなたは自分で考える脳みそも持っていないんですか？」

げしげしとワトスンの足を蹴っていると、シャーリーがクスクスと笑った。

「まずは、アンデッドの目撃者から話を聞くのはどう？」

ホームズはびしりとシャーリーを指差した。

「それ、いただき！」

「依頼人から捜査方法を教えられるホームズ、と」

「だからメモするなー!!」

◇◇◇

「はい。あれはまさしく死体でした」

短く切り揃えられた黒髪《ブルネット》が印象的な幼いメイドは、真剣な様子でこくこくと頷いた。

「それはもうおそろしい光景でした。この世のものとは思えない……、そう！　あれはまさに、地獄絵図!!」

舞台女優ばりのオーバーアクションで、メイドはポーズを決めてみせた。

「どういう状況だったか、詳しく教えてくれませんか？」

「えっと、その時あたしはちょうどお屋敷の外に出ていて、今は涸れちゃった川の辺りから、誰かが歩くような音が聞こえてきたんです。真夜中だったし、そこは段差で死角になってて。で、気になって覗き込もうとした時に……ぬぅっ！　ぼわぁ！　って」

おそらく、死体がぬぅっと現れたので、ぼわぁっと驚いて逃げた、という意味だろう。

「ちなみに、どうして真夜中に外へ？」

「…………」

「あれ？　どうかした？」

「ふぅ。そろそろお仕事しないと。それでは失礼します！」

引き止める間もなく、メイドは逃げるように去って行った。突然のことに、ホームズは意味もなく手を前に突き出してぽかんと口を開けることしかできなかった。

「いやいや、おみそれしました。推理力が皆無なだけでなく、聞き取りの才能もないとはね」

「だ、だって仕方ないじゃん！　向こうが勝手に逃げちゃったんだもん！」

「えっと、ごめんなさい。シャノンったら、なんだか人に言い辛いことをしていたようで、あまり詳しく話そうとしてくれないの。……まあ、だいたい事情は察しているんだけれど」

詳しく聞くと、その死体を目撃したとされる場所に大量の灰とバケツが発見されたらしい。灰は屋敷から少し離れたゴミ置き場に捨てるよう決められており、おそらくシャノンはその仕事をすっかり忘れていて、無精《ぶしょう》心《ごころ》からすぐ近くの川に投げ捨てようとしたのだろうと考えられていた。

「本当に困った子だわ。ちょっと目を離すとすぐにそういう小細工をしたがるから」

「……ちなみに、その死体はシャーリーも見てるんだよね」

「ええ。シャノンに言われて、あの辺りを見張っていたから。こういう忍耐力は昔から鍛《きた》えてあってね！　一時《いっとき》シャーロック・ホームズの追っかけみたいなことを――」

「そんなことより」

ワトスンに一刀両断《いっとうりょうだん》され、シャーリーはしくしくと落ち込んだ。

「シャノンさんの証言を裏づけようとしたこと、誰かに話しましたか？」

「いいえ。その時はみんな半信半疑《はんしんはんぎ》だったし、私も退屈しのぎくらいにしか考えてなかったから」

それを聞いてワトスンが一人考え事をしている間、ホームズは先程までの話をせっせとメモしていた。

「よし！　じゃあ今度は現場を見てみようか！」

ホームズの号令で彼らは屋敷の外に出た。

そこは屋敷を中心に緩やかな傾斜になっており、

地面には緑豊かな芝生が広がっている。

「で、その死体を目撃した場所ってどこ⁉」

「はあ。えっと、あっちの――」

「あっちね！」

うおおー！　と奇妙な掛け声と共にホームズは突進した。ホラー現象とは縁のなさそうな風景を見て調子に乗った結果だろう。

「少しお聞きしたいんですが、シャーリーさんが見たという死体は、どういう様子だったんですか？」

「えっと、そうね。見えたといっても、一瞬だけだったの。前屈《まえかが》みの姿勢でこちらに向かって歩いていて、ちょっとだけ顔を覗かせたっていう感じだったわ。川を這い上がってくるんじゃないかと思ってびくびくしていたんだけれど、結局その一回きりで、姿は見せなかった。シャノンの時もそうだったって」

「なるほど。ではその『にゃっ⁉』」

突然妙な声が聞こえて、二人は振り返った。先程までホームズが駆けて行く後ろ姿が見えていたのに、今は影も見当たらない。いつも冷静なワトスンが思わずきょろきょろと辺りを見回してしまうくらい、見事な雲隠れである。追いかけてみると、抉られたように沈降《ちんこう》した川の浅瀬で、水浸《みずびた》しになりながら大泣きしているホームズがいた。

「いたいよー。ひどいよー。神様ひどいよー」

「神様に愚痴《ぐち》る前にまず注意力を身につけてください」

至極もっともな意見だった。

「だ、大丈夫？　ごめんなさい。一応川のことは話していたから、問題ないかと思って……」

「いえいえシャーリーさんのせいではありません。人の話も聞かずに飛び出す単細胞がいけないのです」

その一言が、めそめそと泣いていたホームズの闘争心を呼び起こした。

小さな身体が可能にする敏捷《びんしょう》な動きで、ホームズは油断していたワトスンの足首をむんずと摑んだ。

「この良いかっこしいの気障《きざ》男《おとこ》め！　お前もわたしと同じ場所まで落としてやる！」

「や、やめろ！　僕に汚れ仕事は似合わないんだ！」

「うるせー！　道連れだー！」

全体重をかけたホームズ決死の反逆劇は、ワトスンがバランスを崩して川に転落するという結果で終わった。


屋敷に戻ったびしょ濡れの二人は、その沈黙も相まって非常に不機嫌そうだった。当然のことながら、捜査は何の進展もしていない。

「二人とも仲良しね」

「「どこが（です）⁉」」

二人掛かりで一頻《ひとしき》り反論した後、使用人達の素早い仕事で着替えを終えると、とりあえず情報を整理することにした。

「まあ、整理するほど情報もないんだけどね」

「情報があったところで整理もできないくせに生意気ですね」

ホームズはキッとワトスンを睨みつけた。

「えっと、現場を見て、何か分かったこととかあった？」

「あんな一瞬じゃなにも――」

「川幅は二ヤードほど。川床は砂利《じゃり》で覆われ、浅く水が張っていた。人間があそこを歩行したとしても、おそらく証拠は全て水に流されてしまっているでしょう。ただ、穿《うが》たれたような川の縁と屋敷一帯の傾斜角度を考えれば、大の男が腰を屈めていれば誰にも見られずあそこを歩くことは可能かと思われます。任意の時間に立ち上がって目撃者を驚かすことは容易にできるでしょう」

「じゃあ、実際に死体が歩いていたとしても、同じようなことになるってことね」

「そうなりますね。奥に見えていたのはご主人の眠っている墓場ですか？」

「ええ。だからちょうどあそこは、お墓と屋敷を結ぶ最短ルートになってるの」

「なるほど。それもアンデッド説を補強する情報の一つというわけですか」

感心するようにワトスンはうんうんと頷いている。

「あー、はいはい。すごいねー。そんなにいっぱい考えられて」

　ホームズはふてくされて唇を窄《すぼ》めていた。自分だけ蚊帳《かや》の外で面白くないのである。

「しかし疑問なのは、それが本当にウィリアムさんだったかということですね。そこはどうなのですか？」

「あれは間違いなく夫だった。仮にも妻ですもの。たとえ暗闇の中だろうと見間違えるはずないわ」

　ホームズはそれを聞くと、しばらく腕を組んで目を瞑っていた。

「むむむ――……はっ！　わかったぞ!!」

　おおげさにぽんと手を打つホームズに、ワトスンは初めて感心した顔をみせた。

「ほう。もうアンデッドの正体を摑んだんですか」

「もちろんです！」

　ホームズは自信満々だ。

　しかし、自信のあるホームズほどこの世に信用できないものはない。

「さて。では事実を整理しましょう！　目撃者は二人！　シャーリーさんとシャノンさん！　お二人が見た歩く死体は同じ場所を歩いていて、二人の証言に食い違うところはない！　ですね⁉」

「ええ、その通りです」

「ではわたしの推理を一つ！」

　ホームズは、びしっと指をたててみせた。

「まず、お二人が目撃したアンデッドが本物だったとしたら、あまりにおかしな点を見つけました！」

「まあ、すごいわ。それは一体なに？」

　ホームズはふふんと笑ってみせた。

　褒められると調子に乗るタイプなのである。

「ずばり！　それは、屋敷にやって来た死体が、一度墓場に戻っているという点です！　そのまま屋敷に居座ればいいものを、わざわざ行ったり来たりするなんて不自然だと思いませんか⁉」

「それはそうね。それで？」

「え？　それでもなにも、これで終わりだけど」

　ワトスンもシャーリーも、どう反応したものかと困惑した様子だった。

「さっきの指摘が、あなたの頭の中でどう推理になっているのか気になりますね」

「え？　だ、だってさ。死体が歩くんだよ？　ふらふらしてるんだよ？　歩くだけでもすごく大変ってことじゃない。なのにわざわざ行ったり来たりなんてしないでしょ、フッー。だからあれはアンデッドじゃなかった。どう⁉　この素晴らしい推理！」

ワトスンは思わず目頭を押さえた。

「ホームズ。それは推理とは言いません」

「なんでよ！　ちゃんと論理的に説明したじゃない‼」

「その点に関して議論するのは些《いささ》か面倒なので根本的なことを言わせてもらいましょう。推理の本質は、論理的推察によって相手にその仮説を真実と認めさせることにあります。ではシャーリーさん。先程の話を聞いて納得しましたか？」

「ごめんなさい。全然してない」

ホームズはショックで後ずさった。

「そういうことです」

しばらく静止していたホームズが、崩れ落ちるようにして頭を抱えた。

「う〜。そんな馬鹿な。わたしの推理はかんぺきなはずなのに」

「しかし、川が屋敷を囲んでいるなんて、珍しい地形ですね」

ホームズの自画自賛は聞かなかったことにして、ワトスンは言った。

「ええ。この屋敷は、昔お城だった時の名残で、森の中を通る川を開削《かいさく》して作った堀で囲まれているの。普段よく使う玄関側は埋め立てたんだけれど、他のところはほったらかしで」

「……ではアンデッドが目撃されたのは、普段なら誰も顔を出さない場所だったと」

「そうね。さっきも少し話したけれど、あっちは森とか墓地とか、薄気味悪いものしかないから」

ワトスンはそれを聞くと、一人で考え事を始めた。

何か気になることがあるのかとシャーリーが聞こうとした時、クロードが現れた。

「シャーリー様。お客様が来ております」

「ありがとう。すぐ行きます。……そういうわけだから、少し席を外すわね」

「あ、うん。適当にそこらへんぶらぶらしてるよ」

シャーリーは笑顔でそれを了承すると、クロードと共に去って行った。

「……さて。シャーリーさんもいないことだし、自由行動ということで――」

「ぴかーん！」

突然ホームズが叫んだ。

「ではホームズ、またあとで」

「ぴかん！　ぴかん！」

ホームズは必死に自分をアピールするようにぴょんぴょん飛び跳ねながら同じ言葉を連呼していた。

ワトスンは無視してすたすたと歩いて行く。とうとうホームズは、ぐずってワトスンのコートを引っ張り始めた。

ワトスンはため息をついた。

「まったく、面倒な人だな。一体何を思いついたんです？」

「ズバリ！　アンデッドの行き先よ！」

びしりと、ホームズは天に指を掲げた。

「さっきシャーリーが言ってたでしょ？　あの川は森に繋《つな》がってるって。シャーリーの説明じゃ、アンデッドは川から上がろうとして諦めてたんでしょ？　もしかしたら、アンデッドは人を驚かしたあと、川を通って帰ったのかもしれない！」

「ああ、なるほど。森の中に陸続きになっている場所があり、そこから行き来していると。それはなかなか面白い発想ですね」

「でしょ⁉　調べてみる価値あるんじゃない？」

ワトスンはため息をついた。

「ないと言っても、調べるつもりでしょう？」

ホームズはにこやかに頷いてみせた。

◇◇◇

森の中は想像以上に薄暗く、真っ昼間だということを忘れてしまいそうなくらいだった。

ざわざわと葉が擦れる音が四方から聞こえると、まるで森の亡霊が自分の周りを徘徊《はいかい》しているように思えてしまう。

「なんか出てきそうだね」

何気なく呟いた自分の言葉が恐ろしく、ぶるりと身体を震わせた。

その時、一斉に森がさざめきをたてた。

「ひゃわ！」

思わずワトスンの後ろに隠れるホームズ。しかしすぐに何でもないことを察知すると、握りしめたためにできたコートの皺をいそいそと直した。

「……は、ははは。そうだよね。ただの風だよね。まったく、人騒がせな！」

「さっきから騒いでいるのはあなた一人だけですが」

ワトスンの皮肉にも、ホームズはいつものように反応しなかった。

「しかし随分と歩き辛い場所ですね。これでは走るのも儘《まま》なりませんよ」

「そうだなぁ……ほわっ！」

石に滑ってこけそうになるホームズだったが、ぎりぎりのところでワトスンに抱えられて事なきを得た。

「探索は無理そうですね。せめてシャーリーさんが来るのを待ちましょう」

「むー。仕方ないか。……ん？」

突然ホームズは耳をそばだて始めた。

草木が触れ合う音以外に、何かが聞こえた気がしたのだ。

「なんか、音がしない？」

ワトスンもホームズに倣《なら》う。すると、確かに音が聞こえた。草を踏みしめる音。石が転がる音。前から何かが近づいて来るようだ。

突然、前方の茂みが大きく揺れた。ホームズはびくりと震え、ワトスンは身構える。

何かが茂みの中から姿を現す。それは足だった。大きくて、黒い毛に覆われている。

ホームズはあわあわと口を震わせ、ワトスンも目を丸くしている。

　のそりと姿を現したのは、二メートルはあろうかという大きなクマだった。

「……あー、こほん。見間違いかな。わたしの目の前にクマがいるような気がするんだけど」

「見間違いじゃありませんね」

「どどどどうすんの⁉　食べられちゃうじゃない！」

「落ち着いてください。冷静さを失ったら負けです」

「そそそそうだね。おおおお落ち着こう。……よ、よーし。おお、落ち着いたぞー」

　全然落ち着いていなかった。

「ここは一か八かです。せーのでお互い違う方向へ逃げましょう。クマがどちらを追うか迷ってくれればそれだけ生存確率が上がる。せーので逃げるんです。いいですね？」

「わわ、わかった」

　緊張感が辺りを包む。

　まさしく息を飲む瞬間だ。

「せーの！」

　その言葉と同時に、二人は行動に出た。

　くるりと方向転換し、そのままダッシュ……ではなく、互いの前方に向けて足を出す。そのまま走り出していたらちょうどその足に蹴躓《けつまず》いたはずなのだが、今回はただ互いの足をクロスさせただけに終わった。

「…………」

「…………」

「せーのでいきますよ」

「いや無理だって！」

　なかったことにはできなかった。

「なによさっきの！　女の子を逃がして死ぬのが紳士ってものでしょ！」

「僕の辞書では、相手を陥《おとしい》れて自分だけ逃げようとする人をレディとは呼ばないんです」

「あんたも同じことしてたでしょうが！」

「わかりました。じゃあここはあなたが囮《おとり》になってください。その隙に僕が逃げます」

「なんで⁉　普通逆でしょ！」

「僕にはまだやらなければならないことがあるんだ！」

「わたしだって世界一の探偵になるまで死ねるか！」

そこからの闘争は苛烈を極めた。ワトスンが逃げようとするとホームズがしがみついてそれを防ぎ、ホームズが逃げようとすると今度はワトスンが首根っこをむんずと摑む。互いが互いの足を引っ張り合い、その間にクマは着々と距離を詰めてくる。醜い争いの果てにどちらも逃げられないというオチが待っているとも知らず、二人は必死に自分だけ助かろうともがいていた。

その時だ。

バンと、大きな音が響き渡った。突然の音にクマは驚き、慌てて森の奥へと逃げて行った。二人は突然の出来事に、ただただ硬直していた。

「安心してください。クマは追い払いました」

白い煙を吐き出す小銃を上空に掲げたまま、男は言った。

そこでようやく、二人は互いに取っ組み合っていることに気付いた。何でもないかのように手を離し、いそいそと乱れた服装を整える。

「助かりました。えーっと……」

「レモンドです。屋敷の方にいたんですがね。あなた方が森に入って行くのが見えて、引き留めに来たんですよ。この辺りは足場も悪いですからね。まさかクマがいるとは思いませんでしたが」

レモンドは初老に差しかかろうという年齢で、仕立ての良いコートが男の渋みを演出していた。中折れ帽の下から散見する色の薄くなった黒髪と老獪《ろうかい》な鋭い眼光は、見ているだけで背筋が伸びる。

「しかしあれですね」

レモンドは落ち着いた様子で笑みを浮かべた。

「クマの前で喧嘩を始める人がいるなんて、初めて知りましたよ」

「…………」

ぐうの音もでないとはこのことだった。

◇◇◇

「本当にごめんなさい！」

　事情を聞いたシャーリーは、開口一番にそう叫んだ。

「そんな！　元はと言えばわたし達が勝手に入ったのがいけなかったんだし」

「でも、一歩間違えたら命に関わるところだったんでしょ？」

　レモンドは首を振った。

「いいえ。元々クマは臆病な動物ですし、それほど強い攻撃性も感じられませんでしたから。まあ、とは言ってもあの巨体ですからね。準備に時間はかかるでしょうが、捕獲チームを組織するなり、これからは何らかの対策は必要でしょう」

「そうですね。でも本当に、レモンドさんがいてくれて助かりました。改めてお礼を言わせてください」

　シャーリーはレモンドに深々と頭を下げた。

　その接し方は、どう見ても雇い主のそれではない。レモンドの風貌や雰囲気からも、只者《ただもの》ではない何かが感じられる。

「ねぇ。レモンドさんとはどんな関係なの？」

「あ、きちんと紹介してなかったわね。こちらはレモンド警部。生前の父と懇意にしてくださっていて、公私共に色々と気を遣ってくださってるの」

　レモンドが柔和な笑みを浮かべて頭を下げた。二人もそれに合わせる。

「で、こちらがアンデッド事件を解決してくださるというホームズさんと、仲介人のジェームズです」

「ホームズ？　偶然ですね。あのシャーロック・ホームズと同じファミリーネームですか」

　ホームズは話を振られ、偉そうにふふんと笑った。

「偶然なんかではありません！　何を隠そう、わたしこそが正真正銘本物の二代目ホームズ。名探偵、リディア・ホームズなのです！」

　ホームズは鹿撃ち帽のつばをつまみ、おおげさなまでに胸を張ってみせた。

「申し訳ありません。少々痛々しい子なので、無視して続きをお話しください」

「痛々しいだとー!!」

暴れるホームズをワトスンがヘッドロックで大人しくさせているのをしり目に、レモンドはシャーリーに顔を向けた。

「私はそろそろ署の方に戻ります。もし何かあったらすぐに知らせてください。この家には、ただでさえ気を付けなければならない人間がいるのだから」

懇願することでようやくワトスンから解放してもらえたホームズは、その言葉を聞いて怪訝《けげん》に思った。

レモンドの口調は、まるで野放しにされている犯罪者が近くにいるかのように厳しいものだった。

見ると、シャーリーは暗い顔をして俯いている。

「……失礼。言葉が過ぎましたね。それでは私はこれで」

レモンドは帽子を被り直すように一礼し、悠然と去って行った。

「……死体騒動が持ち上がった時、事件性なしと警察に判断されたんだけれど、警部だけは時々こうして、様子を見に来てくれるの」

その口ぶりから、シャーリーのレモンドに対する強い信頼が見て取れた。

「彼が言っていたのは？」

シャーリーは笑顔で首を振った。

「なんでもないの。ちょっとした家庭の事情よ。それよりリディアちゃん。アンデッドの件でなにか分かった？」

「……わかりましたとも!!」

「下手な嘘は却《かえ》って自分の首を絞めますよ」

「嘘じゃないもん！　本当だもん！」

「ほう。なら何が分かったんですか？」

「えっと………何もわからないってことが！」

「呆《あき》れてものも言えないな」

「なによなによ！　じゃあワトスンはなにかわかったって言うの!?」

「ええ、分かりましたよ。あなたが底の知れない馬鹿だということがね」

「むきー‼　こいつむかつくー！」

「あのー……」

ホームズが、群れから不本意にも追い出されたボス猿のように足を鳴らしていると、シャーリーがおずおずと手をあげた。二人は揃って振り返った。

「川から死体に関することを見つけ出すのは、ちょっと難しいと思うの。あなたがここに来る前に、レモンド警部にも少し調べてもらったから」

「なるほど……」

ホームズは頷いた。

「ただその、死体の方を直接調べることはまだしてないの。刑事が事件性のない死体を検めるというのは少し問題らしいから」

「なるほど」

青くなって黙り込んでいるホームズに代わって、今度はワトスンが言った。

「どうやら死体を検分することは避けて通れないようですね。おや？　どうしました、ホームズ。何やら顔色が悪いようですが。まさか自称名探偵がこの程度で怖気《おじけ》づいたなんて、そんなこと言わないですよね？」

「墓場行くぞワトスン‼　探偵はどんなとこでも調査できてなんぼよ！」

ワトスンを無理やり黙らせて、ホームズは肩をいからせ歩いて行った。

◇◇◇

「おうおう！　こいつがホームズさんかい！　話に聞いてた以上にちっちゃいじゃねえか！　おう‼」

大岩のような巨体に、挑むような大声。

棺の掘り出しを手伝ってくれるという門番は、まさしく山の男といった様相だった。

ホームズはその威圧感に怯《おび》え、思わずワトスンの背中に隠れてしまう。

「ハッハッハ‼　こりゃ嫌われたもんだ‼」

「マッドは確かに大柄で怖そうだけど、とても優しい人だから安心して」

「おう！　奥さんにそうまで言われるたぁ恥ずかしくて仕方ねえな!!」

マッドはそう言うと、がっはっはと高らかに笑った。

「見た目と違ってとっても怖がりだから、お手伝いは棺を掘り返すまでにしてあげてね」

「おうおう奥さん！　そりゃねえぜ！」

シャーリーは屋敷に残って結果を待つことになった。「やっぱり、好きな人の変わり果てた姿は見たくないの」そう言っていたシャーリーの気持ちが、ホームズには痛いほどよく分かった。

三人で墓場に向かう道中、マッドは耳を劈くような大声で取るに足らないことをべらべらと喋っては一人で笑っていた。

「少し聞きたいのですが」

放っておくといつまでも喋り続けていそうなマッドに辟易したのか、ワトスンが口を開いた。

「先程刑事さんとお会いしました。こちらにはよくおいでになるのですか？」

「おお！　レモンドさんかい！　あの人は良い人ですぜ！　オレも何かあった時のために、あの人とは仲良くしねえとと思ってるんでさぁ！」

マッドはそう言って、空に向かって大きな声で笑った。

「何故彼はこちらに？　私服警官が、懇意にしているからという理由だけで頻繁《ひんぱん》に巡回に来るとは思えません。何か、そうしなければならない理由でもあるのですか？」

マッドは先程までの陽気な調子とは打って変わって、真面目な様子で正面を見つめていた。

「奥さんはすごい人です。自分のことは二の次で、周りに笑顔を振りまいて。今回のことだって、本当はかなり堪《こた》えてるはずなのに」

ホームズは、列車の中で漏らしていたシャーリーの本音を思い出した。

「ウィリアムさんが死んじまった時も、誰にも何も言わずに、一人で部屋に閉じこもっちまってなぁ。みんな気が気じゃなかったんだが、こっちが心配してることを言うと、すぐに無理して、大丈夫だなんて言うもんだから。本当は、自分のことをずっと責めてたに違いねえのに」

「どうして？　ウィリアムさんは病気だったんでしょ？」

「当時のウィリアムさんは、外出は厳禁だって強く言われてたんです。何やら子供の落書きみたいなもんを書き殴って大事そうに抱えたりと、頭の方も弱くなっちまってたみたいでね。それでも外に出たいって言うもんだから、ウィリアムさんが嫌がるにも関《かか》わらず、シャーリーさんがずっと寝ずの番をしていたんでさぁ。けどそんな日が何日も続いて、看護疲れでつい寝ちまってる間に、ウィリアムさんがいなくなってね。みんなで必死になって探して、ようやく庭で倒れてるウィリアムさんを見つけた。シャーリーさんは、まるで別人みたいにきびきびと正確な指示を出してたっけな。けど医者が来て、病状が悪化したと知らされた時のあの人の顔は……。みんなが見てるのに気づいて、無理やり笑顔作ってみせた時なんて、本当に、こっちが泣きたくなるくらいでなぁ」

心なしか、マッドの声は涙ぐんでいるようにも思えた。当時のことを思い出しているのだろう。

「そういう引け目もあったからなのかな。周囲の反対押し切って、ウィリアムさんが死んだ後もあの子達を預かる決意をしたのは」

「あの子達って……、ジョージ達のこと？」

「おっと、もうすぐ墓場にご到着ですぜ。死体に襲われないよう気を付けなくっちゃあな！」

マッドはそう言って、ごまかすように笑った。

◇◇◇

太陽の照った日中という一番恐怖に結び付かない時間帯を選びはしたが、それでも墓場というのは何とも物々しい。他の場所にはない、冷気のようなものが辺りに纏《まとわ》りついているような気さえする。

用意していた三人分のシャベルで、すぐに墓を暴く作業が始まった。

意気揚々と地面を掘るマッドとホームズとは違い、ワトスンはまったくやる気がなさそうだった。

元々、彼はただの仲介人であり、ホームズが半ば強引に捜査に連れ出しているだけで、本来なら屋敷で優雅に紅茶のカップを傾けていても良いはずなのだ。

「ほら、ワトスンも手伝って！　おやつの時間に間に合わなくなるよ！」

ワトスンは、ため息交じりにシャベルを手に取り、その先端を地面に差し込んだ。

その時、彼の手が違和感に気付き、思わず眉をひそめた。

突き刺さったシャベルをそのままに、しゃがみ込んで適当に土をつまみ、指で転がす。

その違和感が確信に変わりつつも、ワトスンは黙って作業を続行した。

尋常ではない腕力を持つマッドの協力もあって、大した時間も掛からず棺を掘り起こすことに成功した。

「じゃあとはお二人で頑張って下せえ！」

棺を開けるのは手伝ってくれないようだ。怖がりだとシャーリーが言っていたのは本当だったのだろう。

マッドが去ったところで、ワトスンはホームズへ顔を向けた。

「ではホームズ。さっさと――」

ワトスンは思わず黙り、辺りを見回す。

いつの間にか姿をくらましたホームズを見つけたのはその数秒後だった。彼女は自分の半身を木陰に隠し、こちらを物欲しげな目で見つめている。

「……なんですか？」

ホームズはじーっとワトスンを見つめたまま動かない。

その瞳は、下手な言葉よりもよっぽど彼女の意思を表していた。

しばらく宥《なだ》めたりすかしたりと色々手を講じはしたものの、彼女は一向に動こうとはせず、果てはぐずりだす始末だった。

とうとう根負けしたワトスンは、辟易《へきえき》しながらも一人で棺を開けることにした。

体重をかけて力一杯押すと、ぎぎぎと音をたてて蓋《ふた》が動く。

「ど、どう？」

ホームズは、木陰からおそるおそるワトスンの方を窺いながら言った。

「捜査しないんですか？」

「だってこわいんだもん」

「まったく……ん？」

ワトスンは、じっと棺の中を覗きこんだ。

そこにある異変に気づき、その正体を摑もうとするように、ワトスンはゆっくりと顔を近づけていく。

棺の隙間《すきま》から覗く宵闇《よいやみ》。ドクン、ドクンと高鳴る心音。頬から伝い落ちる一滴の汗。

それらが彼の緊張を物語っている。

ワトスンの異変に気づいてか、ホームズは息を飲んで彼を見守っていた。

顔を接近させ、棺まであと一フィートもないところまで近寄った時だった。

ワトスンの目がかっと見開いた。

「うわあ！」

「きゃあああ!!」

「冗談ですよ」

「冗談かい！」

ホームズは憤然と抗議した。

「もう！　真剣にやって!!　これは仕事なのよ!!」

「その言葉、そのままドライブで打ち返してさしあげましょうか？」

クリケットのバッターに弾き返されるボールを想像して、ホームズは慌てて口を押さえた。

「ホームズ。それより見てください」

「え？　なにかわかったの？」

「ええ。あなたとは頭の作りが違いますから」

ホームズは文句を言うのも忘れてひしと木に摑まっていた。

「……大丈夫ですよ。土葬されていましたし、エンバーミングもされていますから、生前そのままです」

「ほんと？」

「こんなことで嘘をついてどうするんです。それより早く来てください。話が進まない」

ホームズは、おっかなびっくり歩を進めた。

両手で押さえるようにして目を瞑って歩いて行き、手探りでワトスンの服を摑むと、そろりそろりと棺を見下ろせる位置まで近づく。

ワトスンの服が伸びてしまうのも構わず力一杯握りしめながら、ホームズは瞑っていた目をそっと開けた。

そこには、棺の中で眠るウィリアム・マクレーンの遺体があった。

しかしそれは、ホームズが想像していたよりもずっと綺麗なものだった。かなり青白くはあったが、それ以外は生きている人間と大差ない。屈強そうな中年の男性である。生前はさぞや美形だったことだろう。

思ったより綺麗だね。そんなことを言おうとワトスンの方を向いた時、はじめて気づいた。いつも無表情か意地の悪い笑みを浮かべるかしかしないワトスンが、悲痛な面持ちで彼を見つめていたのだ。

どうにも声をかけあぐねていると、ワトスンはすぐにいつもの顔に戻り、何事もなかったかのように口を開いた。

「これを見てください」

そう言って、ワトスンは遺体が横たわっている棺の奥を指差した。

遺体は仰向けに寝かされているのだが、その服の裾《すそ》は死体に巻き込まれる形で皺になっていた。

「非常に綺麗に修復されています。おそらくシャーリーさんの意向で、生前と同じ姿にして欲しいと葬儀屋に頼んだのでしょう。だというのに、納棺《のうかん》の仕方が随分と雑だとは思いませんか？」

「た、確かに……」

「それにこの、踵《かかと》に付着した土と、肩についたカシの葉。墓の周辺にカシの木はないのに、どこでついたのでしょうか」

ワトスンの言う通りだ。よくよく見れば、おかしな点がいくつかあった。

「ワトスンはどう考えてるの？」

「カシの木といえば、ちょうど歩く死体が目撃された場所にありましたね」

ホームズはハッとした。

「そうか……」

「ええ。そういうことです」

「本当に死体が歩いたのね⁉」

「あなたは馬鹿ですか？」

死体から逃げ出そうとするホームズを捕まえながら、ワトスンは言った。

「もし本当に死体が歩いたのなら、足の裏はもっと汚れています。こんな踵の一部分だけに土がついたりはしません」

「んー……、つまりどういうこと？」

「誰かが遺体を持ち運び、歩く死体を演出した可能性があると言いたいのです」

ホームズはぽかんとした。

「先程土を触ってみて分かりました。この辺りの土は、他と比べて随分と柔らかかった。まるで誰かが、つい最近掘り返したみたいにね」

「で、でも、誰がそんなことするの？　そりゃ、やろうと思えば誰でもできるだろうけど、肝心の動機が――」

「ありますね」

ホームズは思わずワトスンを見つめた。

「シャーリーさんは、ウィリアムさんとの思い出があるためにこの土地に執着しています。その思い出を恐怖で塗り固めてやれば、土地を手放す格好の動機付けになるでしょう。愛する人を恐怖することで、思い出の価値は消える」

シャーリーは、ウィリアムへの愛情と、死体への恐怖で板挟みに遭い、ずっと苦しんでいた。

何者かのせいで。その人物の、私利私欲のために。

ホームズは、怒りで身体が熱くなるのを感じた。

「聞いたところによると、ジョージさんがこの土地を欲しがっているそうですよ」

「そんなことのためにシャーリーを苦しめてたの⁉」

ホームズは信じられない気持ちでいっぱいだった。

「おそらく、あの夕食の際に言っていたウィリアムさんの文書というのも、この土地を手放させるために考えたものでしょうね。今思えば、我々がここにやって来たことにも不服そうでしたし」

自分がでっちあげた歩く死体騒動。それは、シャーリーから土地を譲り受けるためにやったものだ。大事《おおごと》にして、自分の仕業だと知られればその計画はおじゃんになる。

ホームズは悔しくて仕方なかった。

列車の中で、自分の葛藤《かっとう》を明かしてくれたシャーリー。夕食の際に取り乱していたシャーリー。あんな彼女を見て、そんなことが平気でできるなんて……。

「……ひどい」

「ジョージを自供《じきょう》させるのは簡単だと思いますよ。ちょっと突《つつ》けば開き直ってくるでしょうし。それでなくても、性格上証拠を念入りに消すというようなこともしていないでしょうから。死体を目撃現場まで移動させるのはけっこうな重労働です。何らかの道具が使用された痕跡、棺を掘り起こす際に汚れた靴や服。その他諸々《もろもろ》、証拠物品が残っている可能性はかなり高い。犯行を暴くのはたやすいかと思われます」

ホームズは何も言えず、ただ黙ってその話を聞いていた。

◇◇◇

「……そう」

談話室で本を読んでいたシャーリーにワトスンの推理をそのまま告げると、彼女は短くそれだけ言った。

俯き加減のその顔からは、彼女が何を考えているのか、推し量ることはできなかった。

「ワトスンの読みだと、この推測を話しただけでも自白するだろうって。しらを切られるのがいやだったら、なにか証拠を——」

「ありがたいけれど」

シャーリーは、ホームズを遮るように言った。

「このお話は、なかったことにしていただけないかしら」

ホームズはまじまじとシャーリーを見た。

「本気なの？　シャーリー、あれだけ苦しんでたんだよ？　それをわざと焚《た》き付けるようなことしたんだよ!?　悔しくないの!?」

「確かに残念なことではあるけれど、事情が分かればそれでいいの。あの子も、そうせざるを得ない理由があったんだろうし」

「そんなの!!」

ないに決まってる。そう言おうとして、けれどシャーリーの寂しそうな笑みを見て、口を閉ざした。

「ごめんなさい。あなたにはこんなところまで来てもらったのに。結局私の、監督不行き届きだったわね」

「シャーリー……」

「交通費も含めて、依頼料はきちんと払うから安心して。これからを考えると、あまりたくさんはお渡しできなくて残念だけれど」

ホームズは思わず目を見開いた。

「それって……」

「ええ。土地はジョージに譲ります」

「ダメよそんなの!!　絶対ダメ!!」

ホームズは思わず立ち上がり、すがりつくようにシャーリーの腕を掴んだ。

「シャーリーは人が良すぎるよ！　あんな自分のことしか考えてない奴に全部あげちゃうなんて！　あんな奴、ここからいなくなっちゃえば——」

「リディアちゃん!!」

ホームズはびくっと肩を震わせた。

泣きそうな顔をしているホームズに、シャーリーは優しく微笑みかけた。

「……そんなこと言わないで。私、あなたにはそんなこと、言ってほしくないの」

「……でも。でも、シャーリーがかわいそ過ぎるよ」

シャーリーは優しく笑って、ホームズの頬に手を添えた。

「ジョージってね。ウィリアムにとっても似てるの。人を驚かせるのが好きなところとか、負けず嫌いで偏屈なところとか。ちょっとしたことで、ふとそう思わせるのよ。あの人の子供なんだなって。私は、そんな子の母親なんだなって。ほら、手がかかる子ほどかわいいって言うじゃない。そんな感じというか。……ふふ。分からないかしら？」

「わからない」

ホームズは俯きながらも、素直に首を振った。

「わからないよ。シャーリーばっかり損して。それでいいなんて」

「もちろん私だって嫌だわ、損ばっかりなんて。いじわる言われるのも嫌いだし、話しかけて、ふんってされるのも、すごくがっくりきちゃう。……でもね。なんだか、あの子のことは嫌いになれないの。嫌いになっちゃ、いけない気がするの。自分でもよく分からないんだけれど」

ホームズから見たシャーリーの顔は、いつもと違う、どこか凛《りん》とした表情をしていた。

「依頼は終わっちゃったけれど、今日も泊まって行って。私、もっとリディアちゃんとお話ししたいし。もちろん、あなたさえ良ければだけど」

ホームズは小さく頷いた。

ホームズにとって、その申し出はこちらから頼みたいくらいうれしいことだったのだが、今の心境では素直に喜べなかった。

ホームズが肩を落として帰った後も、シャーリーはぼーっとしながら椅子に座っていた。

「……それがあなたの答えですか」

シャーリーが振り向くと、そこにはワトスンがいた。

「……ええ」

「では僕の取引相手はジョージさん、ということでよろしいですね？」

シャーリーは思わずワトスンを見つめた。彼は顔色一つ変えずにパイプをくわえている。

「あなたがこの土地の所有者でなくなった以上、僕がどう動こうと関係がない。開発業者の方にどのような報告をしようとね。そうでしょう？」

シャーリーは項垂れながらも、「……はい」と、小さく答えた。

ワトスンはじっとシャーリーを見つめていたが、やがてかすかなため息をつくと、黙って談話室を後にした。

◇◇◇

「えーっと……」

シャーリーは困り果てた様子で頬に手を当てていた。

夕食の席に集まったのはホームズ、ワトスン、シャーリー。それに息子のジョージとフェイ。

テーブルを彩る料理は相変わらず豪勢でおいしかった。それにもかかわらずこの場の空気が険悪な原因はただ一つ。

ちょこんと席に座っているホームズが、総毛立った猫のような顔で、ずっとジョージを睨んでいたからだった。

「な、なに睨んでるんだよ」

「別にー。いつもこんな顔ですけどー」

ジョージは目のやり場に困るように視線を這わせており、誰もそれをフォローしない。

食卓の空気は、これ以上ないほど最悪なものと化していた。

沈黙に耐え兼ねたのか、シャーリーは咳払いした。

「えと、……お、音楽でもかけましょうか！　商談の時に向こうの方がよくプレゼントしてくださるから、色々と揃っているのよ」

シャーリーが慌てて立ち上がり、レコードを収めている棚に手をかけようとした時だった。

すっと、フェイが手を挙げた。

「僕がなにか話でもしましょうか？」

「まあ。それは素晴らしいわ！　フェイはね、すごくお話し上手なのよ。色々な国を回っていたから、面白いことをいっぱい知ってて。いつもせがまないと聞かせてくれないんだから。リディアちゃん、運がいいわね」

「気取った真似してんじゃねえ」

「ジョージ！」

シャーリーが珍しく一喝《いっかつ》した。

ジョージはそのままふてくされたような顔でそっぽを向いた。

「……どういう話を御所望《ごしょもう》ですか？　ホームズさん」

機嫌は最悪だったホームズだが、さすがに好意で話しかけられれば返事をするにやぶさかではない。

「……じゃあ、なんか楽しい話《はなし》して」

「分かりました。では、以前見たサーカスの話でもしましょうか。ホームズさんは、ご覧になられたことは？」

ホームズは目を光らせて首を振った。

「ない！　サーカスってどういうことするの？」

フェイは咳払いをしてから、自分が見たサーカス団のことを話し始めた。

その巧みな話し方は、みるみるうちにホームズを夢のような世界に引き込んだ。

空中ブランコから空中ブランコに飛び移る芸人。火の輪《わ》を潜《くぐ》るライオン。大きな球に乗って逆立ちしてみせる道化師。

テントの中を賑わせる情景が、目の前に広がっているかと錯覚するようだった。

素晴らしいアクロバットを見て、何十人もの人間が一つになって騒ぐ瞬間。そんな心躍る経験を今まさにしてきたような感覚に、ホームズはほっと息をついた。

「……すごい」

ホームズは素直に言った。

「ありがとうございます」

「……ふん。ただ喋ってるだけじゃねえか。くだらねえ」

ホームズは文句を言おうとしたが、それを敏感に感じ取ったのか、シャーリーがぱちぱちと拍手した。

「すごいわ！　プロの作家にも負けてない！　ねぇ、フェイ。いつか本を出しましょうよ。あなた、絶対才能あるわ。ビアトリクス・ポターさんみたいなベストセラー作家になったらどうしましょう！」

これが親バカというのだろうか。シャーリーは自分の顔を両手で包むようにしながら、息子が作家になった時のことを楽しそうに夢想していた。

フェイは黙って立ち上がった。

「……彼女は絵本作家ですよ」

小さくそれだけ言うと、早々にダイニングを後にしようとする。

「あ、フェイ！」

シャーリーは思わず立ち上がって彼を呼び止めた。

「ごめんなさい。その、何か……、気に障った？」

フェイは一瞬だけ立ち止まり、

「別に」

とだけ言って、ダイニングを出て行った。

◇◇◇

ワトスンは一人で廊下を歩いていた。

つい先程定時通りの食事を終えたワトスンは、ホームズが作る煩わしい喧噪からも離れられ、コンディションとしては絶好調なはずだった。

それでも心の奥底で何かがくすぶっている。それがワトスンには不快だった。

「すみません」

二階に上がったところで突然声をかけられて、ワトスンは振り向いた。

フェイだった。微かな微笑を浮かべ、こちらを見つめている。

先程までとは少し雰囲気が違った。

「もし暇なら、少しお話でもしませんか？」

「……せっかくですが」

ワトスンはするりと抜けてそのまま自室へと歩を進める。

「あなたのこと、少し調べさせてもらいました」

ぴたりと、足を止めた。

その目に冷徹《れいてつ》な光が浮かんだ。

側にある手すりに目を向ける。

素材は古く、接合部も歪んでいるそれは、いくらか強い衝撃を与えればそのまま壊れてしまいそうだった。

二階から一階までは、二十三段ある階段から考えて四ヤードと二フィート少し。落下の仕方次第では致命傷にもなる高さだ。

この距離なら、相手が抵抗する間もなく不慮の事故を起こすことができるだろう。

「この辺りの土地を買い取ろうとする開発業者と、土地を所有する貴族との仲介業。簡単に言えば、そんなところでしょうか」

ワトスンはしばらく背中を向けていたが、やがて振り向いた。

「たった一日で調べ上げた……というわけではありませんね。シャーリーさんとの話を聞かれたんですか？」

フェイは、社交界で披露した手品のトリックがばれてしまった紳士のように、控えめに笑った。

「ばれましたか。やはりあなたは頭が良い」

「……正確には、開発業者に対する出資者です。何事も、大きなことをするには相応の資金が必要ですからね。僕はそれを援助する代わりに、マージンを得ているというわけです」

「さすがはお医者様のお孫さん。既に貴族と同じ立場におられるというわけですか」

「僕には色々と、〝ツテ〟がありますからね」

そう言って、ワトスンは意味深に笑った。

「なるほど。それは興味深い」

フェイは、ゆっくりと近づいて来た。

「では、お互いそのツテを増やすためにも、ここで娯楽に興じるというのはいかがでしょう。そうですね……、チェスなんかどうです？」

ワトスンは目を細め、相手の出方を窺うように見つめた。

「兄さんと取引なさるつもりだとか。もしかしたら、その時に役立つかもしれませんよ？」

フェイはにっこりと笑った。

「あなたとシャーリーさんのやり取りを聞いて、少し興味を持ったんです。かの有名なジョン・H・ワトスン。母が、時にはシャーロック・ホームズ以上に褒《ほ》めちぎる彼の孫が、どういう人間なのか」

その瞳は、心の奥の奥まで見透かそうとするような、挑戦的な瞳だった。

ワトスンはしばらく黙っていたが、やがて「いいでしょう」と、その提案を聞き入れた。

「よかった」

フェイは嬉しそうに微笑んだ。

「では、この先にあるビリヤード室で待っていてもらえますか？　部屋で着替えてから参りますので、九時に待ち合わせということで」

ワトスンはじっとフェイを見つめ、それからゆっくりと頷いた。

◇◇◇

シャーリーは、屋敷の側にあるカシの木の前に立っていた。外は寒く、吐く息は白い。マフラーに顔をうずめるようにしながらも、シャーリーはそこから立ち去ろうとはしなかった。

そっとその幹に手を触れ、シャーリーは昔を思い出すように微笑んだ。

『シャーリー様！　どこにいるんですか！』

クロードが慌てた様子で邸内を走り回る中、小さなシャーリーはこの大きなカシの木を軽々とよじ登り、太い枝に腰かけた。

シャーリーは、いつも嫌なことがあるとふてくされ、隠れてしまう癖があった。

『いーだ』

必死で探している使用人達の姿を窓から確認し、シャーリーは頬を引っ張って小さな口を精一杯伸ばした。

『……お前さ』

『ひゃ！』

突然声を掛けられて驚いたシャーリーは、そのままバランスを崩して枝から転げ落ちた。ウィリアムは慌てて駆け寄り、落ちてきたシャーリーを見事にキャッチしてみせた。

『もぉ。びっくりしたでしょ！』

『そりゃこっちのセリフだ』

ウィリアムは冷や汗を拭い、ため息をつく。

『なんでウィルはあたしを見つけるのじょうずなの？』

『お前がワンパターンだからだよ』

『うそ！　だってあたし、いつも考えて隠れてるもん』

『この木の陰だったり、てっぺんだったりってだけだろ。そういうのはバリエーションに富んでるって言わねえの』

『んー……くやしいなぁ。今度はウィルにも見つからない場所にしなくちゃ』

そう言うと、いつもウィリアムは、ぽんと頭に手を置いて笑ってくれた。

『たとえお前がどこに隠れようと、いつだってオレが見つけてやるよ』

シャーリーは、その大きな幹に額で触れ、目を閉じた。

いつも最初に思い出すのは楽しい思い出。けれど最後には、悲しい思い出が胸を満たす。

『お前には大変な思いをさせてばかりだな』

彼の看病をしていたある日、突然そんなことを言ったことがあった。

『そんなことないわ。私、あなたとこうして出会えただけで……』

それは本心だった。

半《なか》ば諦めかけていた時に彼と出会った。すぐに病気をこじらせて寝たきりになってしまったが、それでも一緒にいられた。それだけで充分だった。

『虫の良い話だっていうのは分かってる。でも、息子たちを……。オレは、何もしてやれなかったから……』

せき込むウィリアムの背中を擦ってやる。もはや普通に喋ることもできなくなりつつあった。

『……分かってる。私はあなたの妻だもの。あなたの代わりに、あの子達を守ってみせるから』

看病疲れで眠りこけていた私は、食事を持ってきたクロードに起こされて、ウィリアムがベッドにいないことに気付いた。

『私が……、私が目を離したばっかりに！』

『落ち着いてください。じきに見つかりますから――』

『見つかりました！　カシの木の下に!!』

慌てて駆けつけた私は、動揺する心を押さえつけるために使用人達に指示を飛ばし続けた。

『……ご臨終《りんじゅう》です』

白い布がその顔にかかり、もう一生彼の顔を直《じか》に見ることがないのだと実感した時、私の心は空虚な何かに包まれた。

「……うそつき」

シャーリーは、小さく呟いた。

「……私が、こんなに迷子になってるのに。真っ先に見つけるって、約束したのに」

「……シャーリー？」

シャーリーは驚いて振り返った。

そこにはホームズがいた。シャーリーは慌てて目じりの涙を指で拭った。

「リディアちゃん。どうかしたの？」

「え、いや……ちょっと、シャーリーと話がしたいなぁって思って。クロードに聞いたら、もしかしたらここにいるかもって言われたから」

ジョージへの遺産分与を考え直して欲しかったからだとはさすがに言えず、ホームズは乾いた笑みを浮かべた。

「そう」

「……シャーリー。もしかして泣いてた？」

シャーリーはその問いには答えず、カシの木を見上げた。

「……この木はね。ウィリアムとの思い出の場所なの。楽しかった思い出も、悲しかった思い出も、全部この木に詰まっているの」

「……もう屋敷に戻ろ？　風邪引いちゃうよ」

シャーリーは静かに首を振った。

「実はジョージに呼ばれているの。九時半に離れに来てくれって。なんだか改まったお話みたい。ちょっと様子がおかしかったもの」

ホームズは、なんとなく嫌な予感がした。

「離れってすぐ近くにあるの？」

「んー。ちょっと遠いわね。ゆっくり歩いたら十分以上は掛かっちゃうかも」

そんな場所で、こんな時間に二人きりになろうと言っている。

シャーリーは微塵《みじん》も疑っていないようだが、逆にそれがホームズを不安にさせた。

「ちなみに、ジョージには土地を譲るっていう話はしたの？」

「まだよ。明日にしようと思っていたから。けど、機会があればジョージの話を聞いた後にでも伝えようと思っているわ」

ホームズは考えた。

まさかとは思う。思うが、シャーリーの話を聞くに、何やら危険な香りがし始めていた。

「……ねえ。その離れに、わたしも連れてってほしいんだけど……」

シャーリーはきょとんとしてホームズを見つめた。

ホームズは慌てて言い繕《つくろ》った。

「えっと。なんだか元気が有り余ってるみたいで、このままじゃ絶対寝つけないなって思っててね。だから、散歩がてらについて行きたいなぁって。……ダメ？」

「そんなことないわ。こっちからお願いしたいくらい。でも、時間が掛かるかもしれないわ。外も寒いし……」

「いいよそれくらい。わたし、寒いの平気だから」

シャーリーは少し迷っているようだったが、戸惑いながらも頷いた。

「じゃあ……一緒に来てもらおうかしら」

シャーリーの言葉に、ホームズは安堵の笑みを浮かべた。

時計の鐘が静かに鳴る。

それは、九時を示す音だった。

◇◇◇

ワトスンがその鐘の音を聞いたのは、ビリヤード室に入った直後だった。

その部屋は、遊戯室と呼んだ方が適切なくらい様々なものが置かれていた。

軽く飲食ができるカウンター。指の数ほどのプレイヤーが座れるバカラテーブル。真鍮《しんちゅう》で縁取られたビリヤード台が奥に鎮座《ちんざ》し、中央の壁には大きな肖像画が掛けられている。その威圧的な表情と無骨な甲冑《かっちゅう》を見るに、ここがまだ城だった頃のマクレーン当主のものだろう。

ワトスンは、ボードゲームをするのに最適な丸テーブルを見つけると、近くにあったガラス製の棚からチェス盤を取り出した。

ワトスンがチェスの駒を並べ終えた頃、服を着替えたフェイが部屋に入って来た。

「こちらから誘っておいてすみません。えーっと……、ああ、二分もオーバーしてしまいましたね」

「構いませんよ。たかだか二分と言われていればどうなったかは分かりませんが」

「……どうやら、盤外での一手は妙手《みょうしゅ》だったようですね」

言いながら、フェイはワトスンの向かいに座った。

「ゲームでもこうだと良いんですが」

「それはあなたの力量によりますね」

フェイは、意味深な笑みを浮かべた。

「では、始めましょうか」

そう言って、フェイは駒を動かした。

勝負を持ちかけてきただけあって、フェイはなかなかの腕前だった。

膠着《こうちゃく》状態が続き、なかなか有効打を打てない。

しかしワトスンは非常に落ち着いていた。焦《じ》れることなく静観し、相手の出方を窺う。

開始早々キャスリングを行って陣を固めたところを見ても、フェイのチェスは典型的な防御型の戦い方だった。しかし彼は、どういうわけかいつも後手に回る打ち方ばかりする。

いくら腕があっても、守ってばかりでは勝てないのが世の理《ことわり》。

こんなやり方をされて負けるほど、ワトスンは弱くなかった。

「チェスの面白いところは」

フェイは唐突に言った。

「戦略に、人となりが表れるところでしょうね」

ワトスンはフェイを見つめた。

「では、さしずめあなたは内省的な性格というところですか」

フェイは苦笑した。

「どうでしょう。けれどあなたなら分かりますよ」

フェイは、静かに盤上を見下ろした。

「非常に攻撃的な陣形を取ってはいますが、それは自分を守るための殻に過ぎない。本当のあなたは慎重そのものだ。築き上げた戦略が功を奏する見込みが出るまで、決して動かない。甘い読みは一切せず、弱点は完全に排除する。自らが与えた役割《ロール》をこなすことが最大の防御であることを知っている。しかしそれでいてあなたは、犠牲をまったく厭わない勇気もお持ちだ。いや、これはもはや冷酷といった方がいいかもしれない。たとえどれほどの駒を失おうとキングさえ取れればそれでいい。そんな実利的な考え方が見て取れます」

ワトスンは何も言わずに駒を動かした。相手もそれに応じる。

「なにが言いたいんですか？」

フェイは笑みを浮かべた。そこに、夕食の際に見せていた自信のなさは微塵もない。

「あなたは僕と同じだ」

フェイは駒を動かした。

ワトスンの表情が一変する。

その一手で、盤上の状況がひっくり返った。攻め込んでいたはずのワトスンは、突然背後から奇襲を受けたかのような戦局の変わりようを見て目を細める。

「他の人には分からなくとも僕には分かる。他人を見る目が全然違う。この世界にただ一人で立っているような、誰も信用していない目。地獄を経験した人間でないとああはいかない」

フェイは先陣を切っていた相手のビショップを切り崩した。

「自分の中にある何かに恐れ、必死でそれを覆い隠そうとしている。紳士然とした立ち振る舞い。表面的な意地の悪い物言い。それらは、本当に恐ろしく冷酷なあなたを隠すための隠れ蓑《みの》に過ぎない」

「……君が兄に怯えたフリをするように？」

「さて、どうでしょう」

しばらく、二人は無言だった。

互いを睨み合うようにじっと見つめ合う。

やがて、ワトスンが動いた。彼の指が摘んだクィーンが、キングにチェックをかける。

「チェックメイト」

フェイはしばらく動かなかったが、やがて肩をすくめてみせた。

「お強いですね。僕では到底かなわない」

そう言って、フェイはチェス盤を片づけ始めた。

「ありがとうございました。いい退屈しのぎになりましたよ」

「弱いフリをするのも、自分を隠す手段ですか？」

フェイはぴたりと手を止め、にこやかに笑った。

「ええ、その通りです」

フェイが片づけている間、ワトスンは何をするでもなく壁を見つめていた。

さっきのフェイの一手。わざとチェックメイトをかけられるように駒を動かしたのでなければ、負けていたのは自分の方だったかもしれない。そんなことを考えながら。

ふと懐中時計を取り出し、時間を改める。九時三十五分だった。

◇◇◇

ホームズとシャーリーは、仲良く手を繋ぎながら離れへと続く道を歩いていた。

そこは離れへと続く唯一の道で、辺りは一面にバラ園が広がっていた。アイビーの茂るアーチを越えると、色とりどりのバラが絨毯《じゅうたん》のように広がり、ホームズ達を迎えてくれる。その鮮やかさは、まるで夜空に浮かぶ星々の煌《きら》めきのようだった。

「これは全部、お父様の趣味なのよ」

シャーリーはそう説明してくれた。

「今向かっている離れはお父様の書斎《しょさい》も兼ねていたの。小高い丘に立っていていてね。いつも風が吹きつける場所で、それが大のお気に入りだったの。窓を開けて、その風を感じながら、書き物をしたり本を読んだりしていたわ。このバラ園はそこに行くまでの時間を紛《まぎ》らわすために作られた、お父様のためだけの場所なの。贅沢《ぜいたく》でしょ？」

「でも、景観はあまりよくないね」

そう言って、ホームズは奥に佇む不気味な森を指差した。まるで闇がそちらに導かれているように、色濃い漆黒《しっこく》を携えている。

確かにホームズの言うとおり、美しいバラが織りなす世界には似つかわしくないものだった。

「この森のせいで離れに行くのにぐるっと迂回《うかい》しなきゃいけないし。わたしなら、あの森は全部切っちゃうな」

クマもいるし、とホームズは心の中で呟く。自分を脅かした存在には手厳しいのである。

「まあ酷い。あの森は、マクレーン家にとってのアザミの花なのに」

「アザミ？　確か、スコットランドの国花だったっけ」

　中世の時代、ヴァイキングがスコットランドに奇《き》襲《しゅう》を仕掛けた際、素足でアザミの棘《とげ》を踏んだために声をあげてしまったことでそれを察知することができたという言い伝えがある。そのため、アザミの花はスコットランド人にとって、守り神のような存在だった。

「昔、マクレーン邸がまだお城だった頃の話よ。このお城を任されていた私の祖先、アーサー・マクレーン将軍が腹心《ふくしん》の裏切りにあってね。城に閉じこもったはいいけど、相手との戦力差は歴然で、まともに戦っても勝てる相手じゃなかった。そこでアーサーは、少数の部下を率いて敵陣に突っ込み、その隙に残しておいた兵を森に忍び込ませて、そのまま相手を挟み撃ちにして勝利したの。昔は今以上に不気味な場所だったみたいで、魔物が住む森だって恐れられていたから、まさか敵もこんな場所を利用するとは思わなかったみたい。それ以来、マクレーン家は代々この森を、不吉なことから守ってくれるものとして崇《あが》めているのよ」

「ふーん。なんだか小説のお話みたい」

「でしょう？　私も大好きなの、このお話」

　そう言って、シャーリーは少女のように笑った。

　先程までとは違って彼女は自然体だった。これから会うジョージとどんな話をするのかも、まるきり考えてなさそうな雰囲気だ。

「あ、あのねシャーリー。ジョージのことなんだけど……」

「うん？」

　笑顔で小首を傾げてくるシャーリーは、どことなく浮かれているようにも見えた。

「……なんでそんなにうれしそうなの？」

「だって、ジョージが私とお話したいなんて言うのよ？　あのジョージが。そんなこと、今まで一度もなかったのに。うふふ。どんな話か楽しみだわ」

　さすがに、こんなに喜んでいるシャーリーに茶々をいれる気にはなれなかった。

「私、リディアちゃんみたいな良い子に出会えて、本当によかったわ」

「どうしたの？　突然」

「んーん。なんとなく言いたくなったの」

シャーリーは無邪気にそう言った。

彼女は純粋で、人を疑うことを知らなくて、でもだからこそ、非常に傷つきやすい。

ホームズは、ぎゅっとシャーリーの手を握りしめた。

「……わたしが守るからね」

「うん？」

「シャーリーは、わたしが守るから」

「……ありがとう。リディアちゃん」

シャーリーが喜びを表現するように手を大きく振り回すので、ホームズは身体ごと揺すられてふらふらしっぱなしだった。

離れは他から隔絶《かくぜつ》された、どこかもの寂しい丘のてっぺんにあった。

例の涸れた川が離れの側を流れており、それは暗黒に染まる森の中へと続いている。

シャーリーの父親、ジャック・マクレーンが命じて急遽《きゅうきょ》作らせたその小屋は、簡単な作りの木造建築だった。しかしそこは貴族のこと。素材は良いし、周りの景色に同調した趣深さが感じられる。レンガで作られたちょこんと突出した煙突は、夜目ながらもくもくと煙を噴き出している。

しかしそんな離れも、ジャックが死んでからは無用の長物になった。物置にするには屋敷から離れすぎているし、書斎にするにも交通の便が悪すぎる。そういうわけで使う人もいなくなったこの場所は、いつか取り壊そうと思いながらも、怠慢《たいまん》と父の思い出が手伝い、結局今になるまで存命している建物だった。

二人は緩やかな傾斜を登って行く。

ドアの横に設置された窓から覗く暖炉の火が、中にジョージがいることを物語っていた。

「じゃあちょっと待っててね」

「うん……」

なんとなく虫の知らせがして、ホームズは心配だった。

「あ、わたしがいること、ちゃんとジョージに言ってね」

「？　ええ。言っておくわ」

シャーリーはそのままドアへと近づき、外開きのそれを開けた。

その時だ。

短い悲鳴がシャーリーのか細い喉から発せられ、彼女は後ずさった。口元を押さえ、先程までピンクに染まっていた頬が青白くなっている。

ホームズは怪訝に思って近づいた。

「シャーリー？　どうした……の……」

ホームズはシャーリーの背後から部屋の中に目を移し、その場で硬直した。

中を明るく照らす暖炉の火。その近くで無秩序に散乱する本の数々。高そうなオーク材の机。簡素ながらも小洒落《こじゃれ》た部屋で、埃《ほこり》が蔓延していなければ非常に使い勝手が良さそうだ。

そんな部屋に一つ、一際目立つ異物が転がっている。

ホームズは、ゆっくりと視線を落としていき、ドアの手前で倒れ伏す人間へと目を向けた。

仰向けに倒れたジョージ・マクレーンと思われる男性は、投げ出された手を無造作に広げ、両足を絡《から》めるようにして横たわっていた。その胸は赤く染まり、銀色に光るナイフが深々と刺さっている。

ホームズはへたり込んだ。

「え、あ、お……」

うまく声が出ない。

突然心臓が破裂するかと思うほど鼓動を速め、息が苦しくなる。

ミステリー小説で死体発見者が悲鳴をあげるのは鉄板中の鉄板だが、実際に目撃すると声が出なくなるのだということを、ホームズは初めて知った。

硬直して、動くこともできない。そんな彼女を叱《しっ》咤《た》するように、風がびゅうと音をたててホームズを部屋の中へと追いやった。

「か、かか、確認、しなきゃ……」

動揺しながらも、ホームズは自分が探偵である矜持から、四《よ》つん這《ば》いで死体に近づいた。

ドアの外にいても感じたが、部屋の中はむっとするほどの暑さだ。

死体の前まで這うと、恐る恐る手首を取る。

……いくら待っても、脈は動かない。

「し、ししし、死ん、死ん……!!」

慌てて手を引っ込め、うまく回らない舌を動かしながら這うようにその場を離れる。

「……人を」

シャーリーは青ざめたまま、ぼそりと呟いた。

「人を……呼んできて、ちょうだい」

肩は大きく上下し、つぶらな瞳には涙を溜めている。

彼女が無理をしていることはすぐに分かった。しかしそれでも、自分が気丈《きじょう》にならなければならないと必死に言い聞かせているような様子だった。

それを見て、ホームズは自らを鼓舞した。

パニックに陥っていてどうする。一番動揺しているシャーリーが、こうして踏ん張っているというのに。

「わ、わかった!」

ホームズは震える足を無理やり立たせ、慌てて走って行った。

◇◇◇

丘を転がり下り、美しいバラを見向きもせずにアーチを駆け抜け、ホームズは十分以上かかってようやく屋敷に到着した。蹴破《けやぶ》る勢いでドアを開けると、そこにはちょうど部屋に帰ろうとしていたフェイとワトスンがいた。

「相変わらず騒々しいですね。どうかしたんですか?」

ぜぇぜぇと息をきらし、ぱくぱくと口を開け閉めするホームズを、ワトスンは怪訝な表情で見つめる。

「ジョ、ジョージが殺された! 死体があったの!

離れに!!　死体!!」

それを聞いて、フェイの顔色が変わった。

「君が発見したの？」

「ううん。シャーリーが――」

フェイはそれだけ聞くと、間髪容《かんはつい》れずに離れへと走って行った。

ホームズがぽかんとしながら小さくなっていくフェイの背中を見つめている中、ワトスンは近くを通りかかったメイドのシャノンを呼び止めた。

「どうやら離れで危急の事態が起こっているらしい。救急車と警察を」

「死んでるの！　死体なの!!」

「その慌てぶりを見る限り信用できないのでね。……君、頼むよ」

それを聞いてホームズと同じくらいに動揺していたシャノンだったが、はっきりと自分のやるべきことを告げられ、慌てて頷きながら電話のダイヤルを回し始めた。

それを確認すると、ワトスンもフェイを追うように走り出す。

取り残されたホームズは、どうすべきかと首を左右に動かしていたが、やがてワトスンを追いかけて行った。

「ま、待ってよー！　探偵を置いて行くなー！」

◇◇◇

「フェイさん！」

離れのある丘の麓《ふもと》でようやくフェイに追いついたワトスンは、その肩を掴んだ。

「少し落ち着いてください。ホームズの言うように殺人だというのなら、現場は保全しておかなければなりません」

「……シャーリーさんならどういう行動に出るか分からない。まずは彼女を保護するべきです」

「ああ、なるほど。そこまで頭が回らなかったな」

ワトスンが感心していると、ようやくホームズが追いついて来た。

「ホームズ。あの小屋ですか?」

一往復分走っているホームズはすでに息も絶え絶えだったが、遠くに見える離れを目にし、こくこくと頷いた。

「あそこは普段使われていないんです。事情を知っている家の人間なら誰も近づかない。一体なんであんなところに……」

その時だった。

突然轟音《ごうおん》が響いた。

咄嗟にワトスンがホームズを庇《かば》ったので、彼女は最初、何が起こったのかまったく分からなかった。

ワトスンの腕の隙間から、燃え盛る離れが垣間見えた。

『リディアちゃんみたいな良い子に出会えて、本当によかったわ』

何故こんなセリフを思い出すのだろう。そんな疑問が、場違いにも脳裏に浮かんだ。

ホームズは青ざめた。

あそこには、さっきまで……

「シャーリ――!!」

ホームズは、あらんかぎりの声で叫んだ。

「ご来場のみなさま！　長らくお待たせ致しました。ただいまより開演致します。短い間ですが、夢のような非日常のひと時を味わっていってください」

　僕の前口上を客はまばらな拍手で迎えた。

　板張りの舞台は急造《きゅうぞう》のもので、歩くたびにぎしぎしと音をたてる。奥の壁に打ち付けられた木板には、『La poupée cassee《壊れた人形》』と書かれており、にわか仕込みらしい手作り感が漂っていた。

　華やかな舞台とは言い難い。ともすれば踏み抜いてしまいそうな床の上で、団員達が飛んだり跳ねたりしている。客は多くもなく少なくもなく。けれどそのほとんどが素行の良い者とはとても言えず、罵声が飛んでくることも珍しくはない。しかしそれでも、なんとか団員達が食べていけるだけの金は稼ぐことができるのだから、贅沢も言っていられない。

　舞台の上に青白い鱗に覆われた女性が現れた。音楽に合わせて踊るように身体をくねらせ、観客席に向かって舌を出して威嚇《いかく》する。ブーイングにも似た歓声があがり、女は小さく頭を下げるとそのまま舞台から退場する。

　それを確認して、僕は笑顔で手を振り上げた。

「さぁみなさんお待ちかね！　今回の大目玉にして我らがアイドル、ユミルの登場です!!」

　わっと拍手が上がり、のっそりとユミルが現れた。

　見世物小屋でも一際珍しいのか、彼女は一番の人気者だった。いつものように三メートル上空の綱渡《つなわた》りを軽々とこなし、観客に向かってぎこちなくお辞《じ》儀《ぎ》をしている。

　あの頃と比べると、ずいぶんと成長した。僕の手を縛っていた縄を懸命に解こうとする彼女。一人で歩くのもおぼつかなかった子が、こうして喝采《かっさい》を浴びている姿を見ていると、まるで親にでもなった気分で胸が熱くなる。

　突然、ユミルに軽く小突《こづ》かれた。そういえば、今は本番中だった。

「これは失敬。ついつい見惚れていてユミルに叱《しか》られてしまいました」

　どっと観客の笑い声が広がり、今日の興行も上々の成功という形で締めくくることができた。

「今日も大活躍だったな」

テント小屋の中で寛いでいた僕が称賛《しょうさん》の言葉を告げると、ユミルはまんざらでもなさそうな表情で鼻を鳴らした。

「ミカル。ここにいたのか」

入ってきたのはハボックだった。足を引きずるようにしながら歩いてくる彼は、このサーカス団のピエロ役として活躍してもらっている。

「やぁ、ユミル。相変わらずいかつい顔してるね」

「よせよ。レディに対して失礼だろ」

ユミルはハボックに返事をする代わりに、隠れるように僕の背後に回った。

「ははは。まだ人嫌いは直ってないのか」

「困ったもんだよ。ショーには出てくれるんだから文句は言えないけど」

ユミルはそうだぞと主張するように僕の背中を軽く押した。

「おっと、そうだ。ほらミカル、いつものやつだ」

そう言ってハボックが差し出したのは、イギリスの新聞だった。この生活がそれなりに安定し始めた頃から、ハボックに頼んで特別に調達してもらっていた。

「助かるよ」

いつものように素早く中身を確認していく。特に何か目的があったわけじゃないが、もしかしたら自分に関係する情報が載っているかもしれない。そう思っての行動だった。しかしそろそろこの不毛《ふもう》な行いにも飽きてきたところだ。無意味なことに労力をかける必要もないだろう。そう思っていた時だった。

民間人が伝言用として使用できる広告欄に目がいき、思わず凝視した。

「……これ、やっぱり君のところかい?」

僕は驚きが先行してしまい、咄嗟に嘘がつけなかった。

しかし、確かにそれは僕の家族が出した広告だった。それには父が病気で寝たきりになっていること。

それに、僕でも聞いたことのある大富豪と再婚したことが書かれてあった。

チャンスだった。

父の容体がどうなのかは分からないが、将来的にはその金は息子が引き継ぐことになる。相続権は全面的に長男のものだが、うまく兄に取り入り、分け前をもらえれば……

「……ミカル。オイラ達を捨てるのかい？」

僕ははっとして、ハボックを見た。

その目は、いつか見たあの光景を思い出させた。倒れ伏した本物のミカル・ノーランド。そんな彼を、何人もの人間が見下ろす、あの光景を。

「……そんなわけないだろ。だけどこれはチャンスだ。こんな生活から抜け出すチャンスなんだよ。僕だけじゃない。お前も、他のみんなもだ」

僕は有能だ。他の人間なんかより、よほど頭が良いと思っている。だからこの見世物小屋にやって来る客が僕達を見下していることはよく分かっていたし、今の状況で満足しようとしている彼らが現実を直視していないということも理解していた。

彼らは気の良い奴らだ。人より劣った面があっても、彼らにしかない能力や長所がある。彼らを馬鹿にしたりする奴は、結局そんな簡単なことにも気づかない愚かな連中なのだ。しかし、それでも僕が彼らの仲間でないことはよく分かっていた。僕は普通の人間だ。彼らとは違う。そのどうしようもない溝《みぞ》は、僕以上に彼ら自身が痛感《つうかん》していることだ。ちょっとした行動の中でも、彼らが僕と距離を置いていることは理解できた。

僕も本来は、この見世物小屋にやってきて罵倒を浴びせる側の人間だ。人を見下し、地位を築き、自分の力を世に知らしめる人間。

だがそれでも、僕は彼らと生活を共にし、共感した。それが敗者の一員になることだと分かっていても、それでも僕は、こいつらを裏切りたくないと、そう思っていた。

「……ミカル。こんなこと言いたくないけど、止めた方がいい。あんた、次男だろ？　権利は全部長男にいっちまうんだ」

「大丈夫。僕は口もうまいんだ。お前も知ってるだろ」

「……オイラは、止めた方がいいと思うな。今でもなんとか生活できてるじゃないか。それで満足すれば――」

「満足⁉」

僕は思わずかっとなって叫んだ。

「お前、分かってんのか⁉　あいつらはな、僕達を笑いものにして楽しんでるんだぞ！　こんな屈辱に塗《まみ》れた生活で満足できるってのか⁉」

ハボックは黙り込んだ。

「じゃあ、ユミルはどうする。こいつ、あんたと一緒じゃないと生きてけねえよ。あんたの手以外からは飯も食わねえ奴だ」

それは確かに悩みどころだった。

しばらくその場を歩き回り、必死に頭を働かせる。ユミルは、心配げな目でそれを見つめていた。

しばらくして、僕は立ち止まった。


「……連れて行く」

「馬鹿言ってんじゃねえよ！　ユミルはここでしか生きてけねえんだ！　分かるだろ⁉」

「いいや、大丈夫だ」

「大丈夫なもんか！　ユミルを見ただけでみんな卒倒しちまう！」

「裏に手を回してこっそり連れていけばいい。お前、そういうツテがあっただろ？　荷物か何かに偽造して何とか向こうまで渡れれば、ゴールは貴族様の領地だ。隠れるところはいくらでもある。こういうこともあろうかとずっと金を貯めてたんだ」

「……大金だぜ？」

「帰ればすぐにでも金持ちになるんだ。百パーセント上がると分かってる株を買うようなもんだ」

「……オイラ、やっぱり不安だよ。お前がいないとこの小屋だって回んねえし」

「大丈夫だって。お前だっているし、なんならエティにも頼めよ」

「手がない司会役なんて、格好《かっこう》つかねえよ」

僕は笑った。

「今更《いまさら》格好つけるもないだろ。大丈夫だって。心配するな。きっと金を持って帰ってくる。もしかしたら治療できる奴だっているかもしれないんだ」

「オイラはそんなこと心配してるんじゃない」

ハボックの消沈した様子を見て、合点《がてん》がいった。きっとこいつは、見捨てられるかもしれないと不安になっているのだ。金さえ手に入れれば、ここにまた戻る保証なんてない。当たり前の話だ。それに彼らは、そういった裏切りを、この小さなコミュニティで生きているにもかかわらず経験してきた。

僕は噛んで含めるように、自分とお前たちが共犯者であること。どちらかが裏切ればどちらかが損をすることになるのだということをハボックに伝えた。

それを伝えながら、僕は思った。もしも本当の仲間なら、こんなことをわざわざ話す必要もないのにと。やっぱりこいつらは、自分とは違うんだと。

ハボックは、唐突《とうとつ》に僕の言葉を遮った。まるで捨てられた子犬のような目で僕を見ていた。

「お前は良い奴だよ。あいつを殺して身分を乗っ取ったお前が、今でも悪夢にうなされてることだって知ってる。お前がまた、変なことに首を突っ込むようなことになりそうで、怖いんだよ」

僕はそれを聞いて、何かの予兆を感じざるを得なかった。ふつふつと湧《わ》きあがるその得体のしれない不安は、泥沼に足を踏み込もうとしている最中であるかのように錯覚させた。

しかし、目の前にチャンスがあるという事実が焦燥感を生み、僕はそれらすべてを振り払った。

「大丈夫だよ。心配するな」

僕は言葉短に、そう言ってハボックを宥めた。

［第四話］母と子

燃え盛る離れが明るく照らすバラ園を背景に、三人は三者三様の動きを見せていた。

フェイはただ唖然《あぜん》として立ち竦《すく》み、ホームズは我を忘れて離れに駆け寄ろうと努め、ワトスンはそれを必死で止めている。

「離してよ！　シャーリーがまだ中にいるんだから!!」

ホームズはワトスンを振りほどこうと暴れていた。ワトスンの制止の声など、ホームズの耳には入っていない。彼女の頭の中では、シャーリーの優しい声だけが響いていた。

「シャーリーを守るのはわたしなの！　そう約束したの!!　だから――」

「いい加減にしろ！」

ホームズの両肩を無理やり掴み、ワトスンは一喝した。

初めて見せるワトスンの怒声に、ホームズは思わず固まる。

「……いいですか。僕達が迅速《じんそく》に動けば、シャーリーさんはまだ救えるかもしれないんです。だがあなたが考えなしに暴れれば、僕はあなたを止めなくちゃならなくなる。この理屈、分かりますか？」

ホームズはようやく、自分の愚かさに気付いた。

「……うん。……ごめん」

「落ち着きましたね？　冷静に行動できますね？」

「できる。できるから早くシャーリーを……！」

ワトスンは神妙に頷き、素早くコートを脱ぎ捨てた。

「任せてください。シャーリーさんはきっと僕が――」

「はい。私がどうかしましたか？」

その声に、三人はぎょっとして振り返った。

多少服が煤《すす》け、頬にも汚れがついてはいるものの、シャーリー・マクレーンは大した怪我もなくそこに立っていた。

「シャーリー!!」

ホームズは泣きながらシャーリーの胸に飛び込んだ。

「よかった……！　ほんとに、死んじゃったかと……！」

「……ごめんね。心配かけちゃって」

シャーリーは、ホームズの頭を優しく撫でた。

「怪我は？」

フェイが唐突に声をかけた。

「え？　う、うん。ありません」

シャーリーが慌てて言うと、フェイはどこかぶっきらぼうに視線を逸《そ》らした。しかしすぐにシャーリーの悲しげな顔に気付き、離れに目を向けた。

「……兄さんはあの中に？」

「……消火しましょう。あんな熱い中じゃ、あの子もかわいそうだから」

◇◇◇

マクレーン家の人間総出で消火活動が始まった。元々森に向かって風が吹く場所であることは知られていたため、火が移れば最悪の事態も考えられたが、その後の迅速な対応で、なんとか大事に至らずに済んだ。

消防隊と共に駆け付けた警察は、離れに人が集まっているのを幸いに、この場で簡単な事情聴取《ちょうしゅ》を行うことを説明した。不満のある者は多かったが、警察の有無を言わさぬ態度に、全員渋々とそれを承諾した。

陣頭《じんとう》指揮は、午前中、森で出会ったレモンド警部が取っていた。

「形ばかりの聴取ですから、どうぞ気楽にお話しください」

レモンドは、神妙な面持《おもも》ちのシャーリーに近寄り、帽子をとって頭を下げた。

「あなたにこんな不幸があろうとは。警察一同、やり切れない思いでいっぱいです。お気の毒に」

「……いえ。ご丁寧に、ありがとうございます」

「では、現場までやって来た経緯を、少しお話しいただけますか？」

「はい」

　シャーリーは頷くと、落ち着いた様子で話し始めた。

「夕食を食べてすぐのことです。ジョージから離れで話がしたいと言われ、九時半に会うことを約束しました。それで私は、その通りに離れへ着くよう服を着替えて、ホームズさんと一緒にお喋りしながら離れへ向かいました」

「ジョージさんは二人で話がしたいと言っていたんですよね。会合の場所がこんな人目のない所であることを考えても、何か改まった話があると想像するのが普通だと思いますが」

「ええ、その通りです。けれど、ホームズさんが同行したいと強く仰ってくださったので。私も道すがら話し相手が欲しいと思っていたところでしたから、その言葉に甘えてしまいました。ホームズさんには、私達が話をしている間、待っていてもらうことにしたんです」

「なるほど。この寒い夜に、ねぇ」

　レモンドはホームズに顔を向けた。

「あなたはどうして一緒に行きたいと？」

「それは……、シャーリーとお喋りしたかったし、なんとなく……」

「なんとなく？」

「き、危険な予感が……」

「ほう」

　レモンドは神妙に頷いた。

「つまりはこういうことですね。ホームズさんは、シャーリーさんとジョージさんが離れで会うと知り、二人の間で何かいさかいが起こるんじゃないかと不安でついて行ったと」

　シャーリーはそれを聞いて、思わずホームズを見た。

「……ごめん。言い出せなくて……」

「……いいのよ。そんな思い詰めた顔しないで。心配してくれただけだって、分かってるから」

シャーリーの様子を見て、レモンドは同情で顔をしかめた。

「その後はどうなったんでしょう」

「あ、はい。えっと、正確な時間は分かりませんが、だいたい約束通りの時間に離れに到着しました。そこでドアを開けると、あの子が……」

それ以上は言いたくないと、シャーリーは下を向いてしまった。

ホームズは、シャーリーのあとを引き取るように慌てて口を開く。

「えっと……、それで、わたしが脈をとって死んでるのを確認してから、人を呼びに行ったの」

「脈を取るとは、どういう風に？」

「普通に、手首を押さえて」

レモンドは持っていたメモにペンを走らせた。

「なるほど。それであなたはジョージ・マクレーンが亡くなっていると判断して人を呼びに行き、シャーリーさんはここに残ったと」

「そう。バラ園を通って、一目散に屋敷まで走って行ったの」

「それは大変だったでしょう。ここからは結構な距離ですからね」

「うん。すっごく疲れた。十分以上は掛かったかな」

「ホームズさんからその話を聞いたのは……」

「僕です」

ワトスンが手を挙げた。

「偶然一緒にいたフェイさんと一緒に離れへ向かいました」

「フェイ……」

レモンドは鋭い視線をフェイに投げかける。しかし、フェイが気づかないフリをしているのを見て、レモンドも視線を逸らした。

その奇妙なやり取りを見て、ホームズは小首を傾げた。

「……それから三人で離れに到着し、突然それが爆発したと。シャーリーさんは近くにいらしたんでしたね。よく無事でいられたものだ」

「幸運でした。中に入っていれば、火に巻かれていたかもしれません」

レモンドは一瞬だけ目を細めたが、すぐにそれを隠すようにペンを動かした。

「みなさん、シャーリーさんはその爆発に巻き込まれたと思ったんですね？」

「ええ」

今度はフェイが答えた。

「爆発の規模は小さかったんですが、離れの中は炎上してましたからね。中に入っていたのなら無事では済まなかったでしょうから、最悪の事態も頭を掠《かす》めました」

「その時シャーリーさんはどちらに？」

「えっと……、ホームズさんに人を呼びに行ってもらっている間、何かできることはないかと、離れの周りをうろうろしていたんです。そしたら窓から、ぽっぽっと何かが光った気がして。それで、なんとなく嫌な予感がして、少し距離を置いていたんです」

「ちなみにシャーリーさんは、何故離れの中にいなかったんですか？」

「え？」

「みなさんが誤解なさったように、どうして離れの中にいなかったのかと、少し気になりましてね。義理とはいえ、息子さんの死です。なにかしらの処置なり、声をかけるなり、していたとしてもおかしくないと思いますが」

シャーリーは途端に歯切れが悪くなった。

「え、と……。ちょっと、考えが至りませんでした。ただ、早く誰か来てくれないかと……願うばかりで……」

俯くシャーリーをじっと見つめ、レモンドはなるほどと唸った。

「死体発見時の状況はだいたい分かりました。では――」

言いかけたところで、レモンドの部下がやって来た。彼は一言断りを入れて、部下に歩み寄る。部下の方が、何やら耳打ちしているようだ。

レモンドは深刻そうに離れの方を窺うと、大きく頷いてからこちらに向き直った。

「えー……、あなた、ジェームズさんといいましたね」

「はい。なんでしょうか」

「申し訳ありませんが、あれをどうにかしてくれませんか？」

　ワトスンが差された指の先を見ると、そこにはいつの間にかいなくなっていたホームズが、地べたに這いつくばって、えっちらおっちら前進する異様な姿があった。他の警察官も、何度言っても聞かないホームズにほとほと困り果てているといった様子だ。

　ワトスンは何も言わずにさっさと歩み寄り、むんずと彼女の首根っこを摑んだ。

「はーなーせー！　わたしも捜査するのー！　おじいちゃん譲りの探偵術なのー！」

「だったらもっとスマートにやってください。警察の方々が困っています」

　ホームズが顔を向けると、その場にいる全ての人間が、興味深そうにホームズを見つめていた。

「こ、こ、こ、この捜査はですね――」

「パニックになるくらいなら最初からやらないでください」

　ぴしゃりと言われ、ホームズはむぐうとうめき声をあげることしかできなかった。

「それと、一丁前に捜査を語るなら、せめてもっと注意深くなってからにしてください。あなたのおかげで現場がめちゃくちゃです」

　ホームズははっとした。

　見ると、確かに自分が進んだ芝生はぐちゃぐちゃで、犯罪の痕跡を探すどころではなかった。

「えー……」

　レモンドは咳払いして言った。

「とりあえず、皆さんは屋敷にお戻りください。現場保全が済み次第、詳しいお話を聞かせていただきますので」

「警察の見解は、今のところどうなってるんですか？」

　ホームズはワトスンの手から無理やり逃れると、いかにも名探偵といった風を装《よそお》った渋い声で聞いた。

レモンドはホームズをちらと見て、親しみ深い笑みを浮かべた。

「必ず我々が犯人を捕まえてみせますから、安心していてください」

大人の笑顔である。ホームズは、短い生涯における経験から、それが作り笑いに該当するものだと気付いた。

これは部外者を見る目だ。自分たちに天啓を与えてくれる顧問探偵を見る目じゃない。

ホームズは縋《すが》り付くようにレモンドに駆け寄った。

「わたしね！　捜査に役に立つと思うの！　それというのもね！」

ホームズが必死に自分の有能さをアピールしているのを、レモンドは変わらずにっこり笑いながら聞いていた。

◇◇◇

「どういうことよ！　なんでわたしが追い出されるの⁉」

「至極当然のことだと思いますが」

「当然じゃないー！　未来の名探偵なのにー！」

わしゃわしゃと頭を抱えるホームズに、ワトスンは辟易していた。

証拠隠滅の可能性があるからとダイニングで待機させられているこの状況で、彼女の愚痴《ぐち》を延々《えんえん》聞かされることを思えば、誰でも今のワトスンと同じ顔になるだろう。

最初に聴取に呼ばれたのはフェイとシャーリー、それに何人かの使用人達だ。かれこれ一時間以上は経ったが、取り調べをしている客間から出てくる者はいない。

ホームズは落ち着きなく辺りをうろうろしている。どうやら、じっとしていることはできない性分らしい。

ワトスンは、自分に火《ひ》の粉《こ》が飛んで来ないように彼女の奇行《きこう》を気にしながらも、一つの棚に手を伸ばした。

多くの書物が収納されているこの棚は、とりあえず隙間なく詰め込んだという様子で、およそ整理されているとは言い難い。本の並びには何の規則性もなく、時にはレコードが差し込まれている。おそらく、シャノン辺りが整理を担当しているのだろう。

ワトスンの興味はレコードにあった。上から順に、ジャケットを確認していく。

レイフ・ヴォーン・ウィリアムズが作曲したイングランドの代表曲ともいえる『グリーンスリーヴス幻想曲』。アメリカでも人気の讃美歌、『アメイジング グレース』。ベーラ・バルトークによるピアノ独奏曲『ソナチネ』。シタールという北インド発祥の弦楽器で奏でられる『ラーガ・ヤマン』。ベートーヴェンの交響曲第九番から抜粋した『アン・ディー・フロイデ』。

確かにシャーリーが言っていたように、様々な国の音楽が並んでいる。

ワトスンはその一つに手を伸ばし、説明文を読んでいた。

ふと服に違和感を覚え、顔をあげる。

いつの間にやら側に来ていたホームズが、ワトスンのコートを摘まんでちょいちょいと引っ張っていた。

「……なんですか？」

「犯人、誰だと思う？」

ワトスンはため息をつき、レコードを元に戻す。

「なんとか警察を出し抜きたいんだけどなぁ。でも、外部の人間が殺したならどうしようもないしなぁ」

「その可能性は低いでしょう」

「え？　どうして？」

ワトスンは面倒そうにしながらも話し始めた。

「ジョージさんが殺害されたのは敷地の奥まった場所です。車や自転車を使っていたのならさすがに警備の人間が気づくでしょうし、徒歩なら警察が警戒網を敷く前に逃走するのは困難です。車でも三十分は掛かるこの場所まで何者かが侵入してきたと考えるのは、少し現実味に欠けます。それに犯行現場である離れは森やバラ園で囲まれた場所で、通り道はアーチの一本道のみ。当然、誰かとばったり鉢合《はちあ》わせする可能性も高い。目の前に金目のものなら何でもありそうな屋敷があるのに、危険を冒して離れまでやって来ている。それを考えると、泥棒がたまたま鉢合わせした彼を殺したという説は完全に否定できますし、怨恨《えんこん》ならそんな場所まで侵入せず、外出した彼を殺すのが一番理に適っています」

「確かに」

外部の人間が犯行に及んだ、という可能性はほとんどなさそうだ。

「じゃあ犯人は内部の人間か。動機はなんだろう」

「内部の人間なら、あの離れが誰も出入りしない場所であることはよく知っていたはずです。

そしてジョージさんは、その場にあるはずもないナイフで刺されて死んでいた。偶然あそこで殺されたという可能性はまずないでしょうね」

「犯人が、人目につかない場所を選んで、計画的にジョージを殺したって言いたいの？」

「しかしそうなると、わざわざ離れを炎上させた理由が分からない。人目につくことを気にして屋敷から離れた場所で殺人を犯す犯人が、見つけてくださいと言わんばかりに火を放つというのはどこか矛盾しています。何らかの証拠を隠滅したかったからだとも考えられますが、それがどういう類のものなのかも今のところ分かっていない。シャーリーさんの証言を信じると、犯人は何らかの方法で遠隔的に離れを炎上させたことになります。わざわざそんな大掛かりなトリックを使ってまで火を放ちたかった理由は何なのか。おそらく、今警察を悩ませているのはその辺りでしょうね」

ホームズは腕を組んで考え込んだ。

「それにそもそも、いくら人目につかないからといって、あんな離れを殺害現場に決めてしまったというのも、どこか不自然です。片道十分も掛かるような場所だと、アリバイ確認でかなり犯人を絞り込めます。容疑者が少なければ警察に捕まるリスクが高まるというのは自明の理ですからね。何の理由もなく離れを殺害現場にしたということはありえないでしょう」

どうやら、ホームズが思っていた以上にこの事件は複雑なものらしい。

「ポイントは『離れ』と『炎上』か。うーん……」

「考え込んでいるところ申し訳ありませんが、今ある情報だけで結論を出すのは不可能かと思われます」

「んー……。そうだなぁ。さすがにこれだけの材料で犯人を見つけるのは無理ね」

ホームズは少し不服そうだった。

「この事件は、多少なりとも複雑な要因が絡まって出来上がったもののようですね。それ故に、楽ではありますが」

「どういうこと？」

「『事件の外見が奇怪に見えれば見えるほど、その本質は単純なものだ』。見たところ、レモンド警部は優秀な警察官のようですし、すぐに事件の真相も明らかになるでしょう」

それからしばらくすると、最初の聴取が終わったらしく、シャーリー達がダイニングに戻ってきた。

「シャーリーさんは部屋でお休みになるそうだから、送って差し上げろ」

レモンドの指示に従い、数人の警察官がシャーリーの後を付き従う。ホームズは慌てて駆け寄った。

「だいじょうぶ？　その、あんまり自分を責めちゃダメだよ」

シャーリーは力無く笑い、ホームズの頭を撫でた。

「ありがとう。ちょっと休んだら元気になるから」

それだけ言って、シャーリーはダイニングを後にした。


ホームズはワトスンとは別の部屋に連れて行かれ、死体が見つかるまでの話やシャーリーとの関係など、事件とは直接関係のないことまで色々と話をさせられた。

ホームズは、警察がアンデッド事件のあらましを知っていたのを良いことに、いかに自分が優秀な探偵かを示すためにあれこれと話を盛ってみせたが、相手は無反応だった。

事情聴取が終わった頃には、既に峰々の合間から太陽が顔を出していた。気を抜けばうとうとしそうなホームズを、さんさんと輝く光で容赦なく照りつけている。

それでも彼女が警察から解放されて向かった場所は、ワトスンが寝泊まりしている客室だった。

ノックすると、いつものワトスンの声が聞こえたので、遠慮せずドアを開ける。

カシミヤのセーターを着たワトスンは、椅子に座って読書をしていた。

「……寝ないの？」

「目が冴えてしまいました。それに、あと数時間もすれば朝食の時間ですしね」

どうやらこの男、睡眠よりも食事の方が大切らしい。

「で、何の用です？」

まったく関心がなさそうに、本を捲りながらワトスンは聞いた。

「もちろん！　捜査をしに行くのよ!!」

「なるほど。想像を上回る低能さだ」

その瞬間、ホームズの脳内スイッチがカチリと音をたて、探偵から殺人鬼へと変貌した。

俊敏《しゅんびん》な小さな身体で火かき棒を引っこ抜き、そのまま寛いでいるワトスンめがけて思い切り振り回す。

が、ホームズを圧倒的に上回る運動神経の持ち主であるワトスンは、何事もないかのようにさっと身をひるがえし、壁にもたれかかって本のページを捲っていた。

「いつかあなたに殺される日がくることを本気で心配しますよ」

ホームズは憤然と抗議した。

「探偵が捜査をしてなにが悪いのよ！」

「捜査する許可を警察からもらってきたんですか？」

「う……」

「では、僕達が今できることはありませんね」

「いーや！　なにかあるはずよ!!　ほら、えっと……推理するとか!!」

得意げに人差し指を突き出してみせるが、ワトスンの軽蔑のまなざしは変わらなかった。

「情報がなくては仮説も立てられませんよ。ここは素直に部屋でじっとしているべきです」

「殺人事件だよ!?　探偵の活躍時なんだよ!?　じっとしてるなんて絶対ありえない!!」

「しかしですね。捜査もできない、推理する材料もないでは、シャーロック・ホームズでも事件解決なんて不可能ですよ」

ホームズは、しゅんとして大人しくなった。

「……でも、シャーリーがあんなに傷ついているのに」

ワトスンのページを捲る指がぴたりと止まった。

「なのに、なにもせずぼーっとしてるなんて、できないよ」

ワトスンは、決まり悪そうに眉間に皺を寄せている。

ぱたんと本を閉じ、彼はホームズと向かい合った。

「……とにかく、あなたは一昨日だって満足に寝てないんだ。できることが見つかるまでに体調を万全にしておくのも――」

ワトスンは言いかけて止めた。

ホームズが、窓からじっと何かを見下ろしていたからだ。

ワトスンも立ち上がってホームズに倣う。ここはちょうど屋敷の東側に位置し、色とりどりのバラ園を一望できるようになっている。

その一本道を歩いている青年が一人いた。見覚えのある金髪を揺らし、手帳を片手に考え事をしながら足を動かしている。

ホームズはワトスンに顔を向け、にっと笑った。

「ワトスン！　早く行くよ!!」

ホームズがばたばたと走り去る。ワトスンは、再びため息をついた。

◇◇◇

イージス・フィッツジェラルドは、殺人現場から屋敷に戻る途中だった。

いつも仕事で使う手帳に、今しがた仕入れてきた新鮮なネタを書き込みながら、この情報をどう料理しようかと考えているのだ。

その時、突然背後からぽんと肩を叩かれた。イージスは訝《いぶか》し気に振り返り、思わず呼吸を止める。

「こんにちは」

にこりと笑うワトスンの顔を見るなり、列車での毒々しい言葉の数々を思い出したイージスは、途端に猛ダッシュで二ヤード先にある木の陰に隠れた。

「ど、どうしてあなた達がこんなところにいるんです⁉」

ホームズがずいと前に出た。

「それはこっちのセリフよ。もしやとは思うけど、ここにはジャーナリストの仕事で来てるの？」

イージスはぐっと口を固く閉ざしていたが、二人の悪魔のような笑みを見て、渋々語りだした。

「お察しの通りですよ。担当刑事のレモンド警部が僕の叔父なもんですから。彼の家に泊まらせてもらってる時にちょうど事件が起きたんで、特別にちょっと覗かせてもらってるんですよ」

「ほうほう、なるほど。休暇中なのに仕事熱心なことで。要するに事件の詳細も叔父さんから聞き出せると」

「そ、そうですけど、秘密厳守なんですよ。赤の他人に教えるわけには――」

「赤の他人～？」

ホームズは、恐喝《きょうかつ》行為を働く子供のように眉を寄せてみせた。

「わたし達ぃ、一緒の列車に乗って話をした仲じゃなぁい」

「い、いや。そもそもあなた達、僕の話なんて全然聞いてなかっ――」

「あぁん？」

「えっと……すいませんでした」

気づけばイージスは、自分よりもかなり小さな女の子に頭を下げていた。

「わかればよろしい」

ホームズは偉そうにふんぞり返ってそう言った。

「じゃ、事件の情報教えてよ」

「ちょ、ちょっと待ってください！　それとこれとは話が別です！　これでも僕はジャーナリストの端くれですからね！　部外者に情報漏らすなんて、絶対しませんよ‼」

イージスは断固たる決意の元で、そう言い切った。

確かに、ちょっとやそっとのことでは口を割ってくれそうにない。

「うーん……」

ホームズは考えた。どうすれば、この一途《いちず》な青年から話を聞き出すことができるだろうかと。

その時、ホームズの頭に妙案が浮かんだ。

「じゃあ取り引きしよう」

「……取り引き？」

「そう。わたし達はイージスから情報を教えてもらう。その代わり、わたしが責任を持って、イージスに〝あの人〟を紹介してあげる」

「あの人って、ま、まさか……！」

「そう。あんたがいたく気に入ってたあのお姉さん。実は彼女、独身だったりするんだよねぇ。あの指輪は、亡くなったご主人とのものなの」

イージスの目の色が変わった。

「ほ、本当ですか⁉　彼女はどこにいるんです⁉」

「ふっふっふ。やっぱり気づいてなかったか。あの人の名前はずばり、シャーリー・マクレーン。ここマクレーン家のご当主様よ！」

「な、なんだってー‼」

驚きのあまり、イージスはその場から後ずさった。

イージスのノリの良さに気を良くしたホームズは、いまいちキャラの定まっていない主人公の悪友ポジションにでも居座った気分で、彼女なりの意地悪い笑みを浮かべてみせた。

「あんたの持つ情報と交換で、仲を取り持ってあげてもいいんだけどなぁ」

「う……。で、ですが、あなたに取り持ってもらわなくても、時間を掛ければ会う機会なんかいくらでも……」

「なに言ってんの。今が彼女を落とす最大のチャンスだっていうのに」

「え？　どういうことですか？」

イージスは、童顔を際立たせているつぶらな目を丸くさせた。

「あんた、ここに入る許可はどうやってもらったの？」

「それは、体調が優れないから歓迎はできませんがご自由にと、執事のクロードさんから言伝《ことづて》をもらって」

「そう！　義理の息子が死んでしまって、お客様の相手もできないくらい、シャーリーは傷ついてるの。この悲しみを癒してくれる紳士を、彼女は心から待ち望んでいるのよ」

姿も見ていないシャーリーに感情移入したのか、イージスはうるうると瞳をうるませていた。

「誰かが彼女を慰めてあげなきゃいけない！　そんな絶好のチャンスを、イージスは他の誰かに譲ってしまうの⁉」

「そんなわけにはいきません！　これでも僕は男です！　シャーリーさんを立ち直らせる役は僕が担います‼」

「よく言った！　じゃ、事件の情報教えて」

「分かりました！」

イージスは、一瞬で叔父との約束を反故《ほご》にした。

「ただし、どうかこのことは内密にお願いしますよ。今後情報提供してくれなくなりますからね」

ホームズは嬉々とした笑顔で何度も頷いた。

「まず確実に分かっていることは、これが明らかな殺人事件だということです。あなたとシャーリーさんの証言によると、離れには人が争った形跡があった。そしてジョージ氏は、マクレーン家の人間なら誰もが持ち出せる銀食器のナイフで刺されていました。マクレーン邸にいた何者かの犯行であることはまず間違いありません」

「ここまではワトスンの推理と同じだね。他に何か離れで見つかったものは？」

「なにぶん、離れは全焼してしまいましたからね。ほとんど証拠は残っていません。死体周りは火が特に酷かったらしく、その他の外傷を調べることもできませんでした」

「むむむ……。そうなると、おじいちゃん譲りの探偵術も披露できないな」

披露する前からお払い箱に入れられていたことには、誰も言及しなかった。

「それから死亡推定時刻ですが、レモンド警部が調べた限りでは、九時から九時三十分までの間のようです」

「よくそんなに正確な時間がわかるね」

「夕食を終えてみなさんが席を立った時間が八時五十分頃だと判明していますからね。シャーリーさんが死体を発見したのは九時半前後ですから、妥当な計算ですよ」

「なるほど」

ホームズはうんうんと頷いた。


「じゃあその時間、アリバイのない人は？」

「今のところはなんとも。一番の容疑者だったフェイさんはアリバイも立証されていますし」

ホームズは首を傾げた。

今までの話の中で、フェイに容疑が掛かるものなどなかったはずだ。

「どうしてフェイが一番怪しいの？」

そう聞かれて、イージスは言い辛そうに頭を掻《か》いた。

「あー……。言っていいのかな、こういうこと」

「いいから早く」

ホームズにせかされて、イージスは渋々話し始めた。

「実はジョージとフェイの母親……実母ですね。彼女は、人を殺してるんですよ」

「え⁉」

「ほら、聞いたことありませんか？　『志願兵毒殺事件』って」

「戦時中に英国を騒がせたあの事件ですか」

イージスはこくりと頷いた。

世界大戦の真っ只中、英国は兵士の増強に躍起《やっき》だった。そんな国家的一大事の最中に、兵役志願者だった若者を毒殺したとして、ある女性が逮捕されたのだ。勇猛果敢で周りからの期待も高かった貴重な戦力を殺したと世間から大きな非難を受け、即刻死刑が確定された事件である。

「あの事件の担当は、当時スコットランド・ヤードに所属していた叔父さん、レモンド警部だったんですよ」

ホームズは、昨晩レモンドがフェイに見せていた鋭い視線を思い出した。

「当時のバッシングは酷いものでしたからね。ちょうど徴兵制度を導入しようかという時で、すぐに終わると思っていた戦争の意外な長期化に国民達はフラストレーションが溜まっていた。毒殺という陰湿《いんしつ》な殺し方と時勢が合わさって、国民達のやり場のない怒りがこの事件にぶつけられ、被害は家族親類にまで及びました。そのせいで犯人の夫と二人の息子は、一家離散して国外に逃亡しなければならなかったという話です。それが、マクレーン家との婚姻を機に戻ってきた。偏見かもしれませんが、なにかあると思わせるには充分すぎるものがあります。実際、ジョージとご当主のシャーリーさんは、土地の権利に関して揉めていたという話ですし」

「そうだけど、あれはもう解決したよ。ちょっとした事件があって、シャーリーが土地を譲ることにしたの」

「ああ、例のアンデッド事件ですか」

「知ってるの？」

「叔父さんが少しだけ話してました。どこか意味深な感じでしたけど」

妙に引っ掛かる言い方をするなとホームズは思ったが、深く追及はしなかった。

「まあそういうわけで、フェイは叔父さんの中では一番の容疑者だったわけです。アリバイが立証されて、その線も消えちゃいましたけどね」

「アリバイっていうのは？」

「その時間帯、僕が彼とチェスをしていたんですよ」

イージスの代わりにワトスンが答えた。

「夕食が終わってすぐに彼から誘われましてね。一旦別れて九時にビリヤード室で待ち合わせました。それからあなたが飛び込んで来るまで、ずっと彼とは一緒でしたよ。離れまで行って帰るのに二十分以上掛かるのなら、彼に犯行は不可能ですね」

ホームズが腕を組んで考え込んでいると、突然、あっと叫んだ。

「すごいこと思いついた！　自転車とか使えばもっと早く往復できるんじゃない!?」

「無理ですよ」

イージスは即答した。

「離れはバラ園と森に囲まれてるんです。森の中はあなた方もご存じのようにクマがいる上に、かなりの凹凸《おうとつ》があって歩くのも儘なりません。バラ園も誰かが横断したような跡はありませんでした。残る道はあのアーチですが――」

「そうよ！　そこをずばーっと自転車で通ったら、ずばーっと殺せるじゃない！」

「だから無理ですって」

再度断言することで、イージスはホームズの推理をずばっと両断した。

「あの道の土は柔らかく、轍《わだち》があればすぐに分かるそうです。さすがに足跡から犯人を特定するのは不可能でしたけどね」

消火活動にてんやわんやで、足跡はかなりの数に上ったはずだ。しかしそれでも轍なら少なからず残るはずである。それを消した痕跡もない以上、何らかの乗り物を使った移動は否定できるのだという。

ホームズはがっくりと頭を垂らした。

「そもそもですね。たとえ自転車が使えたとしても、犯人があそこを通ったとは考えられないんですよ」

イージスはぱらぱらと手帳を捲りながら、それに目を落とした。

「実は問題のアーチの一本道は、使用人食堂から丸見えなんです。メイドの一人が、ジョージさんが食後に離れへ向かうことを仄《ほの》めかしていたのを聞いていたようで、メイド達は食事の間ずっとその話で持ちきりだったそうです。使用人の誰かと逢引《あいび》きするんじゃないかと、かなりの盛り上がり様だったらしく、何人かがその道を監視していたくらいですから、見落としはまずないでしょう。監視していたメイド達は、あなたとシャーリーさん以外、そこを通った人間はいないと証言しています」

「……それっていつからいつまで？」

「九時から九時半の間だそうです」

ホームズは首を傾げた。

食事を終えたのは八時五十分頃だから、すぐに離れへ向かえば使用人に見つかることはないだろう。しかし離れへ到着してジョージを殺したとしても、そこから帰ってくる時には使用人に目撃されていなければならないはずだ。

「犯人は、あの一本道を通らなかったっていうこと？　じゃあどうやってジョージを殺したの？」

「そこまではなんとも。ただレモンド警部は、このことよりも離れが炎上したことに注意を向けているようですよ」

「え？　なんで？」

普通に考えれば、全ての人間のアリバイを立証してしまう使用人の証言は、一番重要視するべきもののはずだ。

「シャーリーさんの言う、突然火が点《とも》るというのがね。ちょっと引っ掛かる、みたいなことを言ってました」

そう言われれば、確かにおかしい現象ではある。ワトスンが以前言っていたように何らかのトリックを使ったのだとしても、その方法は未だ謎のままだ。犯人が離れを燃やした方法とその理由は、いつか解決しなければならない問題だろう。

「うーん。なんだかよくわからないなぁ。でもまぁ、警察も行き詰まってるみたいだし、今のところ引き分けか」

「いいえ」

イージスはきっぱりと言った。

「叔父さんは、着々と事件の真相に近づきつつあるそうです。詳しくは教えてもらえませんでしたが、そこはやはり熟練の刑事ですからね」

「むむむ。強敵だな。どんな推理なんだろ」

腕を組むホームズを、ワトスンはまじまじと見つめていた。

「ん？　どうかしたの？」

「……いいえ。なんでもありません」

ワトスンにしては珍しく、どことなく落ち着かない様子でパイプを口に咥《くわ》えていた。

「今話せる情報はだいたいこのくらいですね。それじゃあさっそくシャーリーさんと――」

「うん。他の人から話を聞いて、裏付けをとろう」

がくりと肩を落とすイージスを無視して、ホームズはワトスンの裾を引っ張った。

「ほら行くよ」

「待ってください」

ワトスンは冷静な口調で言った。

「役割分担といきましょう」

「え？　なにそれ」

「せっかく二人いるんですから、効率的に動いた方がいい」

ホームズはその言葉に感激した。今までまったくやる気を見せてなかった助手が、ようやくその気になってくれたのだ。

「確かにワトスンの言うとおりね」

「では、ホームズは続いて聞き込みを行ってください」

ホームズは興奮した様子でうんうんと頷いた。

「じゃあワトスンは？」

「ティータイムです」

「……は？」

一瞬、何を言っているのか分からなかった。

「もうすぐ八時になってしまう。誰か捕まえて頼まないと」

「待て〜い!!」

足早に去ろうとするワトスンの前を走り抜け、ホームズはとおせんぼした。

「相棒が働いてるのに自分はごはんか！」

「相棒？　はて、どこにいるのでしょう」

きょろきょろと辺りを見回すワトスンに、ホームズは本気で腹が立った。

「とにかくダメ！　ごはんはなし！　だいたいそれ、役割分担でもなんでもないじゃない！」

「朝食をいただきながら事件について考えます。僕は頭脳労働。あなたはあくせく情報収集。立派な役割分担だ」

「立派じゃない！　レディにあくせくさせてごはんをいただくなんてぜんぜん立派じゃない！」

「はいはい、分かりましたよ。じゃあ普通だ。普通の役割分担」

「そういう問題じゃなくて〜〜!!」

ホームズは怒りのあまりその場で悶絶した。この歩く柱時計を言いくるめる術《すべ》を思いつかないホームズは、ワトスンがさっさと立ち去る後ろ姿を見つめることしかできなかった。

◇◇◇

「服装は変じゃありませんか？」

「別に、だいじょうぶじゃない？」

「髪とか、はねてませんかね？」

「だいじょうぶだって」

さっきからどうでもいいことばかり聞いてくるイージスにイライラしながら、ホームズはシャーリーの部屋に向かっていた。

ワトスンに逃げられたばかりか、イージスの懇願により、シャーリーとの仲をこれから取り持つことになったのだ。自分の思うように捜査が進まないことに、ホームズはもはやふてくされた気持ちを隠す気すら起きなかった。

使用人からクロードがシャーリーの部屋の前に控えていると聞いていたので、彼から話を聞くついでだと思えばこそ我慢できるのである。

シャーリーの部屋に到着すると、事前情報通り、クロードは彼女の部屋の前で籐椅子《とうい す》に腰かけ、本を読んでいた。

「クロード。どうしたの？　こんなところで」

彼はこちらに気付くと、すぐに立ち上がった。

「ああ、ホームズ様。申し訳ありません。シャーリー様が心配でしたので」

「……わかるよ」

ホームズは、心の底からそう思った。

その時、まるで二人に割って入るように、イージスがずいと顔を突き出した。

「シャーリーさん、昨日はちゃんと眠れたんですか？　体調は？　どこか悪くなったりとかは⁉」

クロードがちらとホームズを見たので、無害だと証明するために頷いてみせた。

それで安心したのか、クロードはイージスに微笑んでみせた。

「ご心配なさらず。そのようなことはありません。今朝もきちんと食事を召し上がっておられました」

イージスはほっと胸をなでおろした。

「ただやはり、ジョージさんの死が自分のせいだと思っているらしく、こうしてお部屋に閉じこもっておいでなのです」

「そんな！　シャーリーさんのせいだなんてあるはずありません！」

「そうよ！　悪いのは犯人なのに‼」

クロードは、悲しそうに首を振った。

「そういう風に割り切って考えられる方じゃないのです。自分がいなければジョージ様は離れに行かなかったかもしれない。そうなれば、ジョージ様は今も生きていらしたかもしれない。そんな風に考えてしまわれる方なのです」

イージスは歯噛みした。

ホームズも、やりきれない思いでいっぱいだった。どうにかして彼女の罪悪感を取り除いてやりたい。そのためには、一刻も早く犯人を見つけ出さなければならないのだ。

「そうだ。クロードに聞きたいことがあったの。えっとね――」

「イージス。なにをやってる」

突然声が聞こえて、二人はびっくりして振り返った。

そこにはレモンドがいた。全てを見通してしまうような眼光でじっと二人を見つめている。

「あ、え、えっと……、これはですね、その……」

「私は捜査の邪魔をしないという条件で情報を教えた。それに対し、最低限の誠意を持って答えるのが良識ある人間というものじゃないか？」

イージスは少し躊躇していたが、これ以上彼を怒らせるのは得策ではないと考えたらしい。すごすごと、元来た道を帰って行った。

「シャーリーさんはこちらに？」

「ええ、そうですが、今はずいぶんとお疲れのようで……」

レモンドはクロードの言葉も待たず、ドアをノックした。

小さな返事とともに出てきたシャーリーは、一見すると普段通りだ。しかし、いつもにこにこ笑っている彼女が無表情でいることこそが、彼女の異状を指し示していた。

「シャーリー・マクレーンさん」

シャーリーに対してはいつも気遣いをみせるレモンドが、厳しい声でその名前を呼んだ。

「？　はい。なんでしょう」

「私はあなたの父親であるジャックさんに良くしてもらいました。貧乏人だった私を大学へ通わせてくれたのも彼です。お亡くなりになった今もその恩義は忘れていません。本来ならありえないことですが、警察官の務めを全うするよりもまず、その恩を返すことこそ重要と思い、あなたに助言を告げに来ました」

「えっと、よく分からないんですけれど……」

レモンドは一瞬だけ悲し気に彼女を見つめ、それから毅然とした声を出した。

「あなたにジョージ・マクレーン殺害の容疑がかかっています。だから今日、検死《けんし》審問《しんもん》の際に自分の罪を自白していただきたい」

シャーリーはぽかんとし、クロードは大きく目を見開いている。

ホームズは驚きのあまり、開いた口が塞《ふさ》がらなかった。

しかし、レモンドが早々に踵《きびす》を返したところで途端に我に返った。

「ちょ、ちょっと待ってよ！　どうしてシャーリーが犯人なの⁉」

「……状況的に見て、彼女が犯人であると判断したからです」

「そんなの納得いかない！　シャーリーはずっとわたしと一緒にいて、殺す時間なんてなかったもん！　なにかの間違いに決まってる‼」

頑《かたく》なな彼女を見て、レモンドは残念そうに首を振った。

「……分かりました。ではここで、彼女が犯人だという根拠をお教えしましょう。その方が、シャーリーさんもあきらめがつくでしょうしね」

青ざめて何も言えずにいるシャーリーを前に、レモンドは口を開いた。

「まず私が最初に抱いた疑問は、あなたの存在ですよ。ホームズさん」

「……わたし？」

思わずホームズは、自分を指差してまじまじとレモンドを見つめた。

「ええ。あなた、何故シャーリーさんと一緒にいたんですか？」

「そ、それは前にも言ったでしょ。ジョージと二人きりにするのは不安だったって」

「そうですね。あなたはジョージがシャーリーさんに強い反感を覚えていて、もしかすると危害を加えるかもしれないということを知っていた」

「そうよ。だから――」

「もしもその心配が、シャーリーさんによる誘導の結果だったとしたら、どうします？」

レモンドの冷静な声が、ホームズの頭の中に響き渡った。

「……え？」

「一昨日《おととい》の夕食の席でのいざこざは、彼女がわざとジョージを焚きつけた結果だったとしたら？」

ホームズはかっとなった。

「なんでそんなこと言うの⁉　シャーリーが、母親になろうとどれだけ努力していたかも知らないで‼　シャーリーの気持ちなんて、これっぽっちも分かってないくせに‼」

「あなたがそうやって同情的になることも、シャーリーさんの計算の内だったのでは？」

もはや、ホームズは怒りで声をあげることすらできなかった。

「昨夜、あなたはシャーリーさんを探していたそうですね。ジョージに土地を譲るという彼女を何とかして止めるために。そうして彼女と合流したあなたは、そこでジョージと面会することを聞いた。その時、前日のいざこざを目撃していたあなたが、二人の面会を危険視するようなことを彼女は口走ったんじゃありませんか？」

『なんだか改まったお話みたい。ちょっと様子がおかしかったもの』

突然脳内に声が再生される。

ホームズは慌てて頭を振って、その記憶をふるい落とした。

「シャーリーさんには同行者が必要だった。自分と一緒に、死体を発見してくれる存在が。その役目を、あなたは担わされたんです」

「そ、そんなことする必要なんて、ないじゃない……。シャーリーには、ジョージを殺す時間なんて……なかったし……」

レモンドは優秀だ。

この程度の反論を打ち崩す材料くらい持っていることは、ホームズにも分かった。分かっていながら、聞かざるを得なかった。

「では、一から説明しましょう。シャーリーさんが使ったトリックを」

レモンドはそう前置きして話し始めた。

「シャーリーさんは前日の夕食の際、巧みにジョージとの確執《かくしつ》を誇張し、さらに一方的に自分が損をする遺産分与を仄めかすことであなたの同情を買った。犯行直前、離れへ向かう時について来て欲しいと言っても従ってくれる程度にね。実際はあなたが自ら来てくれたので、手間が省けたのでしょうが」

予行演習でもしてきたような流暢《りゅうちょう》な言葉で、レモンドは続ける。

「事前の心理誘導でまんまとあなたという同行者を手に入れたシャーリーさんは、そのまま離れへと行き、そこで『死体』を発見しました。そこであなたに人を呼びに行かせ、自分は残った。その間一人になったシャーリーさんは、そこではじめてジョージを殺したんです」

ホームズはレモンドの言っている意味が分からず、思わず眉をひそめた。

「なにを言ってるの？」

「つまり、あなたが見たという死体は、実は死んでいなかったんです。ジョージの演技だったんですよ」

投げ出された腕。ねじれた足。

あの気味の悪い惨状を思い起こし、ホームズは顔をしかめた。

あれが、死体じゃなかった……？

「そもそもあなたがこの屋敷に滞在しているのは、シャーリーさんや使用人が歩く死体を目撃したからだと聞いています。そしてその正体は、ジョージによる偽装だった。シャーリーさんはそこを利用したのです。土地を欲するジョージの目的を叶えてやり、偽りの和解を遂げることで、仲直りの印とでも言って嗾《けし》けたんですよ。歩く死体騒動で疑心暗鬼になっている屋敷の人間を、脅かしてやろうとね」

ホームズは何も言えず、黙って話を聞いていた。

「おそらくその計画というのはこうです。あらかじめジョージが離れへと向かい、そこで死体のフリをする。シャーリーさんはそこに同行者を連れてやって来て、死体のフリをしたジョージを目撃。知らせを受けてパニックに陥った屋敷に、ジョージがけろっとして帰ってくる。……控えめに言っても品の良いサプライズとは思えませんが、ジョージの性格を考えれば喜んで実行するでしょう」

レモンドの言っていることは全て憶測に過ぎない。状況証拠だけのただの妄想だ。

しかし、ホームズにはそう反論することができなかった。

アーチの一本道を見ていたメイド達は、シャーリーとホームズ以外の人間を目撃していない。あの一本道以外に離れへの侵入経路がない以上、必然的にホームズかシャーリーか、そのどちらかが犯人だということになる。そしてそうなれば、今レモンドが話している妄想以外に、真実と呼べるものは存在しないのだ。

「しかし実際は違った。うまくあなたに死体を目撃させたシャーリーさんは、あなた一人に屋敷へと向かわせ、用意していたナイフで本当にジョージを殺してしまったのです。シャーリーさんの力なら、寝転がった男一人殺すのに大した手間はかからないでしょう」

「ま、待ってよ！　わたしはジョージの脈を測ってる！　確かにあの時、脈は止まってた!!」

「でしょうね」

「でしょうねって……。だったら、あの時点で既にジョージは死んでるってことに――」

「そんなものは何の証拠にもなりません。脇にある止血点を押さえていれば、手首の脈は止まってしまうんですよ。布か何かで縛ってしまえば、脈は確認できません」

ホームズが論破してやろうと口を開く。しかしその口からは、悲しいくらいに何も出て来なかった。

「ナイフが刺さっていた個所には、あらかじめ紙束か何かを詰めておいたのでしょう。突然死体を見つけて動揺した人間。ジョージの体格も詳しく知らず、ナイフの刃渡りがどの程度の長さなのかも分からない人間からすれば、まずその偽装には気づきません」

「じゃ、じゃあ血は!?　あの血だって、……本物……」

「ジョージの部屋から動物の血が入った容器がいく

つか発見されました。昨日の夕方、彼が食用の動物の血を買いに来たことを店の主人が覚えていましたよ。かなり大量だったので印象に残っていたそうです」

ホームズは二の句が継げなかった。

「ジョージの死体は、部屋に置いてあった家具類と比べてもかなり焼け爛《ただ》れていました。おそらく、死体周りには念入りにガソリンでもまいたのでしょう。それで物的証拠は完全になくなってしまう。聞けば、離れは暖炉の火でかなり暖まっていたそうではないですか。死体の体温を誤魔化すにもちょうどよかったでしょう」

「そんな……」

もしもジョージが死体のフリをしていたなら。離れに一人残ったシャーリーは、必ずそれに気付いたはずだ。そして気づきながら黙っていたということは、シャーリーがこの殺人に深く関わっていたということに他ならない。

ホームズは頭を抱えたくなった。

どうしても、レモンド警部を言い包める推論が出てこないのだ。

「私が一番感心を持っていたのは、離れが炎上した原因です。シャーリーさんの証言では、離れは突然燃え始めたということでした。そしてその時、シャーリーさんはたまたま外に出ていて難を逃れた。この言葉を信じるなら、犯人は近くにいたシャーリーさんに気付かれずに火を点したか、何らかの方法で火が出るように細工をしたことになる。しかしそれらは全て、シャーリーさんが語ったことに過ぎません。シャーリーさんただ一人がね。本当は自分で離れを燃やし、火に巻かれないように外へ出ていたとしても、それは誰にも分からない」

……もうだめだ。

ごめん、シャーリー。

わたしには――

シャーリーを、救えない。

「離れに火を点ける。他に、シャーリーさんが離れの外に出る理由などありません。何かできることがあるのではと考えたなら、尚更離れの中にいるべきでしょう。それに証言をしていた時の彼女の様子。長年の経験から培った刑事としての勘が言っています。あれは、嘘をついた時の顔だったと」

ホームズはそれを聞いて、何かが頭を過《よぎ》った。

思わずシャーリーを見つめる。

伏し目がちで、自罰《じばつ》的な顔。

犯罪がばれたことに対する良心の呵責《かしゃく》だと解釈するべきだったのかもしれない。事実、レモンドはそう思っているようだ。

しかしホームズは違った。何故ならホームズは、レモンドのような知恵はなくとも、シャーリー・マクレーンという女性のことを、よく知っていたから。

『やっぱり、好きな人の変わり果てた姿は見たくないの』

「……耐えられなかった」

「なんですって？」

「見てられなかったんだ。自分の最愛の家族が！　死体になってるのを見るのは、耐えられなかったんだよ!!」

死体に縋り付いて泣いてみせることだけが愛情表現じゃない。シャーリーはジョージを愛していたからこそ、離れの中にいなかったのだ。

ホームズは懸命に、レモンドにそう説明した。

「なんで離れの外にいたのかって聞かれた時、シャーリーは罪悪感に駆られたんだ。だから目を逸らした！　シャーリーにとって、愛する人はどんな姿になっても愛さないといけないと思ってたから！　そうでしょ、シャーリー？」

シャーリーは、狼狽していて何も言えないようだった。

「……その理屈でいくと、彼女は夫であるウィリアムさんと同じようにジョージを愛していたことになりますね」

「そうよ！」

「血も繋がっていない、犯罪者の子供をですか？」

ホームズは一瞬怯《ひる》んだが、一歩も退かなかった。

「そうよ！　シャーリーはそういう人なの!!」

「理解できませんね。自分の与《あずか》り知らぬ子で、自分を嫌っているような人間を、どうしてそこまで愛せるんです？　それとも、ジョージとの確執なんてなかったとでも言うつもりですか？」

その時、ホームズの中で何かが嚙み合った。

ジョージの卑屈な言動。シャーリーが言っていた、何故か嫌いになれないという言葉。

それらが天啓のように、ホームズの中で有機的につながり合った。

「……ジョージは、本当はシャーリーのことが好きだったんだ」

「なにを言っているんです？」

「本当に嫌いだったら、わざわざ突っかかったりしない！　ジョージの行動は、全部シャーリーの気を引きたかっただけだったんだよ！」

「……だったら素直にそう言えばいい。何故嫌うフリをする必要があるんですか」

「臆病になってたんだ。たぶん、母親という存在に。だってそうでしょ？　母親が人殺しなんかして、そのせいで国を追われたんだから。自分の感情を優先して、子供である自分たちがないがしろにされたから。だから、……甘えたくても、甘えられなかったんだよ」

ジョージの生前を思い出し、今更ながら、自分がジョージに抱いていた感情の数々を、申し訳なく思った。

「理解できませんね」

「なんでよ！　何も言葉にしなくてもその人を愛してるんだってことが、どうしてわからないの!?」

「たとえジョージがシャーリーさんのことを好いていたとしても、伝わらなかったら意味がないんですよ！」

シャーリーが、ぴくりと反応した。

「シャーリーは直感的にそれが分かってたのよ！

だからシャーリーは、ずっとジョージを憎めずにいたんだ！」

「分かっていたから、罵倒されても我慢できたと？」

「そうよ」

「なるほど。あなたは人間というものを何も分かっていないようだ」

反論しようと口を開けるホームズ。しかし、レモンドの鋭い視線に射貫かれて、言葉が消えた。

その目は。その雰囲気は。自分にはない、経験によって裏打ちされた気迫があった。

「人というものは、誰しも心の中に魔物を飼っているものです。たとえどれほど善良な人間であろうと、ほんの些細《ささい》なことがきっかけで、自分の中の魔物に支配されてしまう。魔物は隙あらばその人を乗っ取ろうと睨みを利かせ、周囲の人間を傷つける絶好の機会を待っているのです。ちょっとしたことで、誰からも優しい人だと言われていた人間が人を殺す。そうして犯罪者という血統が生まれるのです」

レモンドの迫力に、ホームズは思わず後じさった。

「ジョージの母親は優しく献身的な女性でした。周りの人間は誰も彼女の悪口なんて言わなかった。しかしそんな彼女も、ほんのちょっとしたことで悪魔になってしまった！」

「悪魔だなんてひどい！　その人にはその人なりの理由があったはずよ！　それを見ないで悪魔だ魔物だなんて。そんなの、現実をちゃんと見てない人の言い分よ！」

「……では、そう言うあなたは現実を直視しているというのですか？」

「あ、当たり前でしょ！　わたしはちゃんと真実を――」

「真実を求めるなら、ちゃんとそれを受け入れることです。自分がこの事件を引き起こしてしまったかもしれないということを」

ホームズは一瞬、何を言われたのか理解できなかった。

「……え？」

「よく考えてください。曲がりなりにも探偵であるあなたがいるこの時期に、何故敢えてシャーリーさんが犯行に及んだのかを。私が語ったシャーリーさんの犯行計画はただの憶測です。もしかしたらこの事件は、ある事実を引き金に起きた、非常に衝動的なものなのかもしれないんです」

ドクンと、心臓が高鳴った。

「あなたが来て、マクレーン家で劇的に変わったことはなんですか？　あなたが来て、解決してしまった事件はなんでしたか？　思い出してみてください」

ぐにゃりと、視界が歪んだ。

まるで船酔いでもしてしまったように、視界が定まらず、足に力が入らない。

そうだ。

わたしが、シャーリーに話してしまった。

シャーリーがアンデッド騒動でずっと苦しんでいると分かっていながら。

シャーリーとジョージがうまくいっていなかったと知っていながら。

わたしは、ジョージが土地を狙って、あまつさえ一番大切な思い出をも引き裂こうとしていたことを、教えてしまったのだ。

それを聞いて、シャーリーはどう思っただろう？

今まで漠然と抱いてきた不満やストレスが、どのように吹き出し、どのように固まってしまったのだろう？

「わ、わたし……」

探偵の仕事が重い責任を持つものであると知っていたのに。シャーリーを、どうにかして助けたかっただけなのに。

ホームズの頭の中に、ずっと心の中で燻《くすぶ》っていた言葉が響いた。

『あの子には才能がない。探偵なんかになったら、いつか大きな過ちを犯すだろう』

まるで時間が止まってしまったかのように、思考も停止し、身体もまったく動かなかった。だというのに、目から涙がにじみ出て、それは頬を零れ落ち

——

「違います」

その凛とした声は、透き通るように響き渡り、ホームズの涙を止めた。

「私は以前からこの計画を考えていました。実行に移したのは、探偵である彼女が第一発見者として証言してくれるなら、信憑性《しんぴょうせい》も上がると考えたからです」

見ると、そこにはいつもとは違うシャーリーがいた。引き締まった顔は、たとえどんな苦難があろうと、眉一つ動かさない意志を如実に表している。

これは、当主としての威厳だろうか。追いつめられた犯人に残った意地だろうか。それとも……。

「シャーリーさん」

レモンドは、やり切れない思いで顔を歪めていた。

「私はあなたを尊敬している。あなたの慈愛溢れる性格を知っている。なにかよほどの事情があったことは、聞かずとも分かります。きっと遺産のことで脅されていたのでしょう。あいつは犯罪者の息子だ。たとえ今まで真っ当な生き方をしていたとしても、ある時期がくればひん曲がり、醜悪な姿を晒《さら》す。それが犯罪者の血統です。自分だけでなく、周りにまで悪意の種をまき散らす害悪だ！」

シャーリーの顔が僅かに険しくなったのを、ホームズは見逃さなかった。

「あなたがウィリアムさんとご結婚なさると聞いたとき、皆がどれほどあなたを心配したか。……分かってくれとは言いません。あなたは今この状況にあっても、気丈にも幸せだったと答えるでしょう。しかしやはり間違いだったんだ！　ウィリアムさんとの結婚はまだしも、あんな悪魔の子を引き取るなんて!!」

「レモンドさん……」

シャーリーは、この場にはまったく場違いなほどの、美しい微笑を浮かべた。

「あなたのおっしゃる通り。私は今この状況にあっても、幸せであったことを信じることができます。けれど、一つだけ間違いがありますね。私は別に、あの子に脅されてなんかいませんよ。ウィリアムの手前、彼らを引き取っただけですもの。遺産を持って行かれるなんて、冗談じゃないわ」

シャーリーは、絞り出すような声で、言った。

「……ジョージは、ずっといい子でしたよ」


シャーリーはレモンドの監視の元、検死審問までの間、勾留《こうりゅう》されることになった。

そんな取り決めがなされている様子を、ホームズは茫然《ぼうぜん》と見つめることしかできなかった。

シャーリーが、ゆっくりと近づいてくる。

「……リディアちゃん」

ホームズの背に合わせるように、膝を曲げる。

ホームズはもはや、涙を我慢しなかった。

「う、うそだよね？　うそって言ってよ」

シャーリーは、静かに首を振った。

身体に力が入らなかった。ホームズの中にある鬱《うっ》屈《くつ》とした感情がふつふつと湧き出てきて、止められなかった。


「……やっぱり、わたしのせいなの？　わたしが、何も考えずに、シャーリーに変なこと吹き込んだから」

「リディアちゃん。それは違うわ」

「わたし、やっぱり探偵なんかにならなきゃよかった。そしたら、シャーリーは今でも普通に暮らしていけたんだ。わたしがおじいちゃんみたいになんかなれるわけないのに。……わたし、もう探偵なんて――」

ホームズの言葉が止まった。

シャーリーが、突然ホームズを抱きしめたのだ。

何がなんだか分からない。でもそのぬくもりは、とても暖かくて、ホームズを無条件で安心させた。

「私の依頼はここでおしまい。でもね、覚えていてほしいの。あなたはシャーロック・ホームズになれないかもしれない。けれど、リディアちゃんはリディアちゃんだわ。あなたにしかない、とても素晴らしい才能がある。あなたならきっと、立派な探偵になれる。それは他でもない、あなた自身が信じてあげないといけないことなのよ」

わたしが、信じなくてはいけないこと……。

ホームズは、ぎゅっと拳を握りしめた。

「自信満々で、困ってる人を放っておけなくて、あがり症で、なんにでも首を突っ込んで。そういうあなたが、私は好きだった」

抱擁《ほうよう》を終えて、互いに顔を見つめる。

シャーリーの頰には、一筋の涙が流れていた。

「こんな馬鹿な女のために、自分の生き方を変えないで。あなたは変わらず、あなたでいて。お願いよ。それだけが、私の望みだから」

シャーリーはそれだけ言うと、すっくと立ち上がった。

先程とは違う、毅然とした歩き方で、レモンド警部の元へと歩いて行く。

「……すみませんでした。行きましょう」

レモンドに付き添われ、シャーリーは部屋を出た。

その背中は、彼女の佇まいとは違い、あまりにも寂しそうに見えた。

初めてこの屋敷を訪れた時、緊張しなかったと言えば嘘になる。自分の国から追い出される前だって、決して裕福ではなかったのだから当然だ。メイド達にずらりと出迎えられた時は、あっけにとられて思わず笑ってしまうところだった。

「はじめまして。えっと、私がシャーリー・マクレーンです」

初めて会った自分の義母は、僕を前にしてかなり緊張していた。それもそうだろうと思う。十歳ほどしか違わない男の親になるというのだから。

それに何より、母親というだけで僕にはかなりの抵抗感がある。だからといって邪見《じゃけん》に扱うつもりはないが、つかず離れずがお互いにベストな距離感だろう。

僕は適当に彼女との挨拶を終え、兄を探した。他国に渡り離れ離れになっていた兄弟の再会だ。幼少の頃はよく遊んでもらった記憶もある。遺産のことだけでなく、純粋にもう一度兄に会える喜びを感じていた。

「言っとくが、遺産は全部オレのものだぞ」

開口一番にそう言われた時、僕は茫然とした。

兄は、もはや僕の知っている兄ではなかった。放浪生活で精神が擦り切れ、優しかった兄は綺麗さっぱり消えてなくなっていた。

「ちょ、ちょっと待ってくれ。僕にはどうしても金がいるんだ。僕が遺産を持って帰って来るのを待つ奴らも――」

「んなことオレが知るか。まぁ、お前がどうしてもって言うなら、オレの下僕として多少は分け前をやってもいいがな」

僕は驚いていた。兄が遺産分与を拒否したことじゃない。僕が、そんな甘い幻想を抱いていたという事実に、今更ながら驚いたのだ。

兄は、そんな僕のことなどお構いなしに、親しげに肩を組んできた。

「それよりちょっと協力しろよ。あのシャーリーとかいう女、土地を譲る気はねえらしいんだ。お前がうまく事を動かせれば、ボーナスくらいやるからよ。な？」

その目を見て、まるでフラッシュバックのようにあの男の顔が脳裏に浮かんだ。ミカル・ノーランドの、騙される人間を心の中で嘲り笑っていた、あのドス黒い瞳を。

こいつはあいつと同じだ。

僕にナイフを渡したあいつと。自分の行いを、悪とも思ってないあのクズと！

『罪と罰』という小説を読んだことがある。主人公のラスコーリニコフは、高利貸《こうりがし》を悪として断罪した。それと同じだ。世界を動かす英雄は、殺人さえ許容されるのだ。

僕の中にあった黒い炎が、メラメラと燃え上がった。

〔第五話〕

秘めた過去

ワトスンは、無表情でダイニングに足を踏み入れた。

そこには誰もいない。

食器の一つも置かれていない長テーブルが真ん中に置かれているだけだ。

ワトスンはそのテーブルに回り込むと、近くにあった棚に手をかけた。

そこには、ぎっしりと詰められた本とレコードがあった。

『グリーンスリーヴス幻想曲』、『アメイジンググレース』、『ラーガ・ヤマン』、『アン・ディー・フロイデ』

ワトスンがそれを確認し、その一つを手に取ろうとした時だ。

「ワトスン!!」

ホームズが勢い込んでダイニングに入って来た。

「……いつにも増して騒々しいですね」

ワトスンは手にしたレコードから目を逸らさず、面倒そうに言った。

「シャーリーが！　シャーリーが捕まっちゃったの!!」

「そうですか」

ワトスンの反応はあまりにそっけなかった。

まるで、そうなって当然だとでも言うように。

「……知ってたの？」

「状況から判断すれば、一番怪しいのは彼女ですからね」

「だったらなんで教えてくれないの!!」

「教えてどうにかなったんですか？」

静かながら辛辣な言葉に、ホームズは思わず黙った。

「彼女が犯人であることは確定的です。今更何をしようと言うんですか」

「か、確定なんてしてない！　シャーリーが犯人なわけないもん!!」

「子供のダダで無罪になるほど、殺人という罪は軽いものではありませんよ」

「そんなんじゃない！」

ホームズは、自分を落ち着かせるように深呼吸した。

「……シャーリーをちゃんと見てわかったの。シャーリーは犯人じゃない」

「根拠は？」

「……シャーリー、わたしを気遣ったの」

ジョージが歩く死体騒動を作り出したと説明したのは自分だ。

それが犯行の動機に繋がったのなら、ホームズはきっと傷ついただろう。それが分かっていたから、シャーリーは、以前からジョージを殺すつもりだったなんていう嘘をついたのだ。

「シャーリーはわたしを庇ったの。そんな人が、こんな卑劣な事件起こすはずない!!」

「自分がただ利用されただけだと知って、そう思いたいだけなんじゃないんですか？」

ワトスンの言葉が、いつも以上に心に突き刺さった。

「あなたは探偵なんですよ、ホームズ。事実を見てください。客観的に考えてください。この事件で、彼女以外に犯人がいると、本当にそう思うんですか？シャーロック・ホームズがいたとしても、そんな結論を出すとお思いですか？」

ホームズは俯き、絞り出すように声を出した。

「……出さない、と思う」

ワトスンは息をついた。

「分かったら――」

「でも」

ホームズは、強い意志を込めた瞳を、ワトスンに向けた。

「わたしは、おじいちゃんじゃない」

ワトスンは、じっとホームズを見つめた。

その鋭く光る目を見て、鼻で笑う。

「また〝わたし流〟ですか」

「……そうよ」

「馬鹿らしい」

ワトスンはきっぱりとそう言った。

「なんでそんなこと言うの？」

「馬鹿らしいからですよ。あなたのやっていること全てがね」

ワトスンはホームズに背を向けた。

「結局あなたは、祖父の背中をちゃんと見ていなかったんですよ。常に事件を追い求めた真実の探究者。結果として多くの功績《こうせき》をのこした偉大な傑物《けつぶつ》。彼の精神を真に受け継いだ人間なら、認めたくない真実から逃げて、その名を穢《けが》すような真似は絶対しない。あなたは孫娘という立場に溺れ、彼に甘やかされて育っただけだ」

「……甘やかされたことなんて、一度もないよ」

「分かり切った嘘は止めてください。自分の冒険譚を嬉々としてあなたに話して聞かせるくらいにあなたを愛していた。孫の頼みなら何でも聞いて、口を開けば『お前は立派な探偵になれる』だ。誰からも尊敬される人間に認められ、真っ当で偉大な道を生まれる前から用意されている。あなたは現実というものをまったく知らず、シャーロック・ホームズに煽《おだ》てられるままに育ってきた。違いますか？」

その声音には、どこか卑屈な感情が見え隠れしていた。

「自信過剰で、自分の能力すら客観的に見れていない。シャーロック・ホームズの陰に隠れ、現実を見ることもなく、好き勝手に自分のご高説を垂れていればそれでいい。そうやって祖父に縋り付いているからあなたは――」

「ワトスン」

ホームズは静かに言った。

「孫の頼みなら何でも聞く。そんな優しい人が、サセックスの田舎で、一人好んで隠居生活なんて送ると思う？」

「……なんですって？」

ホームズは無表情だった。

まるで感情が削《そ》ぎ落とされたような、今まで見せたことがない表情で、ホームズは訥々《とつとつ》と語り始めた。

「昔ね。お父様に無理言って、おじいちゃんの家に遊びに行ったことがあったんだ。おじいちゃんに会うのははじめてだった。本を読んで、おじいちゃんが経験した冒険の数々を知ったわたしは、今から小説の主人公に会いに行くんだって思って、すごくドキドキした。……でも、おじいちゃんはわたしがいても、めんどくさそうな顔するだけだった。今日はたまたまきげんが悪かったんだって、わたしは勝手に納得した。……その夜にね。わたし、寝つけなくて。水でも飲もうと思って部屋から出たの。そしたら、おじいちゃんの書斎から明かりが見えて。ドアも、ちょっとだけ開いてて。わたし、気になって、覗いたの。そしたら、お父様とおじいちゃんが言い争ってて……」

ホームズは、まざまざとその時の様子を思い出していた。

開いたドア。零れるランプの光。そっと中を覗くと、普段とは別人のように怒った父と、祖父がいた。

『あの子の夢がなにか分かるか？　探偵だよ。よりによって、あんな呪われた仕事につきたいらしい』

『呪われたとは随分な言い草だな』

『不足なくらいだ。家庭を潰し、こんな場所に引っこんで、孫に笑顔一つ見せもしない。そんな男の生涯の仕事だからな』

『孫には笑顔を見せなきゃいけないなんていう法律は、なかったと思うがね』

『……あなた相手には愚問だったようだ。これ以上文句は言わない。養蜂《ようほう》でもやって、好きに生きればいい。だが、あなたにはまだやってもらいたいことが一つだけ残っている』

『なんだね、それは』

『あの子の夢を諦めさせて欲しい』

シャーロックは黙った。

『やり方はなんでもいい。できれば傷つかない方向でお願いしたいが、もしそうなっても私がケアする。探偵なんかになって不幸な道を歩くよりはよっぽどマシだ。……あの子を正しい道に戻せるのは、憧れの存在であるあなたしかいない。親としての情が一欠片でもあるのなら、息子である私の、最初で最後の望みを叶えて欲しい』

シャーロックは話を聞いていないかのように横を向いた。

そこには、輝くように磨かれたマホガニーの机があった。

『……こちらの望みは蹴っておいて頼み事とは、随分と虫が良いな』

『なに？』

『言ったはずだ。僕の事務所を継げる人間がいるとするなら、それはお前だと。それを開口一番に蹴ったのはどこの誰だ？』

『私の話などしていない!!　リディアの話をしている!!　あなたはリディアをなんとも思っていないのか！』

『ああ』

シャーロックは静かに言った。

『あの子と話をして分かった。あの子には才能がない。探偵なんかになったら、いつか大きな過《あやま》ちを犯すだろう』

感慨もなく、彼はその言葉を呟いた。

『そんな子に興味はない』

それはホームズにとって、なによりも心に響いた言葉だった。

『……もういい。あなたと話すことは、本当に何もないようだ』

その時、突然エドウィンが部屋を出ようとしたので、ホームズは咄嗟に隠れることができなかった。

『……リディア？』

ホームズはそこから逃げた。その時ちらと見えたシャーロックの顔には、何の感情も映ってはいなかった。

ワトスンは愕然として、何も喋れないでいた。

「ワトスン、さっき言ったよね。どうせその才能は、名探偵のお墨付きなんだろって。そうだよ。その通り。でもそれは、才能がないっていうお墨付き」

そう言って、彼女は自虐的に笑った。

「じゃあどうしてあなたは、それでも探偵になろうと思ったんです。この世で一番の探偵から、その才能がないと言われたのにどうして！」

ワトスンの声は悲痛に満ちていた。

シャーロック・ホームズの言葉がどれほど重いものか。ワトスンはそれを知っていたのだ。

沈黙が、しばらく二人を包み込んだ。

「……わかんない。でも、わたしにとっておじいちゃんは、やっぱり特別で。探偵になる夢も、わたしにとっては……」

そう。

ホームズにとって、探偵というのは特別なものだった。

名声が手に入るからではない。その才能を周囲に認められ、功績があげられるからでもない。

ホームズは、シャーロック・ホームズの物語を読んで、魅せられていたのだ。

探偵や、その助手が繰り広げる冒険譚。あるいはそれ以上に、依頼人達の言葉の数々に。

ホームズはお嬢様だ。何不自由なく暮らしていけるし、ちょっと我が儘を言えば何でも買ってもらえた。親からの愛情だって、申し分なく注がれた。

しかしその代わり、ホームズはいつも籠《ケージ》の中の小鳥だった。

社交界では愛想を強要され、家では家庭教師《ガヴァネス》からみっちり勉強させられる。外に出てもそれは変わらない。友達と接する時も、そこにリディアはなく、エドウィン・ホームズの御息女がいるだけだ。後々良い縁談をもらうためには日頃から張りつめた意識を持ち続ける必要があり、知り合えた友達ともまるで粗探しをしているような関係ばかり。一度《ひとたび》悪い噂が流れれば、そういう人間だというレッテルを貼られる人生。

しかしそれも、衣食住に困らない人生と引き換えに得たのだと考えれば割り切ることはできた。どんな人生にも嫌なことと良いことがある。ホームズは自分にそう言い聞かせて育ってきた。しかし……

『あ、マーガレットさん。忙しそうだったから、これわたしが洗っといたよ』

『なんてことを！　お嬢様はそんなことをしちゃいけません！　これは使用人の仕事です。いいですか？　よそに嫁いだ先でこんなことしちゃ絶対だめですよ！』

『あの、これ落としたよ。このお人形、腕のところ取れそうになってるから、気を付けてね』

『あ、ありが――』

『こら！　お嬢様になんてもの押し付けるの！　申し訳ありません。この子まだ何も知らなくて。よく叱っておきますから』

わたしはずっと誰かに助けてもらって生きてきた。でもわたしは、そんな人達に何もできない。

わたしにできることってなんだろう。わたしにしかできないことって、なんなんだろう。

わたしには何の才能もない。勉強も、運動も、ましてや探偵の才能も。そんなわたしに、一体どんな価値があるんだろう。

列車の中で手紙泥棒を助けた時、ワトスンは馬鹿だと言って怒った。きっとその通りなのだ。誰かに頼って生きていくことしかできないのに、誰かに頼られて生きたいと思っているわたしは、とんでもない大馬鹿者だ。

それでも望んでしまう些細なこと。名声なんてなくても、普通の人が普通に生きていればきっとできる、本当に些細《ささい》なこと。

けれどもホームズにとってそれは、シャーロック・ホームズの物語の中にしかないものだった。

ホームズはただ、『ありがとう』と、誰かに言われたかっただけなのだ。

ホームズは、いつの間にか目に溜まっていた涙を落とすまいとしながら、叫んだ。

「わたしは！　おじいちゃんに縛られて探偵になったんじゃない！　わたしはわたしがやりたくて探偵になったの！　おじいちゃんに否定されても関係ない！　おじいちゃんの孫であることだって、どうでもいい！　たとえ才能がなくても、誰にも理解されなくても、それでもわたしは、自分の意志で前を向いて、歩いて行くって決めたの!!　誰かのために役に立つって、そう決めたの!!」

ホームズはずっと一生懸命だった。

時にはその場の空気を読めずに空回りしたり、うまくやろうと思うあまりパニックになって暴走してしまったりもしていたが、彼女はその小さな身体で、懸命に自分にできることを探していた。不遜《ふそん》な態度を取ることで、懸命に、この世で一番重いシャーロック・ホームズの言葉に抗《あらが》っていた。

ホームズは、両手を使って、とめどなく溢れてくる涙を拭った。

ワトスンは顔を歪ませ、そんな彼女から目を逸らした。

「……あなたに立派な志があることは分かりました。しかしだからと言って、僕までそれに巻き込まないで欲しい」

ホームズは、赤く腫れた目でワトスンを見つめた。

「僕はあなたのような人間じゃない。シャーリーさんなんてどうでもいい。赤の他人がどうなろうと、知ったことじゃないんです。僕はそういう人間で、今までもそうやって生きてきた。何人もの人間を蹴落としてきた。……だからあなたも、僕に何かを期待するようなことは——」

「わたし、うそつかなかったよ」

ホームズは唐突に言った。

「自分の正直な気持ちを、ワトスンに言ったよ」

「……だからなんですか」

「だからワトスンも、うそつかないでよ」

ワトスンは、一瞬だけ黙った。

「僕がいつ嘘をつきました」

「シャーリーのことなんてなんとも思ってないとか、

赤の他人がどうなろうと知ったことじゃないとか。そんなうそ、つかないでよ」

「……嘘じゃない」

「うそ」

「違う！」

「うそだよ‼」

「何故あなたにそんなことが分かる！」

「ずっと見てたから‼」

ワトスンは思わず息を飲んだ。

「ワトスンのこと、ずっと見てたから。まだ会って数日しか経ってないし、いじわるばっかり言うし、むかつくし、どっか行けばいいのにって思うこともあるけど。それでも、本当はやさしい人だってことくらい、わかるもん」

列車の中で、シャーリーが暗い雰囲気にしてしまったと悔やんでいる時に、自然と場を明るくしたのは彼だった。何の見返りもないのに自分の捜査に付き合ってくれて、嫌味を言いながらも助言してくれたのは彼だった。離れが爆発した時も咄嗟に庇ってくれたし、ホームズやイージスを気遣って、シャーリーが犯人かもしれないということも言おうとしなかった。

「わたしにおじいちゃんみたいな才能はないかもしれない。でも、わたしだって誰かを助けたい。苦しんでる人のために、真実を導き出して、その苦しみを和らげてあげたい。わたし一人じゃ無理かもしれないけど、それでもワトスンとなら……」

ホームズは、それきり黙り込んだ。

十秒、二十秒と、静寂の時間が延びていく。

ワトスンはその間、ずっと無表情だった。

彼は口を開いた。

「……あなたが選ぼうとしている道は、真実に刃向《はむ》かういばらの道です。それでも進むというのですか？」

ホームズは、神妙にワトスンを見つめ、強く頷いた。

その威厳は、シャーロック・ホームズには劣るかもしれない。けれどそこには、自分の意志で現実と立ち向かう、勇気ある顧問探偵の姿が確かにあった。

◇◇◇

「安心してください。誰もあなたにそんなことを期待してませんから」

「実はまったく犯人が分からないのよね」

ホームズは真面目くさった顔で顎に手をやった。

「とまあ、意気込んだところまでは良いとして」

ホームズは、拳を作ってぶるぶると震わせることしかできなかった。

「とりあえず、あなたはここで少し待っていてください。イージスさんを見つけたらすぐに合流します」

「イージス？　なんで？」

「少し、調べてもらいたいことがあるんです」

イージスは、ちょうど屋敷をあとにしようとしているところだった。

「イージスさん！」

「あれ？　ジェームズさんじゃないですか。どうかしたんですか？」

きょとんとしているイージスに追いつくと、ワトスンは決心するようにして言った。

「シャーリーさんの無実を証明しようと思う。協力してください」

しばらくの間、イージスはぽかんとしていた。

しかしすぐに笑みを浮かべ、さも当然のように言った。

「遅いですよ」

「……は？」

「僕はとっくにそのつもりでしたよ。これから叔父さんのところに行って、色々と情報収集しようとしていたんです」

ワトスンは、思わず額を押さえた。

「まったく。どいつもこいつも……」

色々と言いたいことはあったが、ワトスンはひとまずそれを置いておくことにした。

「それで、検死審問の時間などは？」

「今日の十六時には執り行うようです。地元の有力者も大勢やって来るらしいので、下手なことを言ってしまうと……」

貴族にとって、世間体というのは非常に大切なものだ。たとえ後々無実だと分かっても、殺人者であることを告白してしまえば拭えない禍根を残してしまうだろう。

「それはレモンド警部が指揮を取っているんですか？」

「ええ。シャーリーさんを捕まえたのは彼ですからね」

「なるほど……。ではイージスさん。いくつか頼まれてくれませんか？」

「？　ええ。別にかまいませんが」

ワトスンは、二、三の頼み事を伝えた。

「……それは、何か意味があるんですよね」

「まだ仮説の段階ですがね。あともう一つ。このことは内密にお願いします」

「え？　何故ですか？」

ワトスンは不敵な笑みを浮かべて言った。

「チェックを掛けるには、いくつもの伏線を張るのが常識ですよ」

◇◇◇

「え⁉　今日の十六時⁉」

ホームズの驚愕の声を聞きながら、ワトスンは頷いた。

「だからどうにか夕方までに真犯人を見つけ、検死審問に間に合わせなくてはなりません」

ホームズは時計を見た。

すでに十時を回っている。

「無茶だよ、そんなの！」

「無茶でもやるしかないんです」

「……でも、犯人だってわからないのに」

「そうなんですか？」

「え？」

「僕達は今、シャーリーさんが犯人ではないという前提で捜査を進めようとしています。それを考慮すれば、答えは自ずと分かりますよ」

「……えっと、どういうこと？」

「シャーリーさんをスケープゴートにした犯人の動機は何か、ということです」

「そりゃ、自分以外の人を犯人にしちゃえば捕まらないんだから……」

「シャーリーさんでなくても犯行をなすりつけることはできたはずです。それでも彼女を標的にしたのは、そこに犯人にとって大きなメリットがあるからです」

メリット……。そこまで考えて、ホームズはようやく思いついた。

「あ、そうか！　遺産だ‼」

「そうです。長兄であるジョージが死に、当主が逮捕されることになれば、残った親族が財産を管理しなければならない。事実上の後継者というわけです」

じゃあ今回の事件の真犯人は……。

ホームズがちょうどその人物の名前を口にしようとした時だった。

「十六時ですか。思ったより早いな」

後ろから声がして、ホームズははっと振り向いた。そこではフェイが、笑みを浮かべて立っていた。

「残念ですね。シャーリーさんには、一言礼を言っておきたかったんですが」

ワトスンはフェイを睨んだ。

「ずいぶんとうまくやりましたね」

「さて。なんのことでしょうか」

フェイは、ホームズの方を見向きもしない。彼の視線が捉えているのは、ワトスンただ一人である。

「シャーリーさんが犯人で、兄さんは死んだ。遺産の相続人は、必然的に僕になる。しかしまさか、そんな結果だけを持ち出して、僕が犯人だと喚きたてるつもりではないでしょうね」

ホームズは怒りと共に一歩踏み出し、しかしワトスンに止められた。

「僕をアリバイに利用するとは、ずいぶんと肝の据わった人だ」

ワトスンは、一歩二歩と前に進み、フェイと相対した。

お互い、一瞬たりとも目を逸らさない。

フェイは不敵な笑みを湛《たた》え、ワトスンは冷たく睨んでいる。

「さて、なんのことでしょう。けれどもしこの事件を覆《くつがえ》そうとお考えなら、止めたほうがいい。こうなっては、シャーロック・ホームズでもそんなことは不可能ですよ」

ワトスンは頬を緩めた。

「随分と大きく出ましたね。しかし、僕に目をつけられたのが運の尽《つ》き。あなたが仕掛けた真実を歪めるトリック。全て暴き出して差し上げますよ」

「それ、わたしのセリフ！　わたしのセリフ！」

口を塞ごうとぴょんぴょん飛び跳ねてくるホームズを無視し、ワトスンは背を向けてその場を後にした。

慌ててそれについて行くホームズとワトスンを、フェイはじっと見つめていた。

◇◇◇

ホームズは、今まで以上に尊大な様子で腕を組み、離れの焼け跡近くに立っていた。

「ではワトスン！　早速捜査開始といきますか!!」

「あなたが仕切らないでください。正直言って鬱陶しいです」

「正直に言い過ぎ！」

ホームズは仕切りなおすように咳払いした。

「さあ、ここからが本番だよ！　夕方までになんとかしてフェイのアリバイトリックを見破らないと！」

ホームズはそう息巻くと、すちゃっと虫眼鏡を取り出して、所構わず調べ始めた。

「あなたはもう少し頭を使うことを学んだ方がよさそうですね」

ホームズは怒りを原動力に、飛ぶように立ち上がった。

「手がかりがないんだから、こうして地道に探すしかないでしょ！」

　ワトスンは、ぎゃーぎゃーと喚くホームズを小鳥の囀《さえず》り程度にしか考えていないらしく、悠然とパイプを咥《くわ》えている。

「それにワトスン、さっきから悠長《ゆうちょう》にし過ぎ！　パイプ咥えてる暇があったら何か手がかり探そうよ！」

　ホームズは見るからに焦っていた。さっきから懐中時計をちらちらと窺って落ち着かない。

「ホームズ。今は冷静に事件を見つめる時です。そんな浮ついた思考で、警察を騙したトリックなんて突き止められやしませんよ」

　反論しようと口を開く。しかし自分でも思うところがあったのか、何も言わず、神妙な顔で俯いた。

「……そうだよね。うん。ちょっと冷静になる」

　ホームズはこめかみに指を突き立てるようにして、冷静に、冷静に、と呪文のように唱え始めた。

　そんな彼女を冷ややかな視線で見つめていたワトスンは、見かねたように口を開いた。

「少し、状況を整理しましょうか」

　ホームズはぴたりと呪文を止め、ワトスンの方を振り向いた。

「この離れは森とバラ園に囲まれた場所で、バラ園を誰かが通った跡はありませんでした。クマが潜む森を通ることは不可能で、川は離れの側を通ってはいるものの、どちらの方面も森へと続いている。離れへと向かう道は事実上バラ園のアーチのみで、目撃証言によると、そこを通ったのはあなたとシャーリーさんしかいない。警察がシャーリーさんを捕まえたのは、その事実に加えてあの炎上騒ぎがあったから。順当に考えて、勝手に火が点いたというシャーリーさんの主張はあまりに馬鹿げている。自分で火を点けたのを誤魔化すための嘘と考えられても仕方ないでしょう」

　そう。普通なら、シャーリーが嘘をついたと考えた方が、収まりがいいのだ。

「でも、実際は違うんだよね？」

ホームズは急に心配になって思わず聞いた。

「それを証明するのが僕達の仕事では？」

「そ、そうか。そうだよね！　よし!!　絶対証明するぞー!!」

「やる気充分なところ申し訳ありませんが、この方法はだいたい想像できます」

全身をバネに拳を突き上げようとしていたホームズは、思わずがくりとこけそうになった。

「ど、どんな方法!?」

「それを説明するのは、この辺りを調べてからにしましょう」


二人は調査を開始した。

既に犯人が逮捕されていることから、現場はテープも張られていない。捜査された跡こそあったが、ほとんど事件発生直後と同じ状況だ。

しばらく茂みを漁《あさ》っていたホームズだったが、何の進展もないことに早くもじりじりし始めていた。

「ねぇ、ワトスン。本当にこんなことしてていいの……って、あれ？」

ホームズが振り向くと、ワトスンは影も形も見当たらなかった。

迷子になった子供よろしく、どこ行ったー、ワトスーンと半ば泣きそうになりながら叫び続けていたホームズは、ようやく涸れかかった川の中で調べものをしているワトスンに気付き、慌てて降りて行った。

「まったく。いい年して迷子にならないでよ！」

「それはこっちのセリフです」

ワトスンはホームズに見向きもせず、川岸の斜面をじっと観察していた。

「……なに調べてるの？」

ホームズが覗き込もうとした時、突然ワトスンが立ち上がったので、ホームズの顎に彼の頭が直撃した。「ほぐっ！」といううめき声と共に、ホームズは川の中へとダイブする。

「見てください、ホームズ」

「……その前にわたしを見ろ。なにか言うことがあるでしょ」

きょとんとして、水浸しになったホームズを見つめている。

ワトスンには、特に言うことなど何もなかったらしい。

この意固地《いこじ》な相棒から謝罪の言葉を引き出す努力は無駄だと悟り始めていたホームズは、文字通り遺《い》恨《こん》を川で流し、渋々ワトスンの指差す場所を覗きこんだ。

よくよく見ると、斜面の小さなくぼみに、黒い粉のようなものが付着していた。

「なにこれ？」

「あの辺りは風が強かった。そうですよね？」

ホームズの疑問には答えず、ワトスンはたずねた。

「うん。シャーリーのお父さんも、丘の風に当たりながら仕事がしたくて、あそこに書斎を作ったらしいから」

「死体を発見した時はドアも窓も閉まっていた」

「うん」


「中は暖炉の火が燃えていて、その辺りには本が散らばり、床は埃でいっぱいだった」

「そうだよ。でもそれがなに？」

ワトスンは満足そうにパイプをふかしながら言った。

「おそらく、その火が発火装置だったんです。死体を爆弾に見立てたね」

「し、死体が爆弾⁉　なにそれ！　政府が編み出した新兵器⁉」

「あなたは馬鹿ですか？」

ホームズは間髪容れずに殴りかかったが、ワトスンはひょいとよけてしまった。

「あんたがそう言ったんでしょ！」

「ただの比喩《ひゆ》表現ですよ。言葉を読むこともできないから馬鹿だと言うんです」

二発目の拳も、ワトスンは軽くよけてしまった。

「方法は至って簡単。死体のポケットにでも、あるものを詰めておけばそれで完了です」

「あるもの？」

とうとう殴るのを諦めたホームズは、素直に質問した。

ワトスンは、ぱらぱらと指で摘んだ粉を落としてみせた。それは、風に運ばれて川の中へと舞い落ちて行く。

「この可燃性の高い黒い粉末。……火薬ですよ」

ホームズは、あっと大声をあげた。

「フェイはどういう方法でか、ジョージを殺害し、あの場所に放置した。その際に火薬をいくつかのポケットに含ませておいて、ドアを閉めたんです。密閉された離れの中では、当然粉はそのまま。しかし、そこへ第三者が現れ、ドアを開ければ。徐々に吹き込む風が粉末を奥へ奥へと運び、やがては暖炉の火の中へ。燃えた火薬は、そのまま近くに転がっていた本や残りの粉に飛び火し、離れが炎上するという仕掛けです。シャーリーさんが見たという、断続的に光ったものの正体は、おそらく少量の火薬が暖炉に舞って燃焼した瞬間だったのでしょう」

「なるほど！　……ん？　でもそれ、けっこうばれる可能性高くない？　黒い粉末なんて、見たらすぐに分かるだろうし」

「床には埃が溜まっていたんでしょう？　いい具合にカモフラージュになったと思いますよ。犯人からすれば、死体発見者に少しでも疑われるような事態は避けたかったはずです。ある程度気密性の高い場所に火薬を仕込めば、ドアを開けてすぐに仕掛けが作動することはない。突然死体を発見した人間の心理を考えれば、一度確認した死体をずっと観察している人間は稀です」

「なるほど……」

ホームズはうんうんと頷いた。

「きっとそれだよ！　これでシャーリーを助けられる!!」

「待ってください」

ホームズが駆け出そうとするのを、ワトスンがコートの後ろ襟《えり》を摑んで引き止めた。

ぎゅっとしまったそれに、思わずぐえっと声を出して悶絶するホームズを無視して、ワトスンはパイプをふかす。

「話はまだ半分です」

だったら最初からそう言え。

ホームズは締まった気管を押さえながら、心の中で毒づいた。

「これなら確かに、離れを炎上させた犯人がシャーリーさんでない可能性を提示できる。しかしそもそも、犯人がどうやってジョージを殺害したのか、その証明ができていないのでは無意味です。ジョージを殺す理由があり、かつそれが可能だった人間は、未だにシャーリーさんただ一人ですからね」

「で、でも！　シャーリーが犯人なら、ジョージを殺してそれから火を点けたってことでしょ⁉　わざわざ火薬なんか使って火を点ける理由がないじゃない！　ほら、普通ならガソリンとかを使うだろうし！」

「ガソリンよりも容易に入手できるのが火薬だった、と言われれば反論できませんよ。つい最近行われたお祭りをお忘れですか？」

「お祭り？」

ホームズは天を仰ぎ、小さな脳みそから記憶のアウトプットを急いだ。

「あ！　そうか‼　ガイ・フォークス・ナイト‼」

「その通りです。ジェームズ一世を暗殺しようとしたテロリスト、ガイ・フォークスがその暗殺に失敗した日。あなたもご存じの通り、この日はそれを祝して、昼間から花火を打ち上げる風習があります。広大な土地を持つマクレーン家だ。さぞ大量の花火を買い込んでいたことでしょう。聞いたところでは、その時に余った花火は倉庫に保管されているそうです。そのうちの一つがなくなっていたとしても、誰も気づかないでしょうね」

確かにそれなら、マクレーン家に出入りできた人間誰もが簡単に火薬を入手できる。

しかしそれは同時に、シャーリーにも犯行が可能であることまで示してしまうものだった。

「うむむ〜……」

その場にいなくとも火を点ける方法は分かった。

しかし肝心のアリバイトリックが分からなければシャーリーの無実は証明できない。

ワトスンは懐中時計を取り出した。

時間は既に昼時。検死審問でシャーリーが犯行を自白するまで、もうあまり余裕はない。

本来なら昼食の時間であり、何に代えても食卓につくワトスンだったが、今回は何も言わなかった。

「はっ！　アリバイトリックがわかったぞ!!」

ホームズは突然そう叫ぶと、ずいとワトスンに近づき、人差し指をぴんと空に向かって立ててみせた。

「あの離れを燃やしたのは、きっとなんらかの証拠が残るからだと思うのね」

「ほう。あなたにしてはなかなかの推察です」

「でしょ!?　それで考えたんだけど……、あの離れ、実は動かせるのよ」

「……は？」

「汽車みたいな車輪があって、ちょうど川に沿って移動できるの！　だからジョージを殺したのは、本当は屋敷の近くだったのよ！　そこまで離れを移動させて、その中で殺し、いつもの場所に移動させた。これならどう!?」

ワトスンはあきれてものも言えなかった。

「よくそんな突飛《とっぴ》なトリックを思いつきますね」

「えへへ。そんなにすごい？」

ホームズは照れていた。

「ええ。あまりの馬鹿さ加減に言葉もないほどです」

ホームズはワトスンを狙ってオーバーヘッドキックをお見舞いしようとしたが、勢い余って地面に転がってしまった。

「離れを装える汽車を人知れず製造し、それが今今まで誰にも気づかれなかったというのはあまりに無理がある。一万歩譲ってそれが可能だったとしても、川の斜面に火薬が落ちていた状況証拠と一致しませんし、さらに一万歩譲って何らかのトラブルで火薬が零れてしまったのだとしても、そもそもそんな大掛かりなものが移動すればその跡がくっきりと残るはずです。さすがにそれを見逃すほど警察は馬鹿ではありません」

ホームズは、泥で汚れた顔をがっくりと俯かせた。

「しかし、着眼点は良いと思いますよ」

「え、ほんと?」

光が反射する水晶玉のように、きらりとホームズの顔に笑顔が戻った。

「ええ。今回の炎上トリックは、ちょっとした不運で失敗に終わる可能性があった。そうなれば、確実に警察はアリバイを持つ人間を疑うようになる。それでも尚この犯行を実行に移したのは、シャーリーさんに罪を着せるためだけでなく、彼にとってこれは念をいれた清掃作業だったからです。おそらく、確実に証拠を残さずに犯行を終える自信がなかったのでしょう」

「……つまり、何らかの自動装置でジョージを殺したっていうこと?」

「そういう類のものである可能性が高いというだけです。変則的ながら、これは密室殺人。たとえ共犯者がいたとしても犯行は不可能です。となれば、何らかの装置を使った可能性は考慮しなければならないでしょうね」

ワトスンはそれきり黙ってしまった。

一分二分と経っても動かないワトスンを窺っていたホームズは、だんだん決まりが悪くなって、何をするでもなく砂をいじっていた。

「本当だったんですかね」

ふいに、ワトスンが呟いた。

「え?」

「ジョージさんが、歩く死体騒動を作り出したという話ですよ。あれは本当だったんでしょうか」

「……どういうこと?」

「結局僕たちは、その証拠を手に入れてはいないということです。もしかしたら……」

「フェイが、何らかのトリックを使ってやってたってこと?」

「予行演習、と言った方がいいかもしれませんね」

ワトスンは、すっと川を指差した。

「もしも何らかの方法で、川を通って死体を離れまで移動させることができるなら。フェイのアリバイは崩れ去ります」

「た、確かに！　それだよ！　それしかない!!　……はっ！　わかった！　川を水でいっぱいにしたんだよ！　川はゆるやかな傾斜になってて、死体はゆっくり流れて離れまで……」

「離れの中に死体を運ぶ方法がありませんし、そんな大量の水を川に流し込むというのも現実味に欠けます」

「うーん……、あ！　じゃあ川の中に滑車かなにかを――」

「不可能です。これだけ長い距離を運ぶ滑車を個人で用意できるとは思えませんし、離れの中まで死体を運べる人為《じんい》的装置があるとは思えません」

ホームズは腕を組んで考え始める。

しかし十分もしたところで、にゃああと叫びながら髪をぐしゃぐしゃと掻き回しながら悶絶した。

「せっかく川で犯行があったことがわかったのに、そこからがぜんぜん思いつかない！　フェイはどんなトリックを使ったのよ!!」

「だから言ったじゃありませんか。いばらの道だと」

ちらとワトスンがバラ園の方を見ると、クロードが立っていた。意味深にこくりと頷くと、そのまま何も言わずに帰って行く。

「……ホームズ」

うんうんうなっているホームズに、ワトスンは言った。

「役割分担といきましょう」

ホームズはワトスンを見た。

「この事件を解決するには犯人を特定するのはもちろんですが、シャーリーさんに証言を取り下げてもらわなければなりません。自分が犯人ではないと証言してもらわなければ、犯人を告発することができないんです。おそらく僕には、あの人の意志を変えることはできないでしょう。それができるのはおそらく……」

ごにょごにょと、ワトスンは口を動かしたが、ホームズにはよく聞こえなかった。

「なに？　なんて言ったの？」

ワトスンは無言でホームズの頬をつねった。

「いだだだ!!　なんでつねるのよ!!」

「人の話をちゃんと聞かないからです」

「だって聞こえなかったんだもん!!」

ホームズは涙目で頬を擦っていた。

「……あなたしかいない」

ホームズは、思わずワトスンを振り返った。

「そう思っていると言ったんです」

その顔は、横を向いているためよく見えない。

もしかして、照れているのだろうか。

そう思うと、ホームズは自然と笑みが零れてきた。

「ワトスンもかわいいとこあるじゃん」

ワトスンは、今度は両手でホームズの頬を引っ張った。

頬を両手で押さえて蹲《うずくま》っているホームズに、ワトスンは言った。

「僕が必ず犯人のトリックを暴く。だからあなたは、シャーリーさんの意志を変える方法を考えてください。シャーリーさんのために、その力を全て注ぐことを約束してください」

ワトスンは逡巡《しゅんじゅん》するように口籠りながらも、言った。

「……お願いします。僕は彼女を、シャーリーさんを、救いたいんです」

ホームズは、じっとワトスンの瞳を覗いた。

そこにある決意を見て、ホームズはにっと笑い、腕を突き出した。

「証明しよ」

怪訝に思うワトスンにも構わず、ホームズは言った。

「ホームズとワトスン。二人のコンビは、いつだって世界一だってことをね！」

ワトスンはしばらくぽかんとしていたが、やがてそっぽを向きながらも、拳を突き合わせた。

拳と拳がぶつかる、乾いた音が辺りに響いた。

◇◇◇

フェイは屋敷の外へ出ていた。

やわらかそうな芝生が広がり、時折そよいでくる風が心地よい。

フェイは森に視線を向けた。木の葉が擦れ合い、まるで獲物を引き寄せようとするように音をたてている。

「こんにちは」

フェイが振り向くと、そこにはワトスンがいた。

「なにか用ですか？」

「いえね。少しチェスでもと思いまして」

ワトスンは、顔に笑みを張り付け、悠然と立っている。

「……以前とは逆の立場になりましたね」

フェイは迷うように視線を彷徨《さまよ》わせた。

「チェスが強いのは計画的思考の強さの証。悪党の第一条件ですね」

「なんです？」

「いえね。唐突に思い出したものですから」

ワトスンはそう言ってくっくと笑った。

「もちろんゲームだけのつもりはありません。ビジネスですよ。次期当主となるであろうあなたとね」

その言葉は、少なからずフェイを反応させた。

値踏《ねぶ》みするようにじっとワトスンを見つめ、それから懐中時計に目を向ける。検死審問まで、まだたっぷりと時間があった。

「……いいでしょう。僕としても、ツテは大事にしたいのでね」

◇◇◇

二人は互いに向き合い、チェス盤に駒を並べていた。

「あのお嬢様はどうしたんです？」

「ああ、彼女ですか。お気になさらず。事件の本質も見えず、屋敷の中を駆けずり回っていますよ」

フェイは思わず笑った。

「離れで事件が起きたのに？」

「ええ。僕がそう仕向けました」

フェイは、途端に鋭い眼差しをワトスンに向けた。

「以前あなたは、僕を実利的な考え方の男だと指摘しましたね。まさしくその通りですよ。他人がどうなろうが構わない。僕にとって大事なのは、マクレーン家が所有するこの広大な土地です。もっとも、この土地に固執する人間はいなくなってしまいましたがね」

そう言って、ワトスンは含むように笑う。

そんな様子を、フェイはまじまじと見つめていた。

「……もしやとは思いますが、あなたはこの屋敷で何が起こるのか、最初から分かっていたんですか？」

「さて、どうでしょうね」

駒を並べ終え、二人は早速ゲームを開始した。

センターを中心に繰り広げられる息もつかせぬ攻防は、まるでブザー音のないブリッツゲームだ。

二人は無言で駒を動かしていく。

フェイの布陣は、以前とは違い、勝利への貪欲さをむき出しにしたものだった。

「あなたはどう考えているのですか？」

ワトスンが素早くポーンを動かす。

開かれた道は、クィーンが前線に参戦するためのものだ。

フェイは巧みにその道をふさぐ。

「なにがです？」

「僕のビジネスに乗るかどうか、です」

ワトスンはパイプを咥えた。

フェイはルークを前線に投入した。防御がおろそかになるが、ここは仕方ない。現状の改善よりも後の情勢だ。

「土地の十分の一を二千ポンドで。さらにそこから収益の十パーセントがあなたの懐に入ってきます」

「……どのような事業なのかも聞いていない」

「軍需産業ですよ。以前の大戦で、英国は深刻な軍備不足を痛感した。同じ轍《てつ》を踏むことだけは避けたい。そうでしょう？」

フェイは、戦時中の風景を思い出した。

廃墟と化した街並み。血と硝煙《しょうえん》の臭い。

そして何より、群衆たちの憎悪の顔。

「……あんな戦争が、そうそう起きるとは思えませんね」

「そうでしょうか。英国政府のやり方を見て、本当にそんなことが言えますか？　建て前だけの国際連盟。大英帝国の事実上の崩壊。三枚舌外交。不満や鬱憤が、どのような形で爆発するかは、あの大戦で経験済みではありませんか」

ワトスンはクィーンを動かした。

フェイはしばらく考え、ルークを囮に有利な局面を作る作戦に出た。

「……近隣住民が納得するとは思えない。ジェントリはただ土地を所有しているだけじゃないんだ。その土地に住む人々から金を得る代わりに、彼らの要望を最低限叶えてやる必要がある。簡単に土地を売ったり買ったりはできませんよ。ましてや軍需工場なんて……」

「最初はレジャー開発の場所として買い取ります。しかしそれからすぐに〝何者か〟が新たに土地を買い取ってしまい、大きな工場をたてることになる。近所の住人を黙らせる準備はできています。その辺りは抜かりありませんよ」

ワトスンはフェイの考えを見抜いたのか、ルークを取らずにクィーンをさらに前進させた。

フェイはその時、本能ともいえる鋭利な思考で一つの未来を予測した。

ルークを動かし、うまく逃げ場を遮断すればクィーンを刺せる。そんな未来を。

そうなれば、余力をなくした敵陣はなす術もないだろう。しかし、それを実行すれば自陣が若干ながら崩れることになる。それを機に一気に畳み掛けられてしまうかもしれない。

額に冷や汗が流れる。

フェイは直感していた。

この一手。判断を誤れば、自分は敗北する。

「フェイさん。あなたは永遠の意志を信じますか？」

フェイは思わず顔を上げた。

「……なんですって？」

「意志ですよ。思想と言ってもいい。この世には、世代を渡って残り続ける意志がある。そうは思いませんか?」

フェイは驚きのあまり何も答えられなかった。先程までのワトスンは、論理的で非常に現実的な考え方をする人間だった。しかし今ここにいる彼は違う。今まで話をしていたワトスンが消え、まったく別の何かがここにいるのではないかと思えるほど、その雰囲気は様変わりしていた。

「意志があれば。それを支える思想があれば。人は、永遠に生き続けることができる」

「……それは宗教か何かですか?」

「いいえ違います。この世の真実ですよ。優れた意志は人を支配し、最後には世界をも支配する。その時、人はようやく神になれる」

しばらく、沈黙が辺りを包んだ。

暖炉で燃える木々がパチパチと音をたてる。ごくりと、フェイは唾を飲み込んだ。

ワトスンは、その蛇のような冷たい目を細め、ゆっくりと言った。


「どうです? 乗るか、乗らないか」

フェイは慌てて目を逸らした。

ぞっとした。

あるはずもないのに、そこに人にはない何かを見てしまった。

まるで光を引き込む暗闇のような、得も知れぬ引力。

真夜中の海を眺めて、ふと衝動的に身を投じてしまいたくなる、あの感覚。

恐ろしいとフェイは思った。

この男の目を見ていると、吸い込まれそうになる。確かにそこにある闇に、飲まれそうになる。

直感した。この男は悪人だ。人を平気で蹴落とし、それでも笑っていられる、生まれながらの悪人なのだ。

自分などよりもよっぽど優れた……

フェイはその瞬間、自分の恥辱《ちじょく》に塗《ぬ》れた過去を思い出した。

将来を嘱望《しょくぼう》されていた自分が、不当な扱いを受け、逃げ出さなければならなかったあの屈辱。殺されかけた恐怖。侮辱された言葉の数々。

名前を騙《かた》り、一から築いていったサーカス団。あまりに地味で泥臭い努力の数々。

全ては金を得るために。生きるために。そして、社会を見返すために。

フェイは、ゆっくりと口を歪めた。

「それは脅しですか？」

ワトスンは黙った。

「いいや。そんなわけがない。何故なら僕とあなたは、まったく同じ立場にあるからだ。このチェスがその証拠。あなたは僕という人間を探るために、わざわざチェスを通して交渉を有利に進めようとしている。そうでしょう？」

フェイが顔を上げる。そこに先程のような弱気な彼はいない。

どこまでも挑戦的で、自信に溢れた若者の姿があった。

「あなたは僕の弱みを握れない。しかしそれは僕も同じだ。あなたと僕はイーブンの存在。だからこそ、交渉は互いに対等な立場で行うべきだ」

二人は、それからしばらくは無言だった。

フェイはチェス盤を睨みつけ、ワトスンはその様子をじっと見つめている。

言葉はなくとも、このチェスの勝敗が互いの優劣を決めるものだという共通認識が、自然と生まれていた。このゲームに勝った者が、相手の上に立つことができる。支配者だと、知らしめることができる。

フェイは意を決し、クィーンを取りに掛かった。先の先まで読み切った攻防で、とうとうフェイはクィーンを刺した。それでもフェイは止まらない。そのままの勢いで攻めに攻める。相手の陣は、たちどころに崩れていった。

「……チェックメイト」

とうとうフェイが、その言葉を口にした。

どっと椅子にもたれかかる。背中を流れる汗が、妙に心地よかった。

「三千ポンド。収益は十五パーセントです」

ワトスンは目を瞑った。

「いいでしょう」

彼の静かな声が、部屋の中に響き渡った。

◇◇◇

ホームズは考えた。

シャーリーが証言を覆す方法を。

今までにないくらい、考えに考えて考え抜いた。

そこで出た結論は……

「むり！」

そう。無理だ。

自分の言葉で彼女の意志を覆せるなら、逮捕されたあの時に証言を撤回したはずだ。

おそらくシャーリーは、真犯人に察しがついたのだ。そしてそれ故に、その犯人を庇ったのだ。

その理由はおそらく……。

「……うん。だったらもう、家族に頼るしかない」

家族。

彼女を説得するカギは、きっとそこにある。

しかしそうは言ったものの、具体的に何を探せばいいのか、どこを探せばいいのかは、皆目見当がつかない。

だったら、ホームズがやれることなどただ一つ。

「当たって砕けろ！」

そう。

自分にできることは、とにかくがむしゃらに頑張ることだ。

ホームズはばしんと自分の頬を叩くと、勇んで屋敷の中を駆けまわった。

ダイニング、談話室、植物園かと見紛う温室。シャーリーが特に出入りしていそうな場所は念入りに調べた。あるかどうかも分からない、シャーリーを説得できる何かを探して。

いくつもの場所を調べ尽くして、それでも何も見つからなかったホームズは、一縷《いちる》の望みをかけてシャーリーの部屋へと向かった。

ばんと乱暴にドアを開け、クロードの了承も得ずに、早速捜査を開始した。

ベッドの下を覗きこむ。引き出しは一番上の段まで、ぴょんぴょん飛び跳ねながら開け放つ。炭で黒ずんだ暖炉にも臆することなく入っていき、大きなカーペットもふんぬとめくり上げる。

ふとホームズは、シャーリーの書棚に視線を向け、ぴたりと止まった。

まじまじと見つめるその先には、祖父シャーロック・ホームズの本があった。長編である『緋色の研究』、『四つの署名』、『バスカヴィル家の犬』、『恐怖の谷』。それに短編集の『シャーロック・ホームズの回想』、『シャーロック・ホームズ最後の挨拶』。

「……あれ？　短編集、これだけ？」

シャーロック・ホームズシリーズは全部で九冊だ。なのに、書棚の中には六冊しかない。

『シャーロック・ホームズの冒険』、『シャーロック・ホームズの帰還《きかん》』。それに『シャーロック・ホームズの事件簿』。この三冊がないのである。

「……なんでだろ？　あのシャーリーが全シリーズ揃えてないなんてことはないだろうし……」

「買っておりませんよ」

クロードはこともなげにそう言った。

「え！　どうして⁉　あんなに好きなのに、三冊も買わないなんて」

クロードは怪訝な様子で首を傾げた。

「いえ。購入しておりませんのは、『シャーロック・ホームズの事件簿』だけでございます。なんでも、ウィリアム様が大のシャーロック・ホームズ嫌いだとかで、シャーリー様にも購入を控えるようにと強くお言いになったのでございます。シャーリー様からお聞きしたところ、どうにもそれがご結婚の条件だったとか」

そんなことを結婚の条件にするとは。よっぽどシャーロック・ホームズが嫌いだったのだろう。

「じゃああとの二冊は？」

「さあ。わたくしは存じ上げません。シャーリー様は、ウィリアム様とご結婚なさってからこれまで、シャーロック・ホームズの本を開くことは自粛《じしゅく》なさっていたようですから。ですがあのシャーリー様が、読まないからと言って、そう簡単に手放されるとは思えませんが……」

クロードは、ちょうど通りかかったシャノンを呼び寄せ、本のありかを知らないかたずねた。

「ああ、それならウィリアム様の寝室にあると思います」

それには、クロードもホームズもびっくりした。

「でも、ウィリアムさんはシャーロック・ホームズが嫌いだったんでしょ？」

「あたしもそう聞いてましたけど、ご病気の中わざわざ読みたいからと仰せになって、持って行かされ……もとい、行かせていただいたのです」

ホームズは疑問に思った。

ウィリアムは、シャーロック・ホームズを読まないことを条件に結婚するほど、シャーロック・ホームズが嫌いだった。なのに闘病生活の最中に、その本を二冊、持ってこさせていた。

「シャーリーはそれを探さなかったの？」

「あたしは何も聞いてません。シャーリー様からは、あの部屋はそのままにしておくようにと言われてましたし」

「きっと、ウィリアム様がいた証を消してしまうことが嫌だったんでございましょう」

ホームズは二人の会話を聞きながら、どことなくきな臭さを感じていた。シャーリーのシャーロック・ホームズ好きをウィリアムが知らなかったはずがない。なら、それを自分の部屋に持ってこさせたのは、その本を探させるためではないのか。

「ちょっと、ウィリアムさんの寝室を調べさせてもらっていい？」

クロードは一瞬躊躇したようだったが、すぐに頷いた。

「構いません。それで、シャーリー様の無実が証明されるなら」

ホームズはウィリアムの部屋に向かいながら、情報を整理した。

　ウィリアムからすれば、自分の死後のことまでは予想できなかったはずだ。つまりシャーリーが、『ウィリアムの部屋を元のままにしておく』命令を出し、『自分を偲《しの》んで、シャーロック・ホームズの本に一切触れなかった』ことは、想定外だったはずなのだ。

　ホームズは思い出していた。

『シャーロック・ホームズの冒険』と『シャーロック・ホームズの帰還』に収録されている、二つの物語。

　ジョージが語っていた、ウィリアムが書いていた手紙のこと。ウィリアムが死に際に、部屋を抜け出してどこに向かったのか。マッドが言っていた、末《まっ》期《ご》の際にウィリアムが走り書きしていたという子供のような落書き。

　そして、祖父であるシャーロック・ホームズと初めて会話を交わしたあの時の言葉。沈黙によってできる間が苦しくて、つい物語の中で疑問に思った個所を聞いてしまったのだ。しかし、答えてくれるはずがないという自分の考えに反して、シャーロックは前を見据えたまま言ったのだ。

『論拠《ろんきょ》をもたずに理論を構成しようとするのは、重大な過ちだ。事実に合う理論を生み出すのではなく、無意識のうちに理論に合わせて事実をねじ曲げるようになってしまう』

「ここがウィリアム様の寝室でございます」

　クロードに導かれ、ホームズは部屋に入った。

天蓋《てんがい》付きのベッド。真鍮のマントルピースが存在感を際立たせる暖炉。ベルベットのカーテンが窓を遮っているためうす暗いが、今でも人が使っているような清潔感があった。

　ホームズは迷わず書棚に向かい、例の二冊を探し当てた。その一冊に挟まれていた封筒を、さも当然のように取り出す。

「クロード」

　ホームズは言った。

「The game is afoot《獲物が飛び出したよ》」

◇◇◇

ワトスンは、ちょうど川に囲まれた北側の庭にいた。

歩く死体が目撃されたのも、だいたいこの辺りだったなと考えながら、川辺を歩く。

趣のある屋敷を見上げると、二階の窓は全て鎧戸《よろいど》が閉まっていた。

ワトスンはぴたりと止まり、しばらく考え事をするように佇んでいたが、すぐに屋敷へ戻った。

「君、ちょっと」

ワトスンが近くを通ったメイドを呼び止めた。

「少し聞きたいんだが、この北側の部屋は誰か使っているのかい？」

メイドはにこやかに首を振った。

「あそこは誰も使っておりません。大人数のお客様が来た時に仕方なく使うくらいですね。あそこって薄気味悪い森が見えて、窓からの景色もあまり良いものとは言えませんから」

ワトスンは顎に手を当てて視線を下げる。メイドは、そんなワトスンの様子を見てきょとんとしていた。

「では、二階の窓から外を覗くような人物は？」

「はあ。そんな人はよほど特殊なご事情のある人だけかと思われます」

「なるほど……。ありがとう。参考になったよ」

次にワトスンは、森の側までやって来た。

散歩をするような気軽さで歩いているが、視線は常に地面を向いている。ふと、何かの痕跡を見つける。ワトスンはしゃがみ込み、辺りを調べ始めた。

「ワトスン！」

その声に振り向くと、そこには泥だらけになったホームズがいた。

息を弾ませてはいるが、その瞳はきらきらと光っている。聞かずとも、ワトスンは全てを理解した。

懐中時計を取り出す。そろそろ検死審問が始まる時間だった。

「……僕との約束は覚えてますね？」

ホームズは神妙に頷いた。

「だいじょうぶ。絶対シャーリーを説得してみせるから」

ホームズはそれだけ言うと、全速力で駆けて行った。

［第六話］
相棒

シャーリーが勾留されているという小屋は、ひどく殺風景な芝生の上に建っていた。検死審問が始まるまでの間身柄を預かる一時的な場所で、元々自ら罪を告白したシャーリーだ。拘束も緩く、手錠の類もされていない。しかし小屋の前には二名の警察官が立ち、油断なく顔を引き締めている。その出で立ちは、未だ容疑者の一人であるはずの人間に対するものではなかった。

レモンドの配慮もあってか面会自体は許可されており、ホームズはいとも簡単に小屋へ入ることができた。

ドアを開けると、神妙な顔で椅子に座っているシャーリーと、隅に立ってじっと彼女を監視する警官がいた。

中にあるものは一組みのテーブルと椅子くらいで、他のものは一切置かれていない。

「もうあなたへの依頼は終わったはずです」

他人行儀な言い方で、彼女は言った。

しかしホームズは、それを聞いても感情を揺り動かされはしなかった。たとえ罵倒されようと、冷たくあしらわれようと、自分の意志と目的を変えるつもりはなかった。そんなことで傷ついたり、めげたりするような弱い意志で、この場にいるのではないのだ。

「……ううん。まだ終わってないよ」

ホームズは向かいの椅子に座った。

「屋敷に来た最初の夜に、約束したでしょ。ウィリアムさんがシャーリーのことを愛していたのかどうか、突き止めるって。今日はその依頼で来たの」

シャーリーは、正面に座っているホームズに目を向けず、ただ黙って前を見据えていた。

「解決したよ」

その言葉にも、シャーリーは反応しない。

ホームズは構わず、内ポケットから一つの封筒を取り出した。

「ウィリアムさんの寝室から見つけた。おじいちゃんの本に挟み込まれてたの。ウィリアムさんが死んでも、シャーリーがおじいちゃんの本を読まなかったから、今まで見つからなかったけど」

ホームズは、その封筒に入っていた紙をシャーリーに見えるように掲げた。

そこには、まるで子供の落書きのように、単純な図形でできた人間が描かれていた。踊るように身をくねらせる、いくつもの人形が。

「『踊る人形』。『シャーロック・ホームズの帰還』に出てくる、シャーロック・ホームズシリーズでも人気のお話だよね。踊ってるような人の形をアルファベットに見立てた暗号。シャーリーなら、読めるんじゃない？」

シャーリーは、はじめて視線を動かした。

黙っているシャーリーの代わりに、ホームズはその紙に書かれた内容をそらんじた。


それはだれのものであったか？

愛しき人のものなり。

それを得るべきものはだれか？

その持ち主なり。

月はいつであったか？

太陽はどこであったか？

樫《かし》の木の上。

影はどこであったか？

樫の木の下。

いかに歩測したのか？

北へ十歩、また十歩。東へ五歩、また五歩。南へ二歩、また二歩。西へ一歩、また一歩。かくして下へ。


「シャーリーならわかるよね」

「……『マスグレーブの儀式』」

それは、『シャーロック・ホームズの回想』に収録された短編の一つだった。レジナルド・マスグレーブの依頼で、代々伝わる宝の在《あ》り処《か》を示す文書をシャーロック・ホームズが解いてみせた事件だ。

ホームズが読み上げた文章は、『マスグレーブの儀式』に出てくる文書を踏襲したオリジナルだった。

「屋敷の人に聞いたんだけど、シャーロック・ホームズのファンはシャーリーだけなんだってね。だから他の人がこれを見つけても、何が書いてあるのかわからない。シャーリーくらいのファンじゃないと、この手紙は解読できない。ウィリアムさんからの、シャーリーだけに読んでもらえるメッセージだよ」

初めて、シャーリーはホームズを見つめた。

「屋敷のすぐそばに、一本だけカシの木があった。本当はシャーリーに直接見つけてほしかったんだけど、事情が事情だったから。わたしがメッセージの通りに地面を掘って、ウィリアムさんの遺品を見つけてきたよ」

ホームズはそう言って、小さな箱を取り出した。その木箱は非常に不格好で、表面は見るからに荒削り。ずっと地中に埋まっていたからか、泥のような染みで薄汚れていた。

「ねぇ、シャーリー。アイリーン・アドラーって、短命だったんだと思う？」

「え？」

アイリーン・アドラー。シャーロック・ホームズが唯一認め、いつも『あの人《the woman》』と呼び尊敬の念を忘れずにいた女性である。

彼女が登場する最初で最後の物語、『ボヘミアの醜聞』の中で、ジョン・H・ワトスンは、『Late《今は亡き》 Irene Adler《アイリーン・アドラー》』と記述していた。

「わたし、おじいちゃんに聞いたことがあったんだ。アイリーン・アドラーは、結婚してすぐに死んじゃったのかって。そしたら、おじいちゃんは……」

ホームズは、黙って木箱を開けた。

それを見て、シャーリーの目が大きく見開いた。

木箱の中に詰められた綿は、真ん中だけぽっかり穴が開いていて、何かを収納できるようになっている。それが何を収めるためのものなのか、シャーリーにも分かったのだろう。その穴の中には、小さな厚紙が差し込まれていた。

小さく息を飲む。

そこに書かれた内容は、以前ジョージが言っていたものと一言一句同じものでありながら、その意味するところはまったく別のものだった。

「ウィリアムさんは病床について、自分がもう長くないことを悟ったんだよ。それで、病に苦しみながら、この木箱を作った」

Lateという形容詞には二通りの意味がある。

一つは既に死んだ人物という意味。

そしてもう一つは、結婚し、姓が変わってしまった人物という意味。

「自分のことは忘れていい。新しい一歩を踏み出して、幸せになってくれればそれでいい。最後の最後、シャーリーに、そう伝えるために」

紙に書かれた一文、『Late Shirley MacLain』という言葉を残して。

シャーリーは口元に手をやった。瞳に、じわりと涙が滲んでいく。

「シャーリー。家族って、素敵だね。その人がどうするのかを察して、そっと手をさしのべて、本当に幸せになれる道に引き戻してくれる。でもシャーリー。今のシャーリーは、本当にウィリアムさんと同じなの？　本当にシャーリーは、自分が犠牲になればそれでいいって考えてるの？」

ホームズは立ち上がって叫んだ。

「シャーリー！　お互いに思い合って、支え合って、そうやって生きていくのが家族なんじゃないの⁉　時には悪役になったり、嫌な思いをしても、間違ってることを間違ってるって言って、そのために支えてあげるのが、本当の家族なんじゃないの⁉　家族って、そういうものじゃないの⁉」

ホームズは、ぽろぽろと涙を流しながら続けた。

「シャーリーは、本当にジョージを殺したの⁉　犯罪者の子だろうが誰の子だろうが関係ない。自分の息子で、大切な家族だったジョージを、シャーリーは本当に殺したの⁉」

シャーリーの瞳から、涙がこぼれた。堰《せき》を切ったように滴り落ちる涙を隠そうともせず、彼女は小さく首を振った。

「……やってません」

かすれた声で、シャーリーは言った。

「私は、ジョージを殺してなんか、いません」

彼女の嗚咽《おえつ》が、小さな部屋の中を満たしていた。

◇◇◇

フェイは柱時計を見て時間を確認した。

あと一時間もしないうちに検死審問が開かれる。既に結末の決まった、形だけの裁判だ。

残りの時間が手持ち無沙汰で、小腹も空いていることから、何か簡単なものを食べることにした。連絡用電話でその旨《むね》を伝えると、十分もしないうちに軽食がサービスワゴンに載せられてやって来た。

なんて楽なことだろう。ここに来る前は一日一食ありつくだけでも多大な苦労を要したというのに、今では電話一本で事足りる。

かしこまりました、おぼっちゃま。今日はハムエッグになさいますか？

まったく、とんだＶＩＰ待遇だ。

時折、自分が心底嫌っていたスノッブ貴族にでもなったような気がして、虫唾《むしず》が走ることがある。しかしそんな時は、いつも自分にこう言い聞かせるのだ。

自分はもはや、貴族なのだと。

貴族とは血筋で決まるものか？　否。本来尊敬されるべき品位とは、本人の才覚や努力で決まるものだ。英国という時代遅れの国がその本質を見出していないだけで、自分の考えは絶対的に正しいはずなのだ。

偏屈な因習《いんしゅう》で凝り固まったこの国に未練はない。さっさと土地を売っ払って、やることをやった後で、新しい人生をスタートさせる。

〝あいつ〟を手放すのは気が引けるが、これ以上一緒にいることはできない。元々住んでいる世界が違うのだ。だからせめて、あいつが幸せに暮らせるように尽力《じんりょく》するつもりだった。

フェイは部屋で食事を済ますと、検死審問の舞台へと向かった。

中世の時代を思わせるカントリーハウスの中を噛み締めるように歩いて外に出る。そこでは、クロードとマッドがフェイを待っていた。

「検死審問はどこで開かれるんだい？」

「はい。マッドが案内いたします」

少しだけ疑問に思う。ただの案内が、門番の仕事とは思えなかった。

クロードはそんなこちらの不審を敏感に察知したのか、「色々と用意がありまして、人手不足なのでございます」と言って頭を下げた。

多少違和感はあったものの、そういうこともあるかと特に気にすることもなく、フェイは言われるままにマッドについて行った。

マッドは無言で先を歩いていく。その向かう先にあるのは『アザミの森』くらいで、人が集まれるような建物は見当たらない。

「おい。そっちは何もないぞ」

「ああ、そうですかい。いえね。出掛ける前に、少し見ていただきたいものがありまして」

「見る？　何を？」

その問いに、マッドは何も返さなかった。

そこに来て、ようやくフェイも危機感を覚え始めた。

「マッド。僕は急いでいるんだ。用ならここで済ませてくれないか？」

「……オレには、難しいことはよくわかりません」

マッドは正面を向いたまま言った。

「ですがね、フェイさん。人にはやっていいことといけないことがあるんでさぁ。あんたがどういう人生を歩んで来たか、どんな苦労があったかは知らねえが、それでもあんたはやっちゃいけねえことをやった。それは許されることじゃないんです」

フェイは咄嗟に踵を返そうと身体を捻った。が、逃げようともがくフェイを、マッドはまるで薪《まき》を抱えるような気軽さで担ぎ上げた。

「おい！　マッド!!　放せ!!　こんなことしていいと思ってるのか！」

マッドは何も言わない。とうとう二人は森のすぐ近くまでやって来た。マッドは臆することなく森の中へと入って行く。

フェイはさっと顔を青くさせた。

まずい。非常にまずい。

まさかこいつ、全部分かってるのか!? 今回のこと、全部!

「おい、分かってるんだろうな! これは犯罪だぞ!! 僕はお前を訴えることができる! 僕はもうマクレーン家の当主だ! お前一人の人生くらい、どうとでもしてやれるんだぞ! 今ならまだ間に合う! 僕を降ろすんだ!!」

「わかりやした。降ろしてさしあげます」

マッドはそう言って、フェイを地面に放り出した。木々に遮られ日差しの届かない地面は湿っていて気持ち悪かった。地面に倒れたフェイを、マッドはそのまま押さえつける。

「おい止めろ! 分かってるのか!? この森にはクマがいるんだぞ!」

マッドは耳を貸さない。

フェイがむしゃらに暴れるも、マッドの拘束《こうそく》は解けそうになかった。

ずしん、ずしんと、何かが歩いてくる音が辺りに響いた。

「……おい、マッド。頼むから離してくれ。僕を殺すのが君の望みなのか? ああ、分かったぞ。僕がシャーリーさんをはめたと思ってるんだな? 違うんだ。断じて違う。僕はそんなことしちゃいない。僕を殺したところで何も変わらない! このままだと君もクマに食い殺されるんだぞ! 分かるだろ? さぁ、今ならまだ間に合う。拘束を解いてくれ!」

のそりと、何かが姿を現す。

クマだ。

二メートルはあろうかという巨体。漆黒の毛に包まれた獣。人間の胴体程もある腕を軽く振れば、一瞬でひき肉にされてしまう。クマは、鼻をひくつかせながら、ゆっくりと近づいてくる。

「マッド。最終通告だ。さっさとこの鬱陶《うっとう》しい拘束を解け。早く!!」

クマはそこに無防備な人間がいることに気付いた。

近づき、顔を寄せてくる。

フェイは思わず目を瞑った。

ペロリ

フェイの頬を、クマが舐めた。

ああ、終わった。

フェイは、がっくりと項垂れた。

「これはこれは。随分と動物に好かれる性質《タチ》のようですね」

木の陰から姿を現したのはワトスンだった。

いや、それだけじゃない。

ホームズもいる。レモンド警部も、フェイは知らない金髪の青年まで。

そしてさらにもう一人。

皆から遅れて姿を現したのは、シャーリー・マクレーンだった。


「……検死審問の時間じゃなかったか?」

フェイは小さく言った。

その言葉を受けて、イージスは胸を張って歩み出た。

「僕が無理を言って遅らせてもらいました！　いやー、持つべきものは優秀な刑事の叔父ですね！」

にこやかに言ってくれる。

フェイはため息すら出なかった。

「じゃあ、あのチェスもフェイクか?」

「我々があなたを疑っていることを知られれば、証拠を隠滅される可能性があったのでね。少し足止めさせてもらいました」

フェイは歯嚙みした。全てこいつの思い通りに事が進んでいたということか。

「さて。ではそろそろ、解決編といきましょうか。……ホームズ」

「よしきた！」

偉そうに咳払いをして、いざ口を動かそうとした時、この場にいる全員が自分に注目していることに、ホームズは初めて気づいた。

「……あ、あ、あなたが今回、じじ、事件について計画したのは、ず、ず、ずいぶん、前から……うぐっ！」

ホームズは突然蹲《うずくま》った。

「少々お待ちを」

ワトスンは、まるでそうなることが分かっていたような迅速さでホームズの背中を擦ってやった。

過呼吸はみるみるうちに回復し、ホームズは再びふんぬと立ち上がる。

「さあ、ホームズ。続きを」

「任せろ！」

ホームズは大きく深呼吸し、再び口を開いた。

「あなたが今回の事件について計画したのは、ずいぶん前からでしょう。ジョージさんをうまく言い包《くる》めて、アンデッド騒動を作り上げた」

ホームズの説明に補足を加えるためにワトスンは口を開いた。

「ジョージさんを懐柔《かいじゅう》するのは容易だったはずです。アンデッド騒動が起きれば、シャーリーさんはウィリアムさんに嫌気がさし、土地を譲ってくれるかもしれない。そう言えば、ジョージさんが拒否する理由なんてありませんからね」

「ウィリアムさんはかなり体格の良い方でした。それでなくとも、人間の死体というのは重くて扱いにくいものです。死体を身一つで持ち運び、目撃証言の通りに動かすのは難しい。そこであなたが使用した道具というのが、このクマです！」

ホームズがマジシャンよろしく大仰《おおぎょう》な仕草で手を広げた。クマは巨体ながらかなり臆病な気質らしく、周囲の人々を前に委縮するように木の陰に身を寄せている。

「あなたはジョージさんにアンデッド計画を持ちかけることで、クマを使った死体移動の予行演習をすることができた。クマは獲物である馬や牛を背負って縄張りまで運ぶことがあるそうです。大人の人間一人くらいなら楽に背負えるでしょう。あなたは実際の死体を使い、自分が指示しない形で予定通りに事が進むよう訓練を試みた。おそらく、百パーセントの自信ができるまで、何度も練習を重ねたことでしょう」

「じゃあフェイは、一体どこでジョージを殺したんですか？」

　レモンドの質問に、ホームズは咳払いと共に答えた。

「屋敷の近くを流れる川辺です！　クマは四足歩行すれば人間の腰くらいの高さだから、屋敷から眺めただけでは発見は難しい。二階からなら見えるかもしれませんが、あいにくとあの場所は使われていません。窓にも鎧戸が下りたままですし、たとえそれらしい姿が見られたとしても、闇夜とこの真っ黒の毛皮が保護色になって、それがクマだとはまず判別できないというわけです！」

　誰にもばれずに川を伝って森まで行けるなら、あとは森を通って離れへ向かえばいいだけだ。

「こうして見るとただ大きいだけの獣に見えますが、クマというのは非常に頭が良い。一度猟師の罠《わな》に掛かればその場所には決して近づかない記憶力を持っていますし、一説によると五、六歳の人間レベルの頭脳を持つそうです。今回の調教ではその知能と記憶力を利用し、ちょうどその逆を覚えさせたのです」

「逆？」

「犯行現場となる離れの場所を記憶させたのです。屋敷の近くの川辺を犯行場所に決めておき、そこでクマを待機させる。ジョージをおびき寄せる際の口実に使ったのかもしれません。クマに注意を奪われている隙を突いてジョージを殺せばあとは簡単です。刺し殺したジョージの懐に火薬を忍ばせ、その死体をクマに担がせる。あとは勝手にクマが仕事をしてくれます。離れまでやって来て、死体を置いて帰るだけ。あらかじめ訓練しておけば外開きのドアを閉めるくらいは簡単にこなしてくれるでしょう。離れを炎上させたのは、川で濡れた死体を乾かすためと、長時間担がれていたために死体についた圧迫痕を調べさせないため。さらに、クマの毛や足跡のような痕跡を隠すという目的があったというわけです」

「……全部机上《きじょう》の空論だ」

フェイは額から汗を流しながらも、強気に言った。

「確かにそれらしい推理だよ。本当にクマを調教していたなら、それもできるかもしれない。けど、僕がそれをできた証拠はあるのかい？」

ただの強がりなのか、それとも絶対にばれない自信があるのか、彼の頬は醜く歪んでいた。

「そのクマは僕になついているようだが、それだけで調教したという証拠にはならない。僕がこのクマにそんな芸を教えたという証拠がなければ、僕を逮捕することなんてできないはずだ！」

「そこは抜かりありません！」

イージスが一歩前に踏み出し、元気よく言った。

「アザミの森には一部公有地扱いになっている場所がありますから、そこからクマを侵入させたと仮定して、あなたがここへやって来た時期にそれらしい動きがなかったか徹底的に調べました。その結果、実態のよく分からない大きな荷物がここに運び込まれたことが分かり、そこからさらに遡《さかのぼ》って、クマを見世物にしていたサーカス団に辿り着きました。しかもそこの団長で調教師でもあるミカル・ノーランドは何年か前から行方不明になっている。団員の一人と交渉して、ようやく吐いてくださいましたよ。ミカル・ノーランドとフェイ・マクレーンが同一人物であるとね！」

ハボックか。

フェイは歯噛みした。

「イージスの持ってきた情報はフェイ・マクレーンとミカル・ノーランドを同一人物とするに足るものだった。ミカルが失踪した時期とフェイがこの屋敷にやって来た時期が同じであることも調査済みだ。これだけ状況証拠がそろえば、警察だって動くに足りる」

「だ、だがそれでも！　僕が殺した証拠にはならない！」

ワトスンは無表情でパイプをふかしながら頷いた。

「なるほど。確かに、証拠は必要ですね。では一つ実験してみましょうか」

　ホームズは、懐から薬品の入ったビンを取り出した。

「おじいちゃんが開発した検査薬だよ」

　それはシャーロック・ホームズが発明した血液検査のための試薬だった。

「犯行が終わってから、あなたがこのクマに会う機会はなかったはずだ。つまりです。ジョージさんの死体をこのクマが担いだ時、傷口に触れ血液が残ってしまっていたとしても、それを拭き取る時間はなかったということです」

　ぐにゃりと、貧血でも起こしたようにフェイの意識は一瞬だけ遠のいた。

「今現在の論点は、シャーリーさんしか使えなかった死体偽造トリックか、フェイさんしか使えなかった死体移動トリックか、どちらが現実に実行されたかということです。なら、ここでクマから血液反応が出れば、今回の事件を起こしたのはあなただということになる。……このクマはずいぶん大人しいですね。万が一のために色々と準備していましたが、それその必要もなかったようです。ではホームズ、それを——」

「もういい」

　フェイは、力無く言った。

「もういい。僕の負けだ」

　ワトスンは肩をすくめてみせた。まるで、造作もないとでもいうように。

「何故だ」

　そんなワトスンに向けて、フェイは鋭い声をあげた。

「何故分かった。たとえ僕が犯人だと睨んでも、クマを使ったなんていう突飛な発想、普通は思いつけないはずだ」

　ワトスンは思わずといった様子で笑った。

「おやおや。ずいぶんと自信家ですね。とはいえ、確かにこちらも少々ズルをさせていただきました」

「……ズル？」

　ワトスンは意味深に咳払いしてから、口を開いた。

「『非常に攻撃的な陣形を取ってはいますが、それは自分を守るための殻に過ぎない。本当のあなたは慎重そのものだ。築き上げた戦略が功を奏する見込みが出るまで、決して動かない。甘い読みは一切せず、弱点は完全に排除する。自らが与えた役割《ロール》をこなすことが最大の防御であることを知っている』。あなた自身が語ってくれたことですよ」

フェイはその言葉を、ぽかんとしながら聞いていた。

確かにそれは、事件当夜、二人でチェスをしたときにフェイが言った言葉だった。

「あなたは僕と同じだ。確か、あの時そうもおっしゃいましたよね。つまりこの言葉は、そっくりそのままあなたにも当てはまるということだ。自分が与えられた役割《ロール》をこなすことが最大の防御。あなたは常にそう考えてきた。ではあなたの役割《ロール》とは何か。言うまでもなく、それは兄に怯える弟です。寡黙で、人から言われなければ話もしない奥手の弟。兄の言うことは絶対で、彼が一度指図をすればすぐそれに迎合する。そうやってあなたは、自分の奥底にある殺意を隠してきた。しかし一度だけ、あなたはその兄の意見を翻していますよね。そう、あれは確か二度目の夕食の時でした。シャーリーさんが気まずさを感じて音楽を掛けようとした時、あなたは初めて自主的に動いた。『何か話でもしましょうか』と。そして絶対の存在である兄に貶《けな》されながらも、あなたはその主張を覆さなかった。何故でしょうか？あなたの言う、最大の防御から外れる行為です。そこで僕は、こう考えました。甘い読みは一切せず、弱点を完璧に排除しようとする心が、あの時働いたのではないかと」

茫然としているフェイを眺めて満足すると、すぐにワトスンは口を開いた。

「あなたが事情聴取を受けている間に、確認させていただきました。あなたが自分の役割《ロール》をも放棄して、シャーリーさんの手を止めたもの。ベーラ・バルトークの奏でるピアノ独奏曲『ソナチネ』、その第二楽章である、『クマの踊り』。クマを用いた大道芸を表現した曲です」

「馬鹿な！　あの時点では誰もが犯行の可能性があった！　突発的な殺人である可能性だって充分あったはずだ！　なのに何故僕一人を疑い、それを――」

フェイは硬直した。

何か重大なことを察したように、顔を青くして。

「ようやく気付きましたか。あなたが犯した最大のミスに」

ワトスンは、まるで悪巧みが成功した悪党のようにクックと笑った。

「その通りですよ。あの時点で、僕があなたを疑う理由なんてなかった。ペラペラと自分語りを始め、露骨な虚栄心を曝《さら》け出しさえしなければね」

フェイにとって、夕食の時間はアリバイを証明するのに好都合だった。今回のアリバイトリックを使うには、ジョージが殺された時間が限定され、その時間内に自分のアリバイが立証される必要があったからだ。だからこそ、全員が揃う夕食の直後を犯行時間に選んだのだ。

フェイは突如浮上したクマを連想させるものを、人目につく場所に置いておきたくなかった。だから事情聴取が済み次第、早々にレコードを抜き取ったのだ。まさか、それ以前にそのレコードの存在に目をつけられているとも知らず。レコードを抜き取ったが故に、自分が隠したかったメッセージが浮き彫りになったことも知らずに。

「シャーロック・ホームズでも解けやしない？　クックック。まったく、どの口が言うんだか。こんな事件、そこの三流探偵の事件録にさえ載せられない粗末なものですよ」

ワトスンは一歩ずつフェイに近づいていく。それを見て、フェイは改めて恐怖した。

この男は悪魔だ。人の一歩先を行き、こちらの行動を知り尽くしたうえで、嘲《あざけ》り笑っていたのだ。

「敵かもしれない人間に自分のことをぺらぺらと喋り、あまつさえ事件のヒントさえ与えてしまう。それでいて、自分が負けるはずなどないと根拠もなく信じている。あなたが僕と同じですって？　本当に笑わせてくれますよ」

ワトスンは悠然と、虫けらでも見るようにフェイを見下し、言った。

「愚かで、浅はかで、プライドが高く万事において手抜かり。あなたなど、僕の敵になどなりません」

ワトスンは懐からチェスの駒を取り出した。

クィーンだ。

土地の権利を賭けたゲームで、フェイの勝利を導いた駒。この駒を打ち倒すために、フェイは必死になって戦った。しかしそのクィーンを取らせることもすべて、この男の罠だったのだ。自分の利己心を助長させ、油断させるための。

フェイは、代々マクレーン家に伝わっていたこの森の伝説を思い出した。先祖であるアーサー・マクレーンが敵の意表をつくために伏兵を忍ばせた森。

このトリックを思いついた時は、とんだ皮肉だと思っていた。しかしもっと考えるべきだったのだ。マクレーン家にとってのアザミの花はこの森などではなく、悪魔の手の中で笑う、ガラス製のチェスの駒だったのだ。

へたり込んだフェイの目の前に、ワトスンはクィーンの駒を投げ捨てた。

「チェックメイト」

ワトスンの宣言が、風のそよぎに乗ってフェイの耳に届いた。

フェイは項垂れ、ただ黙って歯を噛み締めていた。

「フェイ……」

シャーリーが、涙を溜めながら呟いた。

「どうしてこんなことをしたの？　ジョージは、あなたのお兄さんなのよ？　なのに……」

フェイはしばらく黙っていたが、やがて言った。

「だからなに？」

シャーリーは息を飲んだ。

「兄貴だかなんだか知らないけど、そんなことにどんな意味があるって言うんだ？　長男だから土地は全て兄さんのもの。財産も全て！　僕が得られるものなんて何もない。だから――」

フェイの視界が突然揺れ、地面と空が反転した。

二回三回と地面を転がる。左頬が尋常じゃなく痛い。痛すぎて感覚が麻痺《まひ》しているようだ。

そこでようやく、これがシャーリーのビンタによるものだということを理解した。

「フェイの馬鹿！」

シャーリーは、涙ながらにフェイの胸ぐらを引っ掴み、再び頬をとてつもない力で叩いた。まるでハンマーで殴られでもしたかのように、フェイの頭はがんがんと揺れた。

「ちょ、ちょっとシャーリー！　死んじゃう！　死んじゃうって!!」

もう一発と振りかぶった手を皆が押さえて、やっとシャーリーは止まった。

シャーリーは肩で息をし、フェイを睨んでいる。フェイは痛みと驚きで、完全にうろたえてしまっていた。

「言いたいことがあるなら、ちゃんとお母さんに言いなさい!!」

フェイは啞然とした。

「土地が欲しいなら欲しいって、ちゃんと口に出して言いなさい！　頼りなかったかもしれないけど、いつもジョージにいじめられて、文句も言えなかったけど、それでも私はあなた達の母親だったのよ！　財産分与だって、うまく取り持つことができたかもしれない。土地をあげれば、あとの財産はあなたが手にできたかもしれない！　あなたが私に、相談さえしてくれれば。あなたが……あなたが、自分のお兄さんを殺さないで済んだかもしれないのよ!?」

その言葉を聞いて、フェイは兄を殺した時のことを思い出した。ミカルの時とは違う、自分の意志で人を刺した。手が震えて、その日一日眠れなかった。幼少の頃の、ほんの些細な、兄の優しい場面を、ベッドの中で思い出した。

シャーリーは、啞然としているフェイを乱暴に抱きしめた。

「ごめんね。怖かったでしょうに。辛かったでしょうに。あなたの手を汚してしまった。止めてあげられなかった」

「違う。……違うんだ。僕の手はもう汚れていて、それで……」

ふと、自分の目から涙がこぼれていることにフェイは気づいた。何故泣いているのかも分からない。けれど無性にやるせなくて、フェイは無言でその涙を拭っていた。

「一件落着ですね」

ワトスンにそう言われ、ホームズは改めてシャーリーを見た。

大声で泣きわめくシャーリーに、あの時見たような威厳など欠片もない。けれどその姿は、紛れもない母親の姿だった。

◇◇◇

手錠を掛けられたフェイは、レモンドに促されて車に乗り込むところだった。

「フェイ」

呼ばれて振り向くと、そこにはホームズが一人で立っていた。

「まだ何か用？」

「うん。ちゃんとフェイの本心を聞いてなかったと思って」

「……なにそれ？」

うんざりしたように、フェイは言った。

「本当は、死体のフリしたジョージをシャーリーが殺した、なんていう話にするつもりはなかったんでしょ？」

フェイはちらとホームズを見つめ、すぐに背を向けた。

「なにを根拠に言ってるの？」

「フェイが犯人だって聞いた時、少し疑問に思うことがあったの」

フェイの質問には答えず、ホームズは言葉を続けた。

「わたしがジョージの死体を見つけて屋敷に駆け付けた時、フェイは一目散に離れに向かったよね。犯人だったら、少しでも疑われないように、誰かと一緒に行動すべきだったのに。……わたしの存在は、フェイにとって想定外だったんでしょ？」

　フェイは黙ったままだ。それが肯定の意を示していることを、ホームズは知っていた。

「シャーリーは、一人で離れに向かうはずだった。一人で死体を見つけて、人を呼びに行ってる間に離れは炎上するはずだった。ウィリアムさんの病が重くなった時もてきぱき行動できたシャーリーだもん。ジョージが倒れててもショックで動けなくなるようなことにはならないって、そう思ったんだよね」

「……僕はシャーリーさんに罪を着せるために計画し、行動した。シャーリーさんが死体のフリをしたジョージを殺したっていう筋書きは、僕にとって一番メリットのあるものだろ」

「そうだね。でも違う。フェイは絶対、そういう風にはしたくなかったはずだよ」

「だから、何故そう言い切れる」

　ホームズはにこりと笑って言った。

「だって危ないもんね。シャーリーが」

　フェイは変わらずホームズに背を向け、顔を隠していた。

「目撃者が二人になったら、当然一人は現場に残る必要がでてくる。それがシャーリーになる可能性は高かったし、実際そうなった。たまたまシャーリーは離れから距離を取ってくれたけど、そうじゃなかったら、下手したら死んでたかもしれない」

「……それならそれでいいじゃないか。死人に口なし。僕にとって、シャーリーさんが死んでいた方が都合が良かった。だろ？」

「それなら、少しおかしいことがあるよ」

「一体なにが……」

「血の入った容器だよ。これだけ手の込んだことを考えられる人なら、血の入った容器をジョージが使ったように偽装して、すぐに見つかるような場所に置いておくんじゃない？　そうなったら誰だってジョージが死体のフリをしてたんじゃないかって疑うはずだよ。わたしの想像だけど、部屋にあった容器は、ジョージが独断で保管してたんじゃない？　またいつか使える時がくるかもしれないって考えて」

死体偽装を警察に確信してもらうために血の入った容器が必要であったなら、できるだけ警察の目につきやすい場所に捨てておくべきだ。部屋に保管されていた容器を見過ごされていたら、警察は死体を偽装したという仮説に至らない可能性があったのだから。

「わたしがたまたまシャーリーを訪ねたことをフェイが予想していたとは思えないし、わたしがジョージの生死を確認するのに手首の脈を測るかどうかもわからない。そしてそれ以上に、使用人がバラ園の一本道をずっと見ていたかどうかなんて、フェイにはわからなかったはずだよ。じゃああの使用人の証言がなかったらどうなってたか。ジョージが離れに向かったであろう九時から九時半の間にアリバイのない人間全員に犯人の可能性が出てくる。シャーリーとわたしだけがジョージを殺せたっていう状況は作れない。なら、死体偽装トリックを警察に信用させるための証拠が最低一つは必要だった。なのに血の入った容器が現場になかったっていうことは、そもそもそういう方向で警察を騙すつもりじゃなかったってことだよ」

もしも警察が火薬を使ったトリックを思いついたのなら、アリバイのない人間は等しく犯人の可能性が出てくる。そうなれば、今回のようにシャーリーだけが容疑者になるということにはならないのだ。

きっとシャーリーも、分かっていたのだろう。フェイの犯罪に致命的な矛盾があることを。慎重なフェイが、わざわざ探偵相手に挑戦状を叩きつけた意味を。

「今ようやく分かった。……僕は君が嫌いだ」

そう告げると、フェイはさっさと車に乗り込んだ。

「シャーリーさんに言っといて」

車が発進する際、彼はぼそりと言った。

「親父がシャーリーさんの悪口言ってたたっていう話。あれ、嘘だったたって」

フェイを乗せた車は、ホームズが見守る中、ゆっくりと去って行った。

◇◇◇

ホームズは自分の荷物を持って屋敷から出た。

振り返り、マクレーン邸を見つめる。

探偵として初めて依頼をこなし、初めて遭遇した事件現場。

深い思い入れのできたこのマクレーン邸に、ホームズは心の中でお別れを言った。

車は既にアイドリングを始めている。ワトスンはもはや未練などないらしく、早々に乗り込んでいるようだった。見送りのためにと、わざわざシャーリーが待ってくれていた。

「色々とありがとう。リディアちゃん」

「うん……」

ホームズは見るからにしょぼくれていた。

「どうしたのよ。そんなに悲しそうな顔しないで」

「だって、もうシャーリーと会うこともないんだなって思うと……」

「そんなことないわ。絶対遊びに行くから。ね？」

「うん……」

ホームズはしかし、それでもまだ暗い顔をしていた。シャーリーを見上げ、不安そうに聞いた。

「わたし、うまくできたのかな」

シャーリーは、驚いたようにまじまじとホームズを見つめた。

「おじいちゃんなら、きっともっとうまくできた。おじいちゃんがいたら、もしかしたらジョージが殺される前に事件の全貌を掴んでたかもしれない。誰も犠牲者を出さずに、未然に事件を防げたかもしれない。だから……」

それ以上の言葉は、ホームズの口からは紡がれなかった。

再び俯いてしまった彼女を前に、シャーリーは小さく微笑んだ。

「あなたの言う通りだわ」

「え？」

思わず顔をあげる。

シャーリーは、まるで想い出に浸るように、屋敷の周りに広がる青々と茂った草原に目を向けていた。

「あの子にも、きちんと教えてあげるべきだった。貴族とか、使用人とか、血筋だとか生まれだとか。そんなものに関係なく人は幸せになることができて、家族になれるんだって。……もっとうまくできなかったのかって、あなたは言ったわね。でもそれはあなたの責任じゃない。母親である私の責任で、私が、ずっと背負っていかなくてはならないものなの」

「でもそんなの。シャーリーが何かしたわけじゃ――」

「あら。じゃあ、何かしたわけじゃないあなたが、事件を未然に防げなかったことで悩む必要もないってことね」

ホームズは、あっと声をあげた。シャーリーはそれを見てくすりと笑った。

「……親というのはね。たとえ子供が我が儘でしでかしたことでも、それに責任を感じずにはいられないの。責任を感じて、振り回されて、嫌気が差して。それでも心配して、愛してあげられるのが、家族で、親というものなのよ」

シャーリーはホームズの視線に合わせるように腰を屈めた。

「あなたにシャーロック・ホームズのような頭脳はないかもしれない。でもあなたには、あんなに凄い人も持っていなかった、優しい心がある。その温もりは、シャーロック・ホームズですら救えない人を救うことのできる、あなただけの力よ。私はそれに救われたわ」

シャーリーは、そっとホームズの頰にキスをした。

「ありがとう。ちっちゃな名探偵さん」

◇◇◇

車の中で揺られながら、ホームズとワトスンは何も言わずに並んで座っていた。

「……結局、赤の他人は家族になれないんでしょうか」

まるで独り言のように、ワトスンは言った。

赤の他人。確かにそうなのかもしれない。けれど……

フェイを抱きしめて泣くシャーリー。

不器用ながらも、自分の意志を伝えようとしたフェイ。

あの時、彼らはきっと、互いに歩み寄ろうとしたのだ。一歩の歩みは小さくとも、その縮まった距離には確かに、他の人には分からない絆があるのだ。

「わたしは、そうは思わない」

「また直感ですか？」

「ううん。根拠は……これだよ」

ホームズが取り出したのは、ジョン・H・ワトスンがシャーロック・ホームズに宛てた例の手紙だった。

ワトスンは目を丸くした。

「解けたんですか？」

「うん。ついさっきね」

ホームズはそう言うと、とある節を暗唱し始めた。

「『論拠をもたずに理論を構成しようとするのは、重大な過ちだ。事実に合う理論を生み出すのではなく、無意識のうちに理論に合わせて事実をねじ曲げるようになってしまう』」

「なんですか？　それは」

「初めて会った時、ワトスンが言ってたじゃない。先入観にとらわれてはいけないって。これも同じだったんだよ」

ワトスンは眉をひそめた。

「つまり？」

「叙述トリックだよ」

ホームズはにこやかに言った。

「この手紙のエピソードを聞いた時、みんな、それと知らずに一つの偏見を持たされたんだよ」

ワトスンは顎に手を添え考えている。が、答えは出ない様だった。

「おじいちゃんは手紙を破きはしたけど、本当に怒ってたのかな」

「え？」

「ワトスンの話では、おじいちゃんはそのまま黙っちゃったんでしょ？　怒ってたなら、暴れるなり、悪口を言うなり、するんじゃない？　特にそれが、友達もなくて、他人のために時間を使うなんてほとんど無縁だった偏屈な人ならなおさら」

　ワトスンはしばらく黙り、それからホームズの方を向いた。

「しかし、じゃあどうして手紙を破いたりしたのです？」

「それは、手紙が気に入らなかったからだよ」

「……言っていることが矛盾していませんか？」

「してないよ。正確に言うと、最後の一文が気に入らなかったの」

　ホームズは手紙をワトスンにも見えるように掲げてみせた。

「この手紙の破き方、少しおかしいと思わない？　だって普通紙を破こうとしたら、こう、真ん中の方を持って、びりって破くじゃない。でもこれは、わざわざ端っこを破いてる。まるで最後の一文だけ取り除こうとしたみたいに」

　ワトスンは、ホームズから手紙を手渡され、まじまじと見つめた。

　最後の一文、『君の数少ない友人であり得たことを、わたしは誇りに思う』という文章に目を向けながら。

「ワトスンおじちゃんが結婚してベイカー街から離れることになったことを、おじいちゃんは唯一の我が儘だったって物語の中で言ってた。きっとそれくらい、おじいちゃんにとって、ワトスンおじちゃんがいることは当たり前で、なくてはならない存在だったんじゃないかな。ずっと一緒に過ごしてきた、本当の家族みたいに」

　ワトスンは何も言わず、手紙に視線を落としている。

　ホームズは話を続けた。

「ワトスンおじちゃんが何度も同じことを聞いたっていうのも、現実を認めたくなかったからじゃなく、事実を正確に知ることで、真相を突き止めたかったから。数多くの事実の中から、重要な事柄を見極めるおじいちゃんの推理方法を、ワトスンおじちゃんは実践していたんだよ。それで真相に思い当たって、ふっと笑ったんじゃないかな。おじいちゃんの意志に、同意するために」

「しかし、『青いガーネット』に関してはどうなんですか？　シャーロック・ホームズは友人に詰問《きつもん》された際、何故あの事件のことを口走ったんです？」

「ワトスンは、どうして存在するはずのない青いガーネットなんていう宝石が出てきたんだと思う？」

「……それは、ジョンが考証不足で、でたらめを書いていたから……」

「そうかな。だって、その宝石についての説明は、ちゃんとおじいちゃんから受けていたはずだよ。長々しい話ならともかく、十文字にも満たない宝石名を聞き間違えるとは思えないし、自分も見てる宝石の色を勘違いするなんてこともありえない。赤でも緑でもなく、唯一存在しないといわれる青色のガーネットを選んだのは、その存在しないっていうところに意味があるからだと思わない？」

　ガーネットといわれる宝石は、実に様々なバリエーションの色を持つ。その中で唯一存在しない青色を敢えてジョン・H・ワトスンが選んだのは、そこに何らかの意図が存在したからなのではないかとホームズは言っているのだ。

「シャーリーから聞いたんだけど、宝石って盗掘を防止するために、鉱脈の場所をでたらめに書くことが多いんだって。アモイ川っていう地名が存在しないことはそれで説明できるんだけど、青いガーネットも、まさにそういう理由で生まれたんじゃないかな」

「つまり？」

「あれは、おじいちゃんとワトスンおじちゃんしか知らない秘密の宝石で、読者には敢えてその存在を隠した、二人だけの思い出だったんだよ」

「……少し無理がありますね。感傷的過ぎやしませんか？」

「『青いガーネット』が、『最後の事件』を経験した後に書かれたものだとすれば、ワトスンも納得できるんじゃない？」

　ワトスンは驚きの顔をみせた。

『最後の事件』。それは、シャーロック・ホームズが天敵のモリアーティ教授と一騎打ちした末、ライヘンバッハの滝に落ちて死んだとされた事件だ。

「……そうか。『最後の事件』が起きたのは一八九一年。彼がジョン・H・ワトスンに生存を伝えたのが一八九四年だから……」

「そう。『青いガーネット』を書いたのは、ワトスンおじちゃんにとって、おじいちゃんが死んで一年も経っていない時期だった。そんな時に、どんどん人気者になっていくおじいちゃんを見て、ふと自分だけのシャーロック・ホームズを残しておきたいと思ったとしても、不思議じゃないでしょ？」

「それが、青いガーネットの謎……」

「なんでもよかったんだよ、きっと。それが自分しか知りえない、ホームジアンでも分からない謎でさえあれば」

　二人は頻繁に手紙のやり取りをする間柄ではなかった。疎遠になっていた時期もある。しかしそれでも、シャーロック・ホームズは何かあると必ずジョン・H・ワトスンを助手として呼び、ジョンは快くそれに応えた。シャーロックがジョンの無能を嘆いても、ジョンがシャーロックの性格に辟易しても、彼らは変わらずずっと相棒で、ずっと、何にも代え難い家族だったのだ。

「世界にたった一つしかない宝石。それが、あの二人の関係なんだよ」

　ホームズは改めてワトスンに向き直った。

「これが、探偵としてのわたしの答えです」

　ワトスンは、真面目な顔で自分を見つめるホームズにちらりと目をやり、次にジョン・H・ワトスンの手紙を見た。

「……この推理には根拠が一つもない。青いガーネットについても、単純に宝石の名前を忘れ、適当な思いつきで書いた可能性は否めない。ですが……」

　ワトスンは、穏やかな笑みを浮かべた。

「それを否定する根拠もまた、存在しないことは確かです。これこそ、誰もが望んだ真実であることは疑いようがない。いやはや、僕には到底思いつけない推理ですよ」

「論理は真実にも勝る、だね」

　ワトスンはそれを聞いて苦笑し、手紙を懐にしまった。

「いいでしょう。僕の推理は撤回します。あなたの推理こそ、きっとこの手紙の真実です」

　そう言うワトスンの影には、以前列車の中で冷徹にジョンを批判していた姿はなく、彼の声音は、どこか嬉しそうに感じられた。

エピローグ

フェイは、ある新聞記事を読んでいた。

『某所の見世物小屋で働く団員全員が警察に出頭してきて、警察署はにわかに大騒動となった。彼らは三人の男を殺害し、死体をサーカス場の舞台下に埋めたと供述している。調べによると、被害者側が加害者に対し身体を刻むなどの拷問を加えようとしていたために起こった突発的犯行であるとのことである。警察によって事実確認がなされ、彼らには正当防衛が適用されるようだ。

見世物小屋の客達の話によると、団員は出頭してきた者の他に、英国人男性がいるらしい。それに関して追及すると、事情を知らない英国人に、本来の団長であるミカル・ノーランドの名前を名乗らせていたのだという。噂の英国人については、とあるマスコミ会社を仲介して警察の追及に黙秘し、今も尚黙秘を貫いている。

彼らは全員、押し寄せた記者達に向かって、口を揃えてこう言ったという。

「仲間を一人にはしない」

それが意味するところは何なのか、未だに分かっていない』

フェイはそれを読み終え、思わず苦笑した。

「人の気も知らないで」

フェイが新聞を放り出した時、いつものように看守がやって来て、面会があることを告げた。

「こんにちは」

シャーリーがガラス板越しにそう言うと、対面したフェイは露骨にため息をついた。

「……また来たの？　まったく、どれだけ暇なんだか」

悪態をつきながらもどことなく嬉しそうに見えるのは、親バカが過ぎるからだろうかと、シャーリーは思った。

「仕方ないわ。事実、暇なんだもの」

「ふん。退屈しのぎに僕を使わないでほしいな」

シャーリーはくすくすと笑った。

皮肉たっぷりなところがジョージによく似ていると言えば、きっとフェイは怒るだろう。

フェイは軽くため息をつき、ふと何かに気付いたように視線をシャーリーの指に留めた。

「……指輪」

言われて、シャーリーは左手を見た。そこにあるのは、ついこの前まで指輪をしていた跡だけだ。

「……うん。取った」

シャーリーは、不格好な木箱を取り出してみせた。

「でもこれは、生涯絶対に捨てないわ。私の、何よりも大切な思い出だもの」

そう。これは思い出。決して帰って来ない毎日を思い出させる、掛け替えのない宝物。

前を向くために必要な、大切なもの。

この指輪の跡はきっといつか消えてしまうけれど、そこに確かにあったものだけは、シャーリーは決して忘れるつもりはなかった。

「あ、そうそう。私、しばらくはこっちで暮らすことにしたの」

「へぇ」

「あなたがロンドンに移送されて、あの屋敷からじゃあ行き来するのは大変だから。近くでしばらく暮らそうと思うの」

「好きにすればいいんじゃない？」

どうでもよさそうに、けれど少しだけ声のトーンを高くして、フェイは言った。

「ちょうど、良い下宿先も見つけたから。明るい女の子がいて、きっとこれから、たくさんのお客様が訪れることになる、ロンドンのどこよりも有名な場所」

「それはまた、ずいぶん騒々しい所を選んだね」

「ええ。騒々しいのは大好き」

シャーリーはチェス盤を置いた。

肩をぐるぐる回し、まるで今から喧嘩に行こうとでもするような勇み顔をみせる。

「よぉし。今日こそ勝つわよ。特訓の成果を見せてあげるわ」

フェイは思わず笑った。

「……ま、せいぜい頑張ってよ。お母さん」

◇◇◇

霧の都ロンドン。仕事にありつこうとする多くの人間が行き交う英国の中心地。ところどころにスラムが散見される、お世辞にも治安の良い場所とは言い難いこの都で特に有名な通りがある。

ベイカー街。ウェストエンドの中心を貫く街路である。

この通りは以前こそ悲しみに満ちてはいたが、それも徐々に薄れつつあった。

時がそれを癒したのか、はたまた何かの予兆を感じ、皆が伝説の復活を待ち望んでいるからか。

そんな期待の視線が注がれる221番地の建物から、一人の男性が顔を出した。男は憤然とした様子でシルクハットを目深に被って歩き去る。

少ししてから、再びばんと勢いよくドアが開いた。

「待って待って！　ちゃんと話を聞いて!!　だからわたしはあのシャーロック・ホームズの――」

「お嬢さん。あまり大人をからかっちゃ駄目だよ」

男は聞く耳を持たず、さっさと群衆の中に紛れてしまった。

「依頼が来ない!!」

ハドスン夫人と食事を取っていたホームズが、突然叫んだ。

正確に言うと、依頼人は来るが、すぐに帰って行ってしまうのである。

「なんで!?　なんでなの!?　あんな大きな事件を解決したのに！　これも全部、警察が手柄を横取りしたせいだ!!」

「けれど、それを条件に警察を動かすことで、犯人を逮捕できたのでしょう？　うまくいったのだから、少しの不利益くらい仕方ないわ」

ハドスン夫人は相変わらずにこにこしながらそう言った。

「そうだけどぉ。でもぉ」

終わったことにぐちぐちと文句をつけながら、ホームズはテーブルに置かれた紅茶に口をつけて息を吹き込み、ぶくぶくとふてくされた泡をたてていた。

「大きな仕事を終えたばかりなんだから、少しは休んでもいいんじゃないかしら。根《こん》を詰め過ぎるのもよくないわ。名探偵にも休息は必要よ」

ホームズはしばらく、自分に与えられた名誉ある言葉に茫然とし、はっとして周りを窺った。

こういう時、必ず茶々を入れるいじわるな人間が今はいないことに、しばらくしてからようやく気付いた。

「どうしたの？　リディアちゃん」

ホームズは考え込むように朝食のハムエッグを見つめている。

寂しい気持ちを紛らわせるために何かをしていたいなんて、さすがに恥ずかしくて言えなかった。


ホームズは食事を終えてから電話を掛けた。

本当はすぐにでも連絡を取りたかったのだが、今まで決断できなかったのだ。

「もしもし。パパに代わって」

電話に出た執事は慌てた様子で了承した。

しばらくすると、エドウィンの声が聞こえてきた。成功者の貫禄を匂わせる、威厳ある声だ。

『リディアかい？　どうかしたのか？』

「…………」

『リディア？』

「べ、別に。ただちょっと、電話しよっかなぁって思っただけ」

しばらくの沈黙。ホームズがちょっとドキドキしながら待っていると、やがてエドウィンが言った。

『あれだけの啖呵《たんか》をきって始めた探偵稼業で、何か失敗でもしたのかい？』

「してないよ！　ただ、なんていうか……。し、心配してるかなぁって、思っただけ」

『なるほど。寂しくなったのか』

「違う！　……ただ、パパだって、わたしを愛してくれてて、今回のことにも責任感じてるんじゃないかなぁって……思って。親は、子供のすることに責任を感じずにはいられないから、心配かけるのは、その、ダメかなぁって、思っただけだから」

エドウィンはうんうんと相槌《あいづち》を打って、言った。

『かわいそうに』

「だから失敗したんじゃないって言ってるでしょ!!」

ホームズはため息をついた。

「……ねぇ、パパ」

『なんだい？』

「おじいちゃんのことだけどね」

電話越しに、エドウィンに緊張が走るのを感じ取った。

「わたし達、けっきょくあんまり、おじいちゃんとお話しできなかったよね。わたしも一度行ったきりで、また会いたいとは言わなかったし。パパも、敢えておじいちゃんのことを忘れさせようとしてたみたいだった」

エドウィンは肯定も否定もしなかった。ただ黙ってホームズの話を聞いていた。

「おじいちゃんね。やっぱり、ワトスンおじちゃんのこと、すごく大事に思ってたんだって。家族みたいに、大切だったんだって。……もしかしたらわたし達も、そういう風になれたんじゃないかな。おじいちゃんと……大切な家族と、ちゃんと向き合おうとしてたら。一回否定されたからってめげずに歩み寄れば、おじいちゃんとも、ちゃんと、家族になれたんじゃないかなって。そう、思ってさ」

自分も、シャーリーのように正面から向かい合っていれば。楽しくとは言わないまでも、普通に話をして、普通に笑ったり怒ったりできる関係に、なれたんじゃないだろうか。

『……あの男にそういう殊勝な気持ちがなければ、こちらから歩み寄ろうとしたところで無意味だよ』

ホームズが反論する間もなく、エドウィンは思い出したとでも言うように声をあげた。

『そうそう。ついこの前、あの男から届け物があったよ』

「え？」

『自分が死んだら渡すようにと言いつけておいたんだろうね。しかし、やはりあの男は気に入らない。嫌がらせだったよ。あんな美しいガーネットを、青いペンキで塗りたくって渡してくるなんてね。わたしと、お前宛てに』

ホームズは思わず黙ってしまった。

『知ってるかい？　最近の泥棒は肝が据わっているらしくてね。家に人がいようがお構いなしに侵入してくるそうだ。だからお前も家にいるからって油断していては駄目だよ。ちょっとした工夫で予防はできるものだからね。そうだな。机なんて、いいかもしれないな』

「……机？」

『そう。マホガニーの綺麗に磨かれた机は、鏡と同じように景色を反射させるのさ。ドアから入って来る人間を見えるように調整しておけば、勝手に部屋を覗く不届き者にだってすぐに気づくというわけだ』

ホームズは、あの時のことを思い出した。自分の才能を否定したシャーロックが口を開く前に、ちらと机に目を向けていたことを。

『心にもない悪口でもぼやいたら、二度と来なくなるかもしれない。どうだい？　なかなかいい防止法だろう？』

「……うん。そうだね。本当に、その通りだ」

エドウィンは優しい声で、ホームズに語りかけた。

『リディア。私はお前を誰よりも愛している。お前が何のために家を出たのかも、分かっているつもりだ。そのことで苦労をかけたことも、全ては私の責任だろう。でもお前は、結局最後まで私に泣き言を言わなかった。恨み言の一つも言わなかった。建前上否定はしたが、お前が自分の意志で何かをしようとしていることを、私は誇りに思っているよ』

思わず涙が出そうになった。

パパはずっと、わたしの幸せを望んでくれていた。良家の嫡《ちゃくなん》男と結婚させようとしたのだって、不況の風が吹く今の時世で、それが一番安定した生活を送れるからだ。身を粉にして働いたお金を、いつも自分を二の次にして、わたしを幸せにするために使ってくれた。

『辛いことがあったり、逃げ出したくなった時は、ちゃんと帰って来なさい。どんな時だって迎え入れるし、どんな時だって、お前の居場所を開けて待っている』

「……パパ」

わたしは幸せ者だ。

こんなにも。

こんなにも家族に、愛されているのだから。

『おや？　どうしたんだいリディア。もしかして泣いているのかい？』

「な、泣いてなんかないよ！」

『かわいそうに。相当派手な失敗をしたんだね』

「だから違うって言ってるでしょ!!」

ホームズが怒って電話を切ろうとした時、エドウィンは言った。

『私はお前の味方だ。だから、もしまたあのエセパートナーにいじわるを言われたら、すぐに電話を寄越しなさい。今度はちゃんとやっつけさせるからね』

「はいはいわかったからじゃあね！」

ホームズは勢いつけて受話器を降ろした。

まったく、と一言呟いて、小走りで階段を上がる。

その途中で、はてと立ち止まった。

「パパにワトスンのこと話したっけ？」

しばらく首を捻って、うーんと考えていたホームズだったが、元来彼女は細かいことを気にする性格ではない。

「まあいいや！」

自己解決という名の思考放棄を敢行し、ホームズは自分の部屋に戻って行こうとして、止まった。

先程の話で、いやでも思い出した。この場所で出会った、あのいけ好かないいじわるな男のことを。

たった数日の付き合いでしかなかったが、側にいることが当たり前になっていた。

あれから、ずっと姿を見せない。もう会うこともないのかもしれない。

二人の関係は依頼人と探偵で、それ以上ではないのだ。

しかしそれでもとホームズは思ってしまう。シャーリーと同じくらい、……いや、もしかしたらそれ以上に、彼に会いたいと思ってしまっているのだ。

ホームズは暗い気持ちで事務所へと続くドアを開けた。

「相変わらず不景気な顔をしていますね」

ホームズははっとした。

自分のお気に入りの肘掛け椅子に座り、本を開いている。それはあろうことか、シャーロック・ホームズをいつも小馬鹿にしている小太りのライバル探偵の事件録だった。

「以前と変わらず信用のない貧乏事務所で何よりです。しばらく見ないうちに一層間抜けっぷりが上がったようにお見受けしますが、ちゃんと頭は使っていますか?」

何故だろう。嬉しいと思うべきところで、こめかみの血管がうずいてしまうのは。

「ああ、失礼。使いたくても使う頭がないのがあなたでしたね。吠えるか突進するかしかできないというのだから、本当に動物並みのスペックだ。ロンドン中に嫌というほど群がる猫の仲間入りをしてみてはいかがでしょう。きっと皆さん同情して色々と恵んで下さると思いますよ」

ホームズはにっこりと笑った。

すうと大きく息を吸い、それを一気に解き放った。

「でてけー!」

ホームズの声が、探偵事務所の中で木霊《こだま》した。

言い合いを始める二人を背景に、まだ確認していない郵便物の山がぐらりと崩れ、床に散らばった。

滑るようにして床に着地した新聞が風で捲られ、小さな見出しが露になる。

『大豪邸で起こった殺人事件。解決したのはシャーロック・ホームズの後継者⁉』

イージス・フィッツジェラルドによって書かれたその記事には、警察の陰で活躍した、ちっちゃな名探偵のことが書かれていた。

Fin

「結局私は、何にこだわっていたんでしょうね」

薄暗い部屋。暖炉の火だけが中を照らしている。ベッドに横たわっている老女は、口を動かすだけでも重労働といった様子でありながら、決してそれを止めようとはしなかった。

「あの人が今わの際にささやかな復讐を果たしたという解釈と、二人の厚い友情の証だったという解釈との違いに、どれほどの意味があるのでしょう」

僕は、黙って彼女の話を聞いていた。

「私はあの人を愛していた。あの人が突然別居すると言って家を出た時も、あの人の愛を疑ったりはしなかった。多くは語ってくれなくとも、私の身を案じての行動だとすぐに分かったわ。だから私は、必ずいつか戻って来てくれることを約束させて、その提案を受け入れた。……あの人は、本当に帰ってきてくれた。それだけで、私は充分だったのよ」

老女は喉を鳴らすように唾を飲み込み、言いづらい言葉を懸命になって吐き出すように口を開いた。

「でも、やはり私は、心のどこかで嫉妬していたのかもしれない。あの人が生きていた時も、二人の友情を大切にするよう言っておきながら、それを望んでいなかったのよ。今の私に喜びはあるのかしら。彼らの友情を知って、妻である私を蔑《ないがし》ろにされたと、怒るべきなのかしら」

老女は顔を手で覆った。

僕は、できるだけ優しく聞こえるように注意しながら、言った。

「どうやらあなたは、『空き家の冒険』をきちんと読まれていないようだ」

「え？」

老女はか細い声を出した。

「『空き家の冒険』。ライヘンバッハの滝に落ちて死んだとされていたシャーロック・ホームズが、生きて戻ってきた時の話です。彼はその日からあなたの元を離れ、シャーロック・ホームズと二人で暮らし始めた」

「……きっとシャーロック・ホームズがいなくなって、初めてその大切さに気付いたのでしょう。妻である私よりも――」

「そうでしょうか。やはりあなたは、あの事件をきちんと読まれていないようだ。彼はある一節で、シャーロックにこう指摘されているのです。『ワトスン、仕事は悲しみを癒す最大の薬だよ』。……まるで、自分の半身が死んでしまったかのような言い方です。この時期にジョン・H・ワトスン博士の身に何が起こったのか。あなたが一番よく知っておられるではありませんか。あなたという、何よりも大切な最愛の妻と離れて暮らすだけでも、ワトスン博士にとっては、身を裂かれるような思いだったのです」

ゆっくりと、噛みしめるように含ませた言葉に、老女はしばし茫然と天井を見つめていた。

「……そうね。あなたの言う通りよね。やっぱり私は、あの手紙の謎を知って、よかったのだと思うわ」

老女はゆっくりと僕に顔を向け、弱々しい笑顔をみせた。

「あなたはとても優しい子。そして、とても賢い子。あなたが言ってくれなかったら、きっと私は、ホームズの物語を再度世に知らしめようとは思わなかった。『シャーロック・ホームズの事件簿』で最後になってしまったけれど、あれを出版して、私は何か、踏ん切りがついたような気がするわ。あなたには原稿を取りに行かせたりと面倒を頼んだけれど、本当に助かった。その小さな名探偵にも、お礼を言っておいてちょうだい」

皺が刻まれた手が、僕の頬を撫でる。

僕は無言で、優しくその手を握った。

「けれど、あの謎は解けなかったのね」

僕は黙った。

「あの〝二枚目の手紙〟に書かれた意味。あれは、一体なんだったんでしょう。『最後の事件』であの人が読んだ手紙は――」

僕は、言葉を重ねるようにして老女の名前を呼んだ。

「きっとワトスン博士は、シャーロックにはずっと生きて、幸せになってもらいたかったんじゃないでしょうか。『最後の事件』で博士に宛てたシャーロック・ホームズの遺書。それを再び読むことになる事態だけは、避けたかったのでしょう」

その時、彼女の瞳に知性の色が光った気がした。余命いくばくもないと宣告され、今にも死んでしまいそうなこの老女は、しかしやはり、世界を紡ぐ物語の、登場人物の一人なのだ。

「……そうね。きっと、その通りだわ」

そっと頬に触れ、彼女は僕の名前を呼んだ。

「ジェームズ。あの人と同じ、H《ヘイミシュ》の名前を持つ可愛い孫。ずっと離ればなれになってはいたけど、あなたは私の家族よ。どんなことがあっても、あなたがこの先なにをしても。それだけは、絶対に変わらない。それを、覚えておいて」

「……はい。生涯、ずっと覚えています」

僕は屋敷を出た。使用人に送ってもらうようなことはしない。彼らにも、亡くなった主人に哀悼の意を示す権利くらいはあるはずだ。

何も言いつけずとも、屋敷の前には計ったように一つの車が止まっていた。

僕はその車に乗った。

運転手の方を見るまでもない。どうせまた、意味もなく男性用の運転服を着こなして、意味深な笑みを浮かべているのだろう。

車は静かに動き出した。霧が満たすロンドンの街を、ゆっくりと走って行く。

「ジェームズ・フィリモア氏はお元気でしたか？」

バックミラー越しに彼女を睨む。わざとやっているのだ。しかし彼女は悪びれた風もなくクスクスと笑っている。

「ジャック・マクレーン氏は既にお亡くなりになった」

「それは残念」

まるで、路傍の花が誰かに踏まれたことを残念がるように、素っ気なく彼女は答えた。

「ウィリアムさんも」

彼女はぴくりと反応した。

「……それはそれは。お気の毒なことで」

「おかげで何も聞けなかった」

「それでは結局、例の探偵候補の情報は摑めずじまいですか」

「まだ彼の後継者だと決まったわけじゃない。ただろう人形を動かすくらい子供でもできる」

「あなたはそう考えてらっしゃらないようですが?」

「……ウィリアムさんは優秀な探偵候補だった。出《で》鱈目《たらめ》を言ってこっちを惑わせるくらいのことはしてくるだろう。あの時代のあの二人に、そうそう仲間なんているわけがない」

「ええそうですね。あなた様のお考えに間違いはありませんもの」

　この美し過ぎる教育係の皮肉は、ともすれば目上の人間にまで及ぶ。子供の頃からの付き合いともなれば、もはやそれにも慣れてしまったが。

　僕は、彼女が聞き出そうとしていることを予測し、先んじて答えてやることにした。

「予定通りだ。契約はこぎつけた」


　フェイに署名させた契約書は生きている。それはつまり、マクレーン家の土地を既に手中に収めたということだ。シャーリーなら、こんな事件の後でもフェイに土地を譲渡するはずだと踏んでいたが、読み通りだったようだ。

　ロンドンでシャーリーに会い事情を聞いた時、真っ先に考えたのは、このアンデッド事件は自分にとって有利に働くはずだということだった。犯人は十中八九息子のどちらかだということも、土地の権利が絡んでのことだということもだいたい読めていた。

　そこに赤の他人を一枚嚙ませたのは、一種の保険だった。息子達が死体を貶《おとし》め、土地を奪おうとしているという事実を告発するのは、直接土地と関わりのない人間にさせた方が都合が良い。たとえこれらの仮定が真実ではなく、どこかで犯行を偽造する必要が出てきても、最終的には素知らぬ顔でいられる立場が必要だったのだ。論理は真実にも勝る。その真実が、たとえ善意に満ちていようと、解釈次第でどうとでも形は変わる。

感情過多で、直情的で浅はか。僕の思惑に、これほどふさわしい顧問探偵はいない。

事実、あの探偵は何も気づかなかった。

死体の運搬方法を考えれば、死体の踵に土が付着する可能性がかなり低いこと。慎重なフェイが、死体の肩についた木の葉に気付かないわけがないということも。

「事件を解決なさったとか」

彼女はいつものように涼しい顔をしている。

「犯人当てなど、あなた様がするべきことではないように思います」

今更、そのようなことを言われたところで何が変わるというのだろうか。

だが、確かに彼女の言う通りだ。あんなこと、本来ならするべきではなかった。これは、感情に流された結果だろう。確かに、それは否定しない。あのお嬢様に手紙の謎を解かせたという一事だけでも、その事実を肯定している。

あの人に手紙の真実を聞かせる時、それを自分の推理ではなく、他人の推理として聞かせることで、自分自身を守っていたのだ。あの人を利用した僕に、あの人を救う資格はない。そんな感傷的な気持ちと、卑屈めいた意地で、僕はシャーロック・ホームズの孫を巻き込んだのだ。

人には役割がある。その役割からは、外れてはいけないのだ。

「……なんてことはない。僕もあの犯人と同じだよ」

フェイが自分達の滞在中に殺害に及んだのは、シャーリーがジョージに土地を譲ると言い出したからだ。ホームズがそれに気づかなかったのは幸いだったが、それを言わせたのは、他でもない僕自身だ。

フェイと契約を結び、マクレーンの土地を手に入れることはできた。しかし自分が来なければ、事件そのものが起こらなかったかもしれない。

これも才能というのだろうかと、僕は自嘲した。自分には人知れず事件を引き込む。人を不幸にする。そんな引力があるらしい。

彼女は何も言わなかった。聞いているのかどうかも分からない。しかしそれでも、僕は言った。

「愚かで、浅はかで、プライドが高く万事において手抜かり。それだけの男だ」

屋敷の前に車をつける。僕は静かに降り、屋敷の中に入った。

自室に入ると、見慣れた調度品の数々が目に飛び込んできた。

著名な画家、ジョン・バティースト・グルーズの描く『子羊を抱く少女』が飾られた、貴族と見紛うような部屋。重厚な本棚が壁を埋め尽くし、部屋の中の人間を執拗に圧迫している。

多くの書籍に囲まれながら、しかし僕がそれらを開くことはない。既にそれらは頭の中に刻み込まれている。犯罪史。思想史。心理学。帝王学。中にはきちんとしたウィンドウケースに入れられた本もある。触れれば崩れる財宝のように丁寧に保管されている『小惑星の力学』という本を筆頭に、様々な本や論文が並べられていた。

僕は『子羊を抱く少女』の絵を横切ると、暖炉の側のソファに座り、手紙を開いた。

親愛なるシャーロック・ホームズへ

君とわたしは長い付き合いだが、こうして手紙を渡すような機会はあまりなかったように思う。お互いのことを最もよく分かり合っていたからこそ、お互いについてもあまり語り合わなかった。こうして思い返してみるとあっという間の毎日だった。君と過ごしたあの下宿での日々。優雅なヴァイオリンや、わたしには理解できない化学実験の数々。そしてなにより、君が解決してきた多くの難事件。それらをもう見られないことが、わたしにとって何よりも悲しい。もしも君が天国に昇る日が来たら、その時はまた、あの世で君のヴァイオリンを聞かせてほしい。

君の数少ない友人であり得たことを、わたしは誇りに思う。

それを読んでから、もう一枚の手紙を取り出す。よくばれなかったものだと、我ながら感心する。

手紙は二枚あった。

Toで始まればFromで終わるのが常識だ。あの注意散漫なお嬢様はともかく、シャーリーには気づかれるのではと内心気が気でなかった。しかし彼女は、ジョン・H・ワトスン直筆の手紙という事実に興奮し、そこまで気づかなかった。

僕は、二枚目の手紙を読んだ。

PS　君がライヘンバッハの滝で書いた本当の手紙は、君の事件記録と共に保管している。生涯これを使わずに済むことを祈る。

ジョン・H・ワトスンより

僕はその手紙を暖炉の中に焼き捨てた。

これで僕の目的は達せられた。シャーロック・ホームズの物語の裏にある恐ろしい真実の種を回収し、再び我々の血統は闇夜に潜ることができる。

『最後の事件』でシャーロック・ホームズが書いた手紙は、本を作成する手伝いの最中《さなか》に処分した。

ウィリアムは死に、シャーリーも何も聞かされていない。当事者であるシャーロック・ホームズも、探偵候補を生み出すことなくこの世を去った。

……いや、いるのか。一人だけ。頼りなく、推理力もからっきしで、滑稽なくらい空回りするような三流探偵だが。

少し手を加えるだけで訳もなく崩落する脆《もろ》い正義しか、この世界には残っていない。

これは、祖父の思い描いた通りの物語なのか。そんな詮無いことを考え、それに縛られている自分を、呪わしく思った。

コンコンとノックの音がして、彼女が断りもなく入って来た。

「そろそろアルコールがお望みかと思いまして」

「ありがとう。寝室に持っていくから、そこに置いておいてくれ」

　彼女がグラスを用意してくれている傍ら、僕はある言葉をそらんじた。

「『ひとりの人間は成長するあいだに、祖先から受け継いだものをすべて現す』。僕という木が突然ひん曲がって醜い姿になるのは、いつのことだろうね」

　彼女はそれを聞いても、黙って給仕をしていた。ビンテージもののワインをグラスに注ぎ終わると、唐突に口を開いた。

「覚えておられますか？　あなた様がまだ子供だった頃、一匹の猫を拾ってきたことを。小さいながらも生意気で、何かあると手当たり次第に攻撃して当たり散らす、本当にかわいげのない猫でございました。とうとうあなたのお父様の逆鱗《げきりん》に触れ、あなたに猫を殺すようにお命じになった。あなた様は、お召し物を血に濡らした格好で、お父様の前で謝罪を述べておられましたね」

　彼女は、口元で人差し指をたて、笑ってみせた。

「わたくしは、ずっと内緒にしておりましたよ。あの血は偽物で、あなた様が猫をこっそり逃がしていたのを。……わたくしは知っております。歩む道を決めるのは、その人自身でございます。その人の意志と力次第で、道はいくつも切り開かれるものですわ」

　僕はふいに、あの言葉を思い出した。

『おじいちゃんに否定されても関係ない！　おじいちゃんの孫であることだって、どうでもいい！　……わたしは、自分の意志で前を向いて、歩いて行くって決めたの!!』

　僕は彼女がうらやましかった。それは、彼女が輝かしい血統の中にいたからだ。しかし今は違う。血統に囚われず、自分の意志で前を向き、自分の道を決めて歩いて行く彼女を、僕は、心の底から尊敬しているのだ。

　僕は何も言わずにグラスを手に取り、寝室へのドアを開けた。

　後ろを見なくとも、彼女が恭しくお辞儀をしているのが分かった。

「それではおやすみなさいませ。ジェームズ・モリアーティ様」

バタンとドアが閉まる音が、辺りに響いた。

本書は電子書籍「BOX-AiR」掲載原稿を単行本化にあたり、大幅に加筆、修正いたしました。

参考文献

緋色の研究
四つの署名
バスカヴィル家の犬
恐怖の谷
シャーロック・ホームズの冒険
シャーロック・ホームズの回想
シャーロック・ホームズの帰還
シャーロック・ホームズ最後の挨拶
シャーロック・ホームズの事件簿
以上　アーサー・コナン・ドイル

ホームズとワトスン－友情の研究　ジューン・トムスン　東京創元社
青いガーネットの秘密〝シャーロック・ホームズ〟で語られなかった未知の宝石の正体　奥山康子　誠文堂新光社
シャーロック・ホームズ－ガス燈に浮かぶその生涯　W・S・ベアリング＝グールド　河出書房新社
シャーロック・ホームズ百科事典（編）マシュー・E・バンソン　原書房
イングランド紀行（上）（下）プリーストリー　岩波書店

著者紹介

城島《じょうじま》 大《だい》

1990年生まれ。第15回BOX-AiR新人賞を受賞してデビュー。

ブログ：http://joujima.blog.fc2.com/?pc

Illustration

高木《たかぎ》恭介《きょうすけ》

イラストレーター。BOX-AiRアニメイラストコンテスト2012にて大賞受賞。牛柄が好き。

「Hora fugit.」http://horafgit.jimdo.com/

講談社BOX

KODANSHA BOX

ちっちゃいホームズといじわるなワトスン 緋色《ひいろ》の血統《けっとう》 定価はカバーに表示してあります

2013年10月1日 第1刷発行

著者 ── 城島《じょうじま》 大《だい》

発行者 ― 鈴木　哲

発行所 ― 株式会社講談社

東京都文京区音羽2-12-21　郵便番号 112-8001

編集部 03-5395-4114

販売部 03-5395-5817

業務部 03-5395-3615

印刷所 ― 凸版印刷株式会社

製本所 ― 牧製本印刷株式会社

ISBN978-4-06-283852-8　N.D.C.913　295p　19cm